MW00964827

Le sang du bourreau

DU MÊME AUTEUR

Mauvaise graine, Éditions Jean-Claude Lattès, 1995.

La petite fille de Marie Gare, Éditions Laffont, 1997.

La guerre des nains, Éditions Belfond, 1998 ; J'ai lu, 2017.

Mises à mort, Éditions Robert Laffont, 1998 ; J'ai lu, 2016.

Et pire, si affinités..., Éditions Robert Laffont, 1999 ; J'ai lu, 2016.

Origine inconnue, Éditions Robert Laffont, 2001 ; J'ai lu, 2015.

Affaire classée, Éditions Robert Laffont, 2002 ; J'ai lu, 2014.

Nuit blanche au musée, Éditions Syros, 2004.

Le festin des anges, Éditions Anne Carrière, 2005 ; J'ai lu, 2014.

L'ombre des morts, Éditions Anne Carrière, 2008 ; J'ai lu, 2015.

Les trois coups de minuit, Éditions Syros, 2009.

J'irai cracher dans vos soupes, Éditions Jacob-Duvernet, 2011.

Crimes de Seine, Éditions Payot & Rivages, 2011.

Des clous dans le coeur, Éditions Fayard, 2012 ; J'ai lu, 2018.

— Prix du Quai des Orfèvres 2013

Le jour de gloire, Éditions Payot & Rivages, 2013.

Échanges, Versilio, 2014 ; J'ai lu, 2015.

Dérapages, Versilio, 2015 ; J'ai lu, 2016.

Énigme au grand stade, Éditions Syros, 2016.

Tabous, Éditions Ombres Noires, 2016 ; J'ai lu, 2017.

Les fantômes de l'école de police, Éditions Syros, 2017.

Féroce, Éditions Flammarion, 2018.

Le mystère du tableau volé, Éditions Syros, 2018.

BRI, histoire d'une unité d'élite, Éditions Mareuil, 2018.

DANIELLE
THIÉRY

Le sang du bourreau

À Michel, disparu tragiquement...

1

La femme nue se laissa aller sur le dos avec un soupir extasié. D'instinct, elle porta les mains à son ventre pour cacher la trace verticale de la césarienne qu'un médecin lui avait infligée vingt-cinq ans plus tôt. Avec les années, son ventre s'était arrondi, boursouflant les contours de la cicatrice. L'homme se pencha sur elle. Avec une infinie douceur, il écarta les mains jointes, vainquit leur résistance. Résignée, elle le laissa faire. Cette balafre, qui, jusqu'alors, n'avait jamais perturbé son existence, la gênait. Plus encore sous le regard de l'homme qu'elle semblait étrangement fasciner. Par chance, leurs premiers ébats n'avaient pas lieu en pleine lumière. Les rideaux de tulle agités par une brise printanière filtraient à peine l'éclairage de la promenade qui longeait la rivière.

L'homme, dont les yeux s'étaient habitués à la pénombre, recula, à genoux sur le lit, pour contempler le corps de la femme. En un éclair, son regard détailla les formes épaissies, la peau relâchée, les seins flasques.

— Tu es belle, murmura-t-il, la voix rauque.

Ravie malgré le ton qui sonnait faux, elle entreprit de déboutonner la chemise bleue, caressa dans l'échancrure une peau incroyablement douce. Sans poils, ni sur les bras, ni sur le visage, les joues parfaitement lisses, l'homme n'avait même pas de sourcils. En revanche, ses cils étaient longs comme ceux d'une fille. Elle était presque sûre que ses cheveux courts et bouclés étaient un postiche qui cachait une calvitie mal acceptée. Mais aborder le sujet avait été au-dessus de ses forces. Et puis quelle importance ?

Elle ne put s'empêcher de se demander comment était le reste de son corps. En s'attaquant à la ceinture du pantalon, un système compliqué qu'elle ne connaissait pas, elle se cassa un ongle et pinça son partenaire qui sursauta. Quatre ans qu'elle ne s'était pas trouvée dans cette situation ! Quatre ans qu'elle n'avait pas vu un homme nu... Et lui qui ne l'aidait guère. Il l'avait dévêtue avec lenteur, accompagnant chacun de ses gestes de caresses et de mots tendres. À présent, il semblait hésiter. Il ne bougeait plus, les yeux rivés à la cicatrice. La femme ne distinguait pas bien son regard protégé par ses paupières baissées, mais l'expression de son visage avait changé, elle en était sûre.

— Ça te dégoûte, n'est-ce pas ? émit-elle un peu trop fort. Tu peux me le dire, tu sais...

Il se cabra légèrement, posa sa main sur la bouche de sa partenaire.

— Chut ! dit-il. On a tout le temps, non ?

Oui, ils avaient tout le temps. Elle ferma les yeux pour savourer le contact de cette main d'homme qui quittait ses lèvres pour descendre jusqu'à son cou, se glissait entre ses seins pour s'attarder d'un doigt léger dans les méandres de la boursouflure. Elle se cambra, impatiente. Elle aimait tout chez lui : son allure de baroudeur, son visage au nez viril, illuminé par un regard intelligent et doux, sa bouche bien dessinée, ses mains puissantes qui semblaient hésiter avant de la toucher, comme animées de la crainte d'un geste trop brusque qui aurait rompu le charme. Sa voix au timbre assourdi, presque secret, la bouleversait. L'homme mit soudain un terme à ses caresses. Il se releva et, l'air embarrassé, annonça qu'il devait se préparer.

— Bien sûr ! s'empressa la femme, la salle de bains est dans le couloir, deuxième porte à droite.

Elle l'entendit aller et venir dans l'appartement, manipuler des portes, ouvrir un robinet. Pour tromper son impatience, elle se repassa le film de leur rencontre, de leur première sortie, de leur premier baiser. Son émoi à elle, sa délicatesse à lui, sa timidité excessive au point qu'elle s'était même posé des questions. Il faisait preuve d'habileté mais semblait physiquement ne rien éprouver. Il la tenait à distance, abrégeait les effusions, s'esquivait dès qu'elle avançait les mains pour l'effleurer. Elle sourit dans la pénombre. Elle s'était inquiétée à tort et ils avaient tout un long week-end devant eux pour s'aimer. La tête des collègues, au bureau, quand elle leur raconterait ! Un homme beau, plus jeune qu'elle, amoureux ! Elle qui avait été lâchée par son mari après vingt-cinq ans de vie commune ! Sa revanche sur les années de chagrin, d'humiliation et de solitude était là, à quelques mètres. Elle s'appelait Ben.

Le robinet avait cessé de couler. La femme jeta un coup d'œil impatient au radio-réveil : 1 h 20. Peu habituée à veiller si tard, elle commençait à avoir sommeil.

— Mais qu'est-ce qu'il fabrique ? murmura-t-elle.

La porte de la salle de bains claqua, des pas se rapprochèrent dans le couloir, résonnant de manière étrange. La femme frissonna quand le rai de lumière disparut sous la porte de la chambre qui s'entrouvrit avec lenteur. Elle se dressa sur un coude, un sourire tendre sur le visage, et cilla violemment à la lumière brutale du plafonnier. L'éblouissement passé, la stupeur la pétrifia. Une caméra à la main, l'homme s'avançait vers le lit, dans un accoutrement invraisemblable. Elle porta la main à sa bouche quand il s'arrêta, trébuchant en jurant à cause de ses talons d'une hauteur vertigineuse. La femme se crut propulsée en plein cauchemar. Le mâle viril qui l'avait séduite était méconnaissable. Sans un mot, il entreprit d'installer un pied pour fixer sa caméra. C'était donc cela, ce sac qu'il trimbalait partout !

Elle éructa une question inintelligible et amorça un geste pour se lever. Son instinct et la panique qui lui tordait le ventre lui commandaient de fuir, vite et loin. Ben surprit son mouvement et la transperça du regard, comme s'il découvrait sa présence. Domptée, elle se remit sur le dos, tirant à elle un morceau de drap, dérisoire rempart à sa nudité. Tandis qu'il se penchait sur le viseur de la caméra pour en vérifier le réglage, la jupette en stretch rouge dont il s'était affublé remonta, dévoilant un string de dentelle noire d'où une partie de son appareil génital s'était échappée. Sans paraître y prendre garde, il se redressa et prononça, la voix haut perchée :

— Moteur !

Incapable de résister à l'angoisse qui lui révulsait l'estomac, la femme éclata d'un rire hystérique qui lui mit aussitôt le feu aux joues et fit monter des larmes à ses yeux.

Ben sembla se statufier. Ses poings se serrèrent au bout de ses bras raidis. Sous les fards, son visage prit un teint cireux. La bouche de la femme s'écarta, s'ouvrit démesurément, découvrant le fond brun-rose de son larynx, la luette qui s'agitait comme un petit sexe obscène et la langue qui grossissait et s'étirait, hideuse.

Il ferma les yeux, un frisson de dégoût le parcourut. Sous ses paupières contractées, d'autres images se percutèrent : la bouche nauséabonde et le rire tonitruant de sœur Bernadette. Ce rire qui le terrifiait et l'amenait au bord de l'évanouissement. Des flashs explosèrent dans sa tête, le renvoyant aux pires moments de son enfance. Il poussa un cri. Puis sursauta et rouvrit les yeux dans un effort surhumain. Les seins de la femme tressautaient, ses cuisses molles s'ouvraient sur un sexe aux poils courts et roux. Ben se sentit étouffer comme il étouffait jadis, le visage enfoui entre les mamelles monstrueuses de sœur Bernadette, plaqué par sa main énergique au milieu des replis rêches de sa robe noire, contre son ventre maigre à l'odeur forte. L'odeur de sainteté… ou de saleté peut-être, c'était la même chose pour lui. Une nausée lui tordit l'estomac. Il respira un grand coup pour la refouler. Il vit la femme, toujours hilare, qui tentait de se mettre debout. Elle tendit la main pour trouver un appui, effleura son visage. Son ongle cassé s'accrocha dans la longue chevelure blonde. Ben ne put supporter que cette femme si ordinaire *la* touche. *Elle*. Son poing se détendit en un geste précis qui atteignit sa compagne à la tempe. Le rire cessa net, tandis que la tête de la femme s'en allait cogner contre le mur. Ben se calma aussitôt dans le silence seulement troublé par le bruit ténu du moteur de la caméra.

Une voiture passa sur la promenade, ralentit, s'éloigna. Le quartier était parfaitement silencieux. Avec calme, Ben enfila ses gants, une seconde peau de caoutchouc souple, et prépara ses instruments. Avant de commencer, il contempla une dernière fois sa victime, un sourire gourmand retroussant ses lèvres. Il s'attarda sur le tracé sinueux de la cicatrice, revint au visage. La langue dépassait de la bouche marquée des ridules de la cinquantaine. Il ne put résister à l'envie qui montait en lui, qui allait faire jouir Cora. *Sa* Cora.

Il s'installa à califourchon au-dessus de la femme inerte, écarta les lèvres de ses doigts épais et se pencha sur elle comme pour un baiser d'adieu. Ses dents saisirent le bout de la langue. Il tira pour la faire sortir davantage, assura sa prise et, quand il se sentit sûr de lui, la trancha.

La douleur insupportable déforma le visage de la femme, la tirant sans douceur de son évanouissement. Le sang jaillissant de sa bouche, elle hurla sans même comprendre ce qui lui arrivait. Un deuxième coup de poing la projeta en arrière et ramena un silence définitif dans la chambre. L'homme soupira, laissa s'apaiser les battements de son cœur et se pencha de nouveau sur elle.

Plus tard, beaucoup plus tard, épuisé, il arrêta sa caméra, replia le pied, fit scrupuleusement le tour de l'appartement pour effacer toute trace de son passage. Il se lava longuement sous la douche, ainsi que ses vêtements souillés de sang. Puis il les rangea, soigneusement pliés, dans le grand sac de sport d'où il en avait tiré d'autres qu'il enfila sans se presser. Il sortit, sans un regard pour sa victime et sans croiser âme qui vive.

Il était 3 heures du matin et le long week-end de Pâques venait de commencer.

2

— Police judiciaire... Groupe criminel, j'écoute...

Le lieutenant Talon écouta, posa deux brèves questions, interrompit son interlocuteur :

— Ne quittez pas, je vais la chercher...

Il posa le combiné, appuya sur une touche qui permettait de faire patienter les correspondants sur une musique de Rachmaninov – une idée de la patronne – et se dirigea vers le bureau 312 après avoir remis du bout des doigts de l'ordre dans sa coiffure et ajusté ses lunettes sur son nez.

Dans le couloir du troisième étage de l'hôtel de police, une femme et deux hommes se tenaient devant la machine à café. La jeune femme, une blonde de taille moyenne, mince et plutôt jolie, actionna plusieurs fois, sans succès, le bouton censé libérer le gobelet.

— Saleté de machine, maugréa-t-elle.

Le plus jeune des deux hommes qui l'escortaient prit son élan et, avec une précision de footballeur, envoya un coup de pied dans l'appareil qui s'éteignit illico.

— Tilt ! exulta le second, la quarantaine épanouie et le cheveu rare.

— Bravo, Lavot ! dit la jeune femme, mi-figue mi-raisin. Nous voilà bien avancés.

Talon tua dans l'œuf les protestations de son collègue :

— Patron, téléphone ! l'état-major...

Edwige Marion, le « patron », tourna la tête vers lui.

— J'arrive ! Quant à vous, Lavot, débrouillez-vous, mais trouvez-moi un café. Ça vous apprendra à endommager le matériel administratif.

Le capitaine Lavot, baraqué, Ray-Ban en sautoir, marmonna quelques mots incompréhensibles tandis que la commissaire Edwige Marion, que tout le monde, y compris elle-même, n'appelait jamais que Marion tout court, rejoignait son bureau. Cinq minutes plus tard, elle rassemblait son équipe.

— Lavot, Talon, Cabut, en piste ! Nous allons dans le quartier du Bois-Joli, sur les bords de Saône. Un meurtre. Le commissariat de l'arrondissement est sur place avec l'Identité judiciaire, le substitut du procureur et le médecin légiste. On se grouille.

Elle s'arrêta brièvement près d'un homme grisonnant, un peu voûté, maladif :

— Joual, vous restez là. Gardez quelques gars sous la main, on en aura peut-être besoin plus tard. On prend la Renault de la permanence, la mienne est au garage.

Joual, un alcoolique repenti, encore mal remis de son mauvais penchant, approuva de la tête sans commenter.

18

Lavot était déjà au volant du véhicule quand Marion arriva dans la cour de l'hôtel de police où les voitures sérigraphiées étaient alignées, capots tournés vers la sortie. Elle fronça les sourcils à la vue du gyrophare posé sur le toit et déjà en action :

— Vous croyez que c'est indispensable ? Notre « cliente » ne va pas s'enfuir, que je sache !

Lavot protesta :

— Faut pas perdre la main, patron ! Et pour une fois qu'une femme m'attend...

— C'est d'un goût ! fit Marion tandis que le véhicule s'élançait dans la circulation, sirène hurlante.

En haussant le ton pour couvrir le bruit, elle expliqua :

— La victime est une femme de cinquante-deux ans, elle vivait seule dans un trois-pièces au bord de la Saône et n'a pas reparu à son travail après la fin du week-end de Pâques. Elle est sans doute morte depuis plusieurs jours.

— Seigneur, l'odeur ! gémit Cabut qui défaillait souvent à la vue des cadavres et plus encore à leurs émanations.

— Tuée comment ? interrogea Talon tandis que Lavot stoppait à un feu rouge.

— Arme blanche, dit Marion.

Elle se tourna vers le conducteur :

— Alors là, mon vieux, c'est bien la peine de faire tant de bruit pour vous laisser arrêter par un feu rouge comme le premier automobiliste venu !

Le capitaine ne se le fit pas dire deux fois. Poussant un petit cri de guerre, il arracha la

Renault au bitume dans un hurlement de pneus. Un passant intrépide n'eut que le temps de se jeter sur le côté, réflexe de survie qui arracha à l'officier un « olé ! » ravi et les protestations conjointes de Marion et Cabut. Trois minutes plus tard à peine, le véhicule s'immobilisait en douceur devant le 45 de la promenade des Lilas, après avoir coupé sur sa droite d'innombrables rues et impasses aux noms tout aussi fleuris.

— Ça sent le printemps, murmura Cabut sans que l'on sache s'il faisait allusion au quartier ou aux effluves de la saison précoce.

La commissaire Marion jeta un coup d'œil autour d'elle, embrassant les bords de la Saône agrémentés de bancs et de massifs encore dénudés. Jusque sur la chaussée qui séparait le quai des immeubles riverains, des coulées de boue humide témoignaient de la récente décrue de la rivière. Un phénomène provoqué par des chutes d'eau comme on n'en avait jamais vu dans la région. La navigation fluviale, interrompue pendant un mois, reprenait doucement. Une péniche, le nez au ras des flots, actionna sa sirène en passant devant la jeune femme immobile.

Tandis que Talon prenait des notes pour situer l'environnement extérieur, Edwige Marion se dirigea d'un pas vif vers le groupe au milieu duquel Lavot paradait, alors que Cabut, la tête à l'envers, se préparait au pire. Des gardiens de la paix, des pompiers, et quelques badauds curieux s'écartèrent pour les laisser passer.

Elle savait déjà la tête que feraient les flics du commissariat de quartier en les voyant débarquer, Lavot le play-boy aux cheveux bruns trop longs, jean trop moulant, blouson de cuir fatigué, et Ray-Ban trop sombres. Cabut, un rien enveloppé, fourré à la diable dans ses vêtements, la démarche dandinante, le crâne tellement dégarni qu'il avait fini par raser le reste de ses cheveux poivre et sel pour se donner un genre tandis que ses sourcils en accent circonflexe plaquaient sur son visage un air perpétuellement étonné. Talon, le plus petit et le plus jeune, jean-blouson-baskets, se voulait une allure intello avec ses cheveux bruns coiffés en arrière, ses lunettes rondes et son cartable noir qu'il portait souvent sur le dos, comme les écoliers d'antan, pour garder les mains libres. Elle, pantalon noir, perfecto, boots de cuir, cachait des yeux noirs pétillants de vivacité sous ses mèches blondes en désordre. Les autres flics, la critique au bord des lèvres, semblaient toujours surpris et peut-être envieux de leur entrain à faire ce travail peu ragoûtant en y prenant plaisir.

Au deuxième étage, devant la porte entrouverte du logement de la victime, l'odeur qu'ils reniflaient déjà dans l'escalier les submergea. Marion fronça le nez et, pour l'encourager, se tourna vers Cabut qui pressait son mouchoir sous le sien.

Il était le dernier officier arrivé dans le groupe. Sa passion pour l'art et ses connaissances étendues dans ce domaine l'avaient cantonné pendant dix ans au sein du service parisien spécialisé dans la répression du vol des œuvres d'art, une activité où les cadavres ne jonchent pas les couloirs des musées. Il avait demandé sa mutation chez Marion pour se rapprocher de ses parents. Pour s'éloigner aussi d'une maîtresse au caractère infernal qui voulait l'acculer au mariage. À Paris, il avait cédé au compromis du concubinage. L'enfer, à côté de cette expérience, lui semblait un sort enviable et il n'avait trouvé de salut que dans la fuite. Un choix affectif et géographique dont il se maudissait à cet instant.

Avant d'entrer, Marion prit une profonde inspiration. Lavot se pencha vers elle avec une grimace :

— Ça ne vous rappelle rien ?

Elle hocha la tête. Un an plus tôt, ils avaient découvert le corps d'une prostituée étranglée dans sa baignoire. Elle macérait, assise dans l'eau, depuis deux mois. Pour effectuer les constatations, ils avaient dû recourir au matériel des pompiers. Bouteilles d'oxygène et masques. L'odeur était tellement insoutenable que l'immeuble entier avait dû être évacué. Même les objets retrouvés au fond de l'eau – ses ongles, une bague et un tour de cou en or – n'avaient pas pu être conservés au service, la puanteur traversant le plastique des sachets de scellés.

Talon, en apparence indifférent à l'inconfort du moment, avait commencé à explorer l'appartement, un trois-pièces moderne, modestement équipé mais propre et coquet. Marion s'avança dans le couloir où deux hommes discutaient à voix basse et leur serra la main. Le procureur, un jeune type à l'air dans la lune, aux cheveux ébouriffés et au teint livide, s'était finalement déplacé et commentait l'affaire avec un capitaine du commissariat, visiblement satisfait de l'arrivée de la Police judiciaire.

— C'est pas beau, dit ce dernier à l'adresse de Marion, c'est la première fois que je vois ça... Ce n'est pas un meurtre, c'est de l'acharnement. Vous êtes sûre que vous voulez entrer ?

« Je suis une gonzesse, songea Marion, je devrais sûrement m'évanouir... »

Elle ne réagit pas, se contentant d'écarter l'officier d'un geste assuré.

Dans la chambre, l'odeur était tout de même assez incroyable, à la limite du supportable, malgré les fenêtres grandes ouvertes. Talon était aux premières loges, sur les traces du médecin légiste, un petit bonhomme qui, penché sur le corps, suait à grosses gouttes. Les hommes de l'Identité judiciaire et les techniciens de scène de crime avaient étalé leur attirail et œuvraient en se relayant pour aller respirer à la fenêtre. Malgré l'habitude, la commissaire Marion eut un haut-le-cœur en découvrant le spectacle. La femme avait été attachée à la tête du lit à l'aide de lambeaux de drap. Bras écartés, dos plaqué contre le rotin, le buste strié d'une multitude de saignées livides de trois ou quatre centimètres qui s'entrecroisaient en formant d'étranges signes boursouflés par la décomposition en marche. La tête penchait en avant, le menton posé sur la poitrine. On apercevait, sortant à peine de la bouche, le tronçon d'une langue noire. De l'abdomen ouvert par une longue incision verticale s'échappaient les viscères, dont il émanait une odeur infecte. Les jambes présentaient les mêmes étranges scarifications que le buste. Marion échangea avec Lavot un regard incrédule, tandis que du coin de l'œil elle observait Cabut refluant vers le couloir. Elle lui accorda son indulgence, tout le monde s'activant sans mot dire, le cœur au bord des lèvres. L'OPJ premier arrivé sur les lieux, juste après les pompiers, prenait des notes pour le procès-verbal de constatations. Des plaques rouges marbraient son visage blême.

— Commissaire ! s'exclama le docteur Marsal qui ne semblait pas le moins du monde incommodé. J'ai terminé ou presque. Je vais faire enlever ce joli paquet cadeau pour l'examiner plus à l'aise – et au frais – à l'institut médico-légal. Bon sang, qu'est-ce qu'elle pue !

Talon, penché sur la femme, examinait les larves qui commençaient à grouiller un peu partout. Il énonça tout bas :

— *Calliphora vomitaria.*

— Qu'est-ce que tu jactes ? coassa Lavot, placide. T'es malade ? Tu vas pas gerber tout de même ?

— C'est une mouche, expliqua Talon avec un regard en biais teinté de condescendance à l'adresse de son collègue, ces petites bêtes ont un sens étonnant de l'à-propos et des antennes qui leur font détecter la chair morte à des kilomètres. Une minute après le décès, elles ont déjà pondu. Ces larves proviennent sans doute de la première vague des charognardes. On mesure leur taille, on les cultive pour connaître la durée de leur cycle, le temps qu'elles mettent à éclore et se développer, et on détermine ainsi l'heure de la mort...

— Le nom de l'assassin aussi ? railla Marion.

— Qui court toujours, après tout ce temps passé à cultiver des asticots ! renchérit Lavot.

Talon ne releva pas. Il avait passé, deux ans plus tôt, une longue période de stage aux États-Unis, à l'école du FBI à Quantico. Il en avait ramené une science inépuisable et un intérêt pour l'examen des cadavres que certains jugeaient morbide et déplacé.

— À vue de nez, émit le docteur Marsal, et compte tenu de la disparition de la rigidité cadavérique et de la présence de ces charmantes bestioles, je dirais qu'elle est morte depuis quatre ou cinq jours.

Il réfléchit, compta sur ses doigts :

— Probablement dans la nuit de vendredi à samedi ou samedi matin au plus tard, je vous dirai cela après l'autopsie. Étant donné la pâleur du corps et la quantité de sang écoulé, elle a dû mourir très lentement, chaque blessure étant en elle-même insuffisante pour la faire passer de vie à trépas, sauf peut-être l'éviscération... Beau travail.

Il hocha la tête en connaisseur.

— Couteau ? demanda Marion.

Marsal fit la moue :

— Rasoir, scalpel... Regardez la forme et la précision des incisions. Encore que là, dans l'état où elle est... Mais non, je maintiens, rasoir ou scalpel. Cutter éventuellement.

Il retira ses gants et observa Marion qui luttait contre une nausée sournoise :

— Vous devriez faire comme moi, commissaire, rentrer chez vous. Vous n'avez pas bonne mine.

La jeune femme s'abstint de préciser qu'elle en était à sa troisième semaine de travail ininterrompu à cause d'une déferlante de crimes en tout genre dans la région. Celui-là était incontestablement le plus beau. Elle se secoua et s'approcha de Talon qui observait de près les mains de la victime :

— Vous avez découvert une autre espèce de coléoptères ?

Il se redressa, l'air sérieux :

— Regardez ça !

Un cheveu long, fin et clair, qu'il venait de remarquer coincé sous un ongle de la femme morte. Il le tint délicatement entre ses doigts tandis que Lavot s'emparait d'un sachet de plastique pour y déposer la trouvaille.

— Eh ! touche pas à ça, protesta le technicien de la police scientifique, c'est pas ton boulot !

Lavot ricana en exhibant le cheveu presque invisible dans le sachet :

— N'empêche que tu l'avais pas vu, celui-là !

Le spécialiste de scène de crime marmonna une réflexion peu amicale et retourna à ses tamponnages, à la recherche de poils, de traces, de résidus organiques ou minéraux tandis que son collègue s'attelait au relevé des quelques empreintes susceptibles de présenter un intérêt pour l'enquête. Il buta sur Talon qui explorait, à quatre pattes, le dessous du lit et ses environs. Il explosa :

— Mais c'est une manie chez vous d'emmerder le monde ! Patron, vous pourriez pas les tenir en laisse, vos gars, qu'ils nous foutent un peu la paix !

Marion fit semblant de n'avoir pas entendu. Talon, sous ses airs de faux intello et de faux spécialiste de la forensique, était un vrai flic de terrain et ramenait toujours des choses capitales dans ses filets. Elle intervint pourtant :

— Il a raison, on est trop nombreux ici ! Lavot, récupérez Cabut et commencez l'enquête de voisinage.

Tandis que Talon continuait à fureter en dépit des remarques excédées de ses collègues, Marion entreprit de faire le tour de l'appartement. Le logis modeste de la victime révélait chez celle-ci une propreté et un souci de l'ordre qui ne seraient bientôt plus qu'un souvenir après le passage des hordes policières. Seuls des vêtements féminins remplissaient les penderies. Sur la tablette de la salle de bains, une seule brosse à dents dans le verre en plastique décoré de roses. La poubelle de la cuisine avait été vidée et il n'y avait aucune vaisselle sale dans l'évier. Pas de traces non plus d'éventuels préparatifs de départ en week-end. Marion chercha des yeux l'endroit où la femme déposait son courrier. Elle le découvrit dans l'entrée, dans le tiroir d'un meuble bon marché qui supportait aussi un téléphone. Seulement quelques factures et des lettres sans intérêt. Mme Nicole Privat semblait avoir mené une vie bien calme avant de mourir de cette manière extravagante. Le flic du commissariat rejoignit Marion. Il semblait à bout de résistance :

— J'ai terminé mes constatations. Je peux faire enlever le corps ?

Il était pressé d'en finir, comme tous ceux que dérangeait l'atmosphère de plus en plus lourde. Marion acquiesça et demanda que les papiers et tous les documents découverts dans l'appartement lui fussent transmis sous scellés pour examen. L'homme déclara qu'il avait déjà commencé par ce qu'il avait trouvé dans la chambre : quelques papiers personnels et des photos qu'il tenait à la main. Marion s'en saisit, curieuse. Elles représentaient toutes le même sujet : un gros chat noir et blanc pris dans de nombreuses postures. Pas de personnage humain excepté, sur l'une d'elles, le visage d'un adolescent morose et boutonneux.

— Curieuse bonne femme, murmura-t-elle. Vous lui avez trouvé de la famille ?

— Un certain Julien qui lui écrit, son fils peut-être... encore que...

— Encore que ?...

— Le ton des lettres est tellement froid et impersonnel. Enfin, vous verrez vous-même. Apparemment, il est militaire à Pau, dans les paras... Excusez-moi !

Les fonctionnaires de l'Identité judiciaire l'appelaient pour lui faire signer des fiches de scellés. Il s'effaça afin de laisser passer le corps de Nicole Privat qui franchit pour la dernière fois le seuil de sa porte, emballé dans une housse grise sous le regard lourd de quelques voisins présents dans l'escalier. Le substitut du procureur attendait Marion pour pouvoir filer à son tour. Elle lui fit un bref point de la situation sans attendre le retour de Lavot et Cabut, occupés à interroger les locataires de la résidence des Mimosas.

— Je fais ouvrir une information, décida le substitut, envoyez quelqu'un au palais de justice tout à l'heure pour récupérer la commission rogatoire.

Marion acquiesça puis rejoignit Talon en grande conversation avec le lieutenant du commissariat :

— Le corps a été découvert par les pompiers, alertés par une collègue de travail de la victime. Nicole Privat n'était pas venue travailler depuis deux jours, ça l'a intriguée, elle est venue voir. Quand elle a reniflé l'odeur à travers la porte, elle a pigé tout de suite...

— Où est-elle, à présent ? demanda Marion.

— À l'hosto. Elle n'a pas supporté le spectacle. Crise de nerfs, syncope, etc.

— Son nom ? questionna Talon.

Avant de quitter les lieux, Marion refit un tour d'horizon de la chambre afin de s'assurer qu'elle n'oubliait rien. Le mobilier de rotin blanc, la literie détrempée par le sang qui avait coulé jusque sur le parquet, les rideaux de tulle plus très nets, tout offrait un aspect désolé, maculé de poudre à empreintes.

— Est-ce qu'elle portait des chaussures à talons aiguilles ?

Marion sursauta :

— Pardon ?

Elle considéra Talon qui réitéra sa question :

— Je vous demandais si vous aviez trouvé des chaussures à talons aiguilles dans sa garde-robe.

Elle secoua ses mèches blondes :

— Non, pas le genre, dit-elle, pourquoi ?

Talon ouvrit la main sur une petite rondelle en matière synthétique noire.

— J'ai trouvé ça coincé près du pied gauche du lit. Vous voulez voir ?

Marion lui jeta un regard sombre. Évidemment qu'elle voulait voir.

Ils se penchèrent sur l'interstice entre deux lames de parquet où il avait fait sa découverte. L'une dépassait de l'autre d'un demi-centimètre au moins et, sous le choc du talon, le bois avait été écrasé. Marion demanda une lampe de poche et observa le sol en lumière rasante :

— Je veux des photos ! ordonna-t-elle. Il y a peut-être l'empreinte de l'autre partie de la chaussure.

— Vous pensez la même chose que moi, patron ? Un cheveu long, un embout de talon aiguille : on a peut-être affaire à une femme. Si c'est le cas, elle doit être lourde car la talonnette était bien fichée dans le bois...

Le technicien de scène de crime, une fois ses clichés enregistrés, se redressa, l'air navré :

— Pas d'empreinte de chaussure. Qu'est-ce que je fais ?

— Rien, soupira Marion. S'il y en avait, elles ont été piétinées depuis longtemps. On met les scellés sur la porte et on plie bagage.

Au rez-de-chaussée, elle retrouva Lavot et Cabut qui n'avaient rien récolté d'intéressant. Elle leur demanda de continuer leur enquête avec l'aide de Talon tandis qu'elle allait s'installer au volant de la Renault pour renseigner par radio l'état-major et donner ses instructions à Joual. Elle observa, songeuse, les derniers mouvements des badauds et des différents intervenants qui se retiraient les uns après les autres. Son regard s'arrêta sur le véhicule des pompiers en train de faire demi-tour et dont l'un des occupants la fixait par la vitre ouverte. L'intensité de ce regard l'arracha à sa rêverie. Il la troubla un instant mais elle le soutint malgré elle. Puis elle haussa les épaules alors que le fourgon s'éloignait dans un inutile et sacrilège hurlement de sirène.

3

Les journaux du lendemain firent assez peu de cas du meurtre de Nicole Privat. Ils avaient été abreuvés depuis trois semaines d'une série de règlements de comptes et d'accidents en tout genre liés aux intempéries. La crue spectaculaire de la rivière – et ses conséquences sur la vie économique et sociale – avait à elle seule occupé la une des deux feuilles régionales qui se livraient une concurrence féroce. En apparence seulement car, en réalité, leurs journalistes étaient dans les meilleurs termes, copinant le plus souvent dans les couloirs de l'hôtel de police, de l'hôpital ou de la salle de veille des pompiers, alimentés chacun leur tour ou ensemble, mais toujours équitablement, en potins, incidents, événements qui ravissaient un lectorat avide de faits divers.

Ben ne fut donc pas très satisfait de la relation que les médias firent de son aventure avec celle qu'il avait répertoriée sous le nom de « sœur Angélique ». Angélique parce que vraiment candide, facile même. Un peu bébête, à vrai dire. En jetant le journal dans la poubelle, il murmura :

— Une vraie conne.

Son extrême naïveté était le seul souvenir qu'elle lui avait laissé. Il avait beau se creuser la tête, il ne se rappelait rien d'autre. Tellement insignifiante que la presse en parlait à peine et il aimait bien, lui, que les journaux commentent longuement ses exploits, fût-ce par personne interposée. Et cela faisait plaisir à Cora, elle qui rêvait de gloire et de notoriété.

— N'importe quoi, disait-elle, je ferai n'importe quoi, mais on parlera de moi, tu verras...

L'homme grimaça un sourire en se remémorant l'article qui évoquait l'hypothèse d'un crime de rôdeur ou d'un sadique. Il sourit plus franchement : quel manque d'imagination ! Nicole Privat ! Une femme aussi banale n'était pas une grande perte. Il l'avait eue facilement, celle-là. Il l'avait tuée presque trop vite. Mais Cora était impatiente. Depuis le temps qu'elle le harcelait !

— Fais-moi jouir, Ben, encore !

Pour lui, cela venait après, aussi puissant qu'un cataclysme. À cette évocation, son souffle s'accéléra. Les images éclatèrent dans sa tête, un filet de salive filtra aux commissures de ses lèvres. Il comprima son cœur affolé, se reprit. Il ne pouvait pas se laisser aller au moment de partir travailler. Il se contraignit à respirer à fond plusieurs fois, avala une grande goulée d'eau, directement au robinet, et passa une main humide dans ses cheveux bouclés. D'un regard rapide, il embrassa le décor de sa maison, s'assura que rien ne clochait. Tout allait bien, chaque chose à sa place, une place pour chaque chose. Comme on lui avait appris. L'ordre et la propreté.

— Tu attrapes la poussière au vol, raillait Cora.

Elle, la poussière ce n'était pas son fort. L'hygiène oui, heureusement, car il n'aurait pas supporté qu'elle se néglige. Pour l'odeur bien sûr, mais aussi pour la vue. Pour la pureté. Un cheveu qui dépasse, un rouge à lèvres qui bave, des poils sur les jambes. Cela lui fit penser à la cicatrice. Il en trembla d'émotion rétrospective. Ah ! les cicatrices ! Il n'avait pas toujours la chance d'en trouver d'aussi belles que celles de Cora. Longues, sinueuses, torturées.

Au moment de sortir, il se ravisa, retira le journal de la poubelle et le posa sur la table. Ce soir, il découperait l'article. Il le collerait dans le nouveau dossier qu'il avait ouvert au nom de « sœur Angélique ». Il achèterait même *L'Écho*, qu'il n'appréciait pas à cause de ses idées de droite. Il mettrait l'article avec celui de *La République*, à côté du film. Ce soir, il se le repasserait. Il ne l'avait pas encore regardé. Il attendait que son désir soit à son comble. Déjà, il n'en pouvait plus. Il fallait qu'il *la* revoie. Ses longs cheveux blonds, ses jambes magnifiques, lisses comme du velours. Il voulait revoir ses grandes mains larges et fines s'activer sur le corps de la femme. Sur la cicatrice. Le journal n'en faisait pas état. Mais peut-être que demain, après l'autopsie, ils en raconteraient davantage. Il sourit de nouveau. Les flics de la PJ se croyaient tellement malins... La commissaire Marion encore plus que les autres. Celle-là, il ne l'aimait pas. Trop futée. Il envisagea un moment de l'offrir à Cora mais renonça aussitôt à cette idée. C'était beaucoup plus drôle de jouer au chat et à la souris avec elle. Il serait toujours temps de changer d'avis quand il en aurait assez de s'amuser. Il gloussa, se secoua. Il ne devait plus penser au film avant ce soir. Il devait garder la tête froide, se concentrer sur son travail et sur les femmes qu'il allait rencontrer, à l'infini.

Il sortit enfin après avoir rectifié sa tenue. Il devait toujours être impeccable.

4

Marion posa les mains sur le dossier de la chaise et regarda par-dessus l'épaule de Joual :

— Qu'est-ce que ça donne ?

Le lieutenant s'écarta légèrement vers la droite. Ses mains tremblaient discrètement et il émanait de lui des relents douteux. Cela venait de ses cheveux grisonnants, de sa chemise au col lustré et de son pull décoloré, auréolé sous les bras et constellé de taches suspectes. Incommodée, Marion se redressa et contourna le bureau pour lui faire face. Elle croisa les bras en le fixant. Le tremblement de Joual s'accentua, il croisa et décroisa les mains, puis les enfouit dans ses poches. Il bafouilla quelques mots incompréhensibles.

— C'est quoi, comme langue ? ironisa Marion pour se défendre de la colère qu'elle sentait monter.

Joual leva vers elle un regard désespéré. Le bleu de ses yeux avait cédé la place au rouge des petits vaisseaux éclatés à l'intérieur des paupières d'où les cils avaient disparu. Une larme brilla, jaillit et se mit à rouler sur sa joue striée de couperose. Marion le considéra, interloquée.

Quand elle l'avait pris dans le groupe, un an plus tôt, il en était au dernier stade de l'alcoolisme, rongé comme une vieille noix. Relégué aux archives, il passait son temps à cuver son whisky, quand il pouvait encore faire l'effort de venir travailler. Pour éviter des accidents irréversibles, on l'avait « désarmé ». Ce geste hautement symbolique avait précipité les choses. Sans arme, un policier n'est plus un policier. Joual avait accéléré le rythme, ne dessoûlant plus que de loin en loin, provoquant des incidents dans des bars, des accrochages avec d'autres ivrognes comme lui. Il était au bout du rouleau, guetté par une administration qui avait assisté sans broncher aux étapes de sa descente aux enfers. Malgré une femme et trois enfants, il était au bord de la chute finale, la révocation ou le suicide.

Cabut et lui avaient été copains autrefois. Ils avaient usé leurs fonds de culottes dans la même école, chahuté les mêmes filles. Bouleversé par l'état dans lequel il avait retrouvé son ancien ami, Cabut en avait parlé à Marion. Elle avait une bonne réputation, comme patron. Elle avait accepté de le prendre dans son groupe à la condition expresse qu'il passe d'abord par l'hôpital. Cabut avait pris Joual en charge avec l'appui de Marion. L'opération était risquée et elle n'avait reçu l'aide ni de sa hiérarchie, qui s'en lavait les mains, ni de la femme de Joual qui gratifiait son mari d'un mépris affiché. Quatre mois plus tard, il était revenu, propre, rose, en forme. Pour fêter son retour, le groupe avait organisé un pot. Sans alcool. Joual était transfiguré, Cabut ému, Marion réservée. Pour avoir travaillé à la brigade des stupéfiants, elle connaissait bien le problème de l'addiction. La fragilité des camés et des malades alcooliques, les fausses guérisons et les vraies rechutes. Elle savait que Joual n'était pas tiré d'affaire. Il avait des compétences en informatique, en dessin, était plus intéressé par l'analyse, la synthèse des informations que par l'action. D'ailleurs, lui-même ne se considérait pas comme guéri et avait refusé le revolver que l'administration, prompte à changer d'avis, était prête à lui restituer.

Depuis quelques semaines, Marion observait un nouveau laisser-aller. Joual avait l'angoisse à fleur de peau. S'il n'avait pas encore replongé, elle sentait qu'il n'en était pas loin.

— Qu'est-ce qui ne va pas ? demanda-t-elle doucement.

Comme s'il n'attendait que ce signal pour se libérer, Joual porta les mains à son visage et se mit à sangloter, en silence, les épaules secouées, incapable de répondre. Marion pesta. Elle détestait se trouver dans cette situation. Elle savait comment se sortir des situations les plus délicates, menotter un malfrat récalcitrant, clouer le bec à une troupe d'insolents. Mais que faire d'un homme qui pleure ? Pour trouver l'inspiration ou une aide providentielle, elle sortit lui chercher un verre d'eau. À son retour, l'affaire ne s'était pas arrangée. Joual, effondré sur son bras replié, pleurait d'abondance, noyant de larmes le rapport qu'il avait rédigé à son intention. Marion posa une main sur son épaule :

— Voyons, Joual, relevez-vous, gronda-t-elle. Allez ! Racontez-moi ce qui ne va pas...

Joual fit non de la tête mais se redressa, bredouillant des excuses. Bien qu'elle n'ait pas tout compris, Marion dit avec calme :

— Je suppose que ce n'est pas le meurtre de cette malheureuse qui vous met dans cet état... Il s'agit de votre femme, n'est-ce pas ?

Marion n'avait rencontré qu'une fois l'épouse et les deux femmes n'avaient pas vraiment sympathisé. Christine Joual, une enseignante froide, méprisait la police en général – un ramassis d'ivrognes violents et fachos – et son mari en particulier, qu'elle considérait, de surcroît, comme un raté irresponsable. Elle l'aurait volontiers expédié au diable, n'eut été l'existence de trois enfants qu'il fallait bien élever.

Joual s'essuya les yeux avec les manches de son pull. Marion lui tendit un Kleenex. Il bredouilla :

— Elle a rencontré quelqu'un... Elle veut qu'on se sépare, elle veut partir avec les gosses. Elle ne me supporte plus, encore moins maintenant que j'ai refait surface. Rien de ce qui me concerne ne l'intéresse... Je ne sais pas comment la convaincre, je suis à bout, j'ai envie de boire sans arrêt et je me dis que, si je le fais, je suis foutu... Je m'en suis sorti, grâce à vous. Mais...

— Laissez-la faire ! trancha Marion.

— Pardon ?

— Laissez-la partir ! Négociez serré pour vos enfants mais séparez-vous, c'est votre seule chance de vous en sortir. Je n'osais pas vous le dire, Joual, mais votre vrai problème, c'est elle. Elle vous méprise et votre alcoolisme l'arrangeait bien, il lui permettait de dominer la situation. Aujourd'hui, les choses ont changé, vos enfants vous voient différemment et, comme vous reprenez du poil de la bête, elle essaie de vous faire rechuter. Et cette histoire de mec, ce n'est peut-être qu'un prétexte... Vous le connaissez ?

— Vous pensez bien que non ! Par moments, je me demande s'il existe, si ce n'est pas uniquement pour me provoquer. Il y a deux mois elle m'a fait une scène terrible pour des futilités, elle m'a humilié, en présence des enfants. Je n'aurais pas dû mais je l'ai frappée... J'étais à bout de nerfs...

Il prit un air contrit, passa une main aux ongles pas très nets sur ses yeux rougis. Comme Marion ne disait rien, il poursuivit :

— Elle a appelé police secours. Un équipage s'est déplacé. Elle a raconté qu'elle avait été agressée dans les caves de l'immeuble pour les faire venir plus vite et, surtout, pour être sûre qu'ils viennent. J'étais mort de honte, c'était exactement ce qu'elle voulait. Je sais qu'elle a fait établir un certificat médical le lendemain...

Tassé sur sa chaise, il écarta les bras :

— Mais qu'est-ce que je lui ai fait ?

— Rien, dit Marion, vous êtes l'un des plus braves types que je connaisse mais, comme tous les calmes, si vous ne vous en prenez pas à vous-même, vous risquez de lui faire un mauvais sort. Laissez-la partir, ça vaudra mieux pour tout le monde. Vous devriez même l'aider à le faire...

— Et mes enfants ? Vous savez combien je gagne ? Elle va me demander une pension... et je la connais, elle va exiger le maximum !

— Il faut parfois savoir faire des sacrifices. Vous avez de la famille, des collègues, vous n'êtes pas aussi seul que vous le croyez. Allez, Joual, un peu de courage, regardez les choses en face, cessez de vous dérober. Vous verrez que vous vous sentirez mieux.

Elle marqua une courte interruption puis reprit :

— Bon, à présent, si vous me parliez de notre affaire ?

Joual serra les poings, renifla encore, remit de l'ordre dans les papiers épars devant lui sur lesquels ses larmes avaient laissé des traces. Il lança un coup d'œil aux photos de l'Identité judiciaire qui détaillaient les tortures infligées à Nicole Privat :

— Y a des moments, marmonna-t-il, où je comprends les criminels... Je suis sûr que je serais capable de faire ça à ma femme.

— Mais bien sûr... dit Marion avec froideur, défoulez-vous si ça vous chante, mais ne comptez plus sur moi ! Et pensez à vos enfants. Essayez de ne pas leur gâcher définitivement la vie et assumez-les puisque vous les avez faits, ces gosses !

Elle s'était emportée malgré elle et avait haussé le ton. La porte s'ouvrit sur Lavot et Cabut.

— Qui veut faire des gosses ? interrogea Lavot avec son inimitable accent de titi parisien. Moi j'suis volontaire, quand vous voulez, patron !

— Oh ! pour ça, je n'ai aucune crainte, vous êtes toujours là ! s'exclama Marion prête à sourire de la lueur espiègle qu'elle décelait dans le regard de l'officier.

Cabut avait tout de suite remarqué la triste mine de Joual et l'atmosphère étrange qui régnait dans le bureau.

— Ça va ?

— Mais oui, s'énerva Marion, tout va bien. Joual vous expliquera, je crois qu'il a encore besoin de vous… enfin de nous. En attendant, j'aimerais qu'on travaille, si possible. Allez-y, Joual, et vous deux, vous tombez bien, vous allez profiter de son rapport.

Lavot s'assit sur un coin de bureau, retira ses Ray-Ban et les glissa dans la poche de poitrine de son blouson tandis que Cabut allait s'adosser contre le mur, une jambe croisée par-dessus l'autre dans une posture familière. Marion s'assit sur la chaise de dactylo qui ne servait plus depuis longtemps, les secrétaires étant devenues une espèce en voie de disparition à la police judiciaire depuis l'entrée en scène des ordinateurs. Joual chaussa de petites lunettes de presbyte et attaqua :

— Nicole Privat, cinquante-deux ans, née à Oran (Algérie), fille unique d'Émile et Léone Privat, tous deux décédés. Rapatriée avec sa famille en 1962, installation à Marseille. Les parents sont de gros commerçants ruinés par leur départ précipité d'Algérie. Toutefois, ils ne tardent pas à refaire surface dans l'habillement. Nicole a une enfance et adolescence sans problème avant d'entreprendre des études de lettres qu'elle interrompt brusquement pour épouser Michel Lambrosi, un Italien naturalisé français. Selon mes sources, c'est alors un type un peu fruste mais beau comme un dieu. Malgré la différence de culture et de niveau social – il travaille sur le port comme manutentionnaire –, elle en est tombée folle amoureuse.

— Un coup de foudre… c'est beau, rêva Lavot.

— Coup de foudre, mais gros pépin : la petite Nicole est enceinte. Le beau rital essaie de se dérober et part faire son service militaire. Mais le père Privat, vrai pied-noir irascible qui ne badine pas avec l'honneur, lui fait entendre raison et le contraint au mariage. Pour rien, d'ailleurs, puisque Nicole fait une fausse couche tout de suite après. Cependant, le couple marche à peu près. La jeune femme n'a pas repris ses études, elle s'occupe de la maison, Lambrosi, en bon macho, refusant qu'elle travaille à l'extérieur. Lui, pendant ce temps, a pris la mesure de ses beaux-parents et de leur capital reconstitué. Il leur emboîte le pas, monte une affaire avec leur aide et ça marche. L'argent rentre, le couple prospère…

Joual marqua une pause pour reprendre son souffle.

— Continuez ! s'impatienta Marion.

— Donc, ça va bien pour eux. Belle maison, grosse voiture et un enfant deux ans après le mariage. Un fils, Julien. Dans le genre difficile. Souffreteux, maladif. Du coup sa scolarité est chaotique et son caractère épouvantable. Sa mère, entièrement accaparée par lui, se désintéresse peu à peu de son mari, toujours beau mec et de plus en plus friqué. La nature ayant horreur du vide, il va chercher son bonheur ailleurs, multiplie les aventures. Nicole s'en rend compte mais fait semblant de rien. Elle a une maison, un statut, et son mari revient à la soupe tous les jours. Et puis un beau matin, le vent tourne. Le mari rencontre une jeune belette aux dents longues. Elle est sa secrétaire particulière, tellement efficace d'ailleurs qu'elle lui devient vite indispensable. Elle a vingt-cinq ans, argument non négligeable. Malaise chez les Lambrosi. Nicole s'aperçoit, mais trop tard, que son mari a franchi le point de non-retour et qu'elle va être jetée sans pouvoir dire « ouf ». En effet, non seulement Lambrosi largue les amarres mais, poussé par sa maîtresse, il met tout en œuvre pour lui rafler ses biens, y compris ce qu'elle a hérité de ses parents – morts depuis un an à quelques mois d'intervalle – et dont il la dépouille jusqu'au dernier centime, en toute légalité. Pour Nicole, c'est l'horreur : plus de mari, plus de maison, plus d'argent. Et, bien sûr, pas de travail, aucune qualification professionnelle. Elle est plus ou moins recueillie par une sœur de sa mère, celle qui m'a raconté l'histoire, puis elle trouve un petit boulot d'hôtesse-standardiste à Marseille et remonte doucement la pente. Il y a un an, elle vient, pour des raisons pas encore très claires, s'installer ici...

Cabut l'interrompit :

— Moi, je sais. Sa collègue de travail m'a éclairé...

Il fronça les sourcils, fouilla nerveusement sa poche à la recherche du bout de papier informe sur lequel il avait noté le nom de la collègue de Nicole Privat, fit tomber son paquet de cigarettes, se releva, écarlate.

— Ghislaine Vendroux, le devança Lavot. Chez moi c'est un réflexe, j'oublie jamais le nom d'une femme.

Cabut le cloua d'un regard rancunier. Les bras croisés, Marion attendait la suite. Elle se dressa subitement :

— Et elle est comment cette Ghislaine... Vernoux ?

— Vendroux, rectifia Cabut. Physiquement, pas terrible... Une petite brune boulotte, assez quelconque.

— Mariée, mère de famille, pas le genre « gazon maudit », compléta Lavot qui lisait dans les pensées de Marion, pas plus que la victime d'ailleurs.

— Donc je disais, coupa Cabut, irrité par les interruptions de son collègue, Nicole Privat est venue s'installer ici parce que son fils avait connu une jeune fille de la région et qu'il pensait y vivre avec elle. Mais l'affaire a capoté et il s'est engagé dans l'armée. Il rempile actuellement à Carcassonne, au 3ᵉ RPIMA...

— Tout à fait exact, confirma Joual, Julien Lambrosi n'a pas rendu à sa mère tout l'amour qu'elle lui portait. Il serait même plutôt du genre fils indigne. Il a pris le parti de son père au moment du divorce et a tout fait pour mettre de la distance entre elle et lui. À Carcassonne, dans les paras, il est sûr qu'elle ne viendra pas le relancer.

— Je croyais qu'il était souffreteux, s'étonna Marion, les paras c'est pas la colonie de vacances tout de même !

— Il a dû reprendre du poil de la bête, répliqua Lavot. J'avais un pote comme ça à l'école, absent une semaine sur deux, une véritable épave. Aujourd'hui, il dirige une salle de gymnastique et, à côté de lui, Rambo n'est pas plus musclé qu'un lapin de six semaines.

— Bon, bon, admit Marion. Et le mari ? Enfin l'ex-mari...

— Toujours à Marseille et toujours dans la fripe. Sa nouvelle femme le mène par le bout du nez, ils ont un gosse de trois ans. Lui a tendance à flamber – courses, poker – mais sans plus. Ses affaires tournent bien : ils ont passé le week-end de Pâques en Méditerranée, sur leur 25 mètres, avec une dizaine d'amis. Alibi en béton.

— Et le fils ? Où était-il pendant le week-end de Pâques ?

— En manœuvres dans les Pyrénées. Marche, bivouac, une semaine entière. Il est rentré hier et c'est moi qui lui ai appris la mort de sa mère... Ça n'a pas eu l'air de le démonter mais on va sûrement le voir rappliquer.

La sonnerie du téléphone les fit sursauter. C'était Jeannette, l'unique secrétaire de la PJ, la quarantaine épanouie et un cheveu sur la langue. Elle devança les protestations de Marion qui lui avait demandé de ne pas la déranger :

— C'est monsieur Benjamin, madame, alors j'ai pensé...

Marion se troubla imperceptiblement, se dressa sur sa chaise en se massant la nuque. Les trois officiers s'empressèrent de faire comme si de rien n'était, sans toutefois perdre une miette de ce qu'elle disait. Ils savaient que « monsieur » Benjamin était le seul individu momentanément habilité à transgresser les règles, en particulier celle – sacro-sainte – de ne pas interrompre le rapport. Dans les heures qui suivaient un crime, et avant même que ne soient exploités les indices, elle exigeait un compte rendu complet sur la victime, sa vie, son environnement familial, sentimental et professionnel. Tout devait être étudié, disséqué, scruté à la loupe. La synthèse, c'était le boulot de Joual.

— Ce soir, ça va être difficile, dit Marion à voix basse, à moitié tournée du côté du mur... J'ai un meurtre sur les bras et là...

Elle regarda sa montre :

— Il n'est pas loin de 19 heures, déjà, et j'ai encore beaucoup à faire. Je te rappelle plus tard. Comment ? Ah ! tu n'es pas chez toi !

Elle marqua une pause, quitta sa chaise, et s'assura, d'un regard rapide, de l'indifférence de ses collaborateurs puis se mit à marcher de long en large.

— Bien sûr que j'ai envie de te voir... Mais je te rappelle que tu es parti depuis deux semaines, sans un coup de fil...

Monsieur Benjamin dut insister car elle finit par accepter une rencontre à 21 heures au Cintra, un piano-bar à la mode, proche de l'hôtel de police. Marion toussota. Elle détestait donner sa vie amoureuse en spectacle à ses collaborateurs mais leur manière de vivre ensemble rendait la chose quasiment inévitable. Elle savait tout d'eux, ils savaient tout d'elle.

— Qu'est-ce qu'on a d'autre ? reprit-elle pour couper le silence pesant.

48

— Enquête de voisinage, zéro info sur toute la ligne, répondit Lavot qui avait fini par enlever son blouson, exhibant, sous un tee-shirt à manches courtes, un torse puissant dessiné par les sangles du holster.

Armé pour faire la guerre en toutes circonstances, il avait, outre le .357 Magnum réglementaire, un petit Smith et Wesson 2 pouces dans la ceinture et un poignard commando fixé au-dessus de chaque boot.

— Beaucoup de gens étaient absents, week-end oblige, et les autres n'ont rien vu, rien entendu, comme il se doit. Sauf... dans l'appartement mitoyen, une vieille dame qui vit seule. Elle s'est réveillée dans la nuit de vendredi à samedi, vers 1 h 30, et elle dit avoir entendu un cri. Elle est un peu dure de la feuille, elle a pensé que c'était une télé, un western ou un truc dans ce goût-là. Elle n'est même pas sûre que ça venait de chez la victime. Pour le reste, Nicole Privat était une vraie nonne, le désespoir total pour un chasseur de scalp : elle ne recevait personne et on n'a jamais vu d'homme avec elle. Ni de femme non plus, notamment de blonde aux cheveux longs, si vous voyez ce que je veux dire, patron...

— C'est quoi ces allusions, à la fin ? C'est très désagréable ! s'insurgea Cabut. Tout à l'heure tu as parlé de gazon maudit, maintenant de blonde, qu'est-ce que ça signifie ?

— Le cheveu, mon lapin, le cheveu, gouailla Lavot.

Cabut se tint coi. Il avait oublié le cheveu trouvé par Talon !

— Et Talon, s'exclama-t-il pour détourner l'attention, où est-il celui-là ?

— Il enquête, dit Marion, amusée par la scène. Au labo ou à l'IJ. Cabut, vous qui avez rencontré Ghislaine Vendroux, qu'est-ce qu'elle en dit ?

— Pas grand-chose, s'empressa l'intéressé, elle était encore sous calmants quand je l'ai vue, elle n'était pas assez claire pour parler, alors j'ai remis l'audition à demain matin.

— Après l'autopsie, je présume ?

Cabut plongea le nez sur ses chaussures. Elle ne pouvait pas lui faire ça ! Il releva des yeux de chien battu sur Marion qui faillit éclater de rire.

— Il faudrait quand même songer à vous aguerrir, lieutenant ! Je vous dispense cette fois encore. Talon m'accompagnera mais je vous préviens, la prochaine, elle est pour vous. Allez, mettez-moi tout ça noir sur blanc et disparaissez. Lavot ?

— Tout de suite, patron !

— Vous me déposerez en ville, dans une heure. Vous garderez la voiture, si vous voulez...

— Ça roule ! Je vous reprends où demain matin ? demanda-t-il en sachant pertinemment que les nuits de la patronne avec *monsieur* Benjamin se terminaient toujours chez l'amant.

Aucun homme ne mettait les pieds chez elle. C'était comme ça depuis la désertion de son mari, « lassé de vivre avec un courant d'air et séduit soudain par un boulet », version que Marion cultivait faute d'en trouver une autre à son avantage.

La main sur la poignée de la porte, elle se tourna.

50

— Chez moi, dit-elle avec fermeté. Je vais chez le directeur lui toucher deux mots de notre affaire. Rendez-vous à la voiture.

C'est, un peu plus tard, en quittant les toilettes où elle était allée se composer une mine un peu plus présentable, que lui revinrent en mémoire les confidences de Joual.

« Zut, pensa-t-elle, j'ai oublié d'en parler à Cabut ! »

Celui-ci, momentanément célibataire, pouvait prendre son ami sous son aile, lui apporter au moins un soutien moral. Elle arpenta rapidement le couloir, parvint à proximité du bureau des officiers dont la porte était entrouverte. Le crépitement rassurant d'un clavier cessa. Elle se figea : on parlait d'elle.

— Putain, dit Lavot rêveur, il connaît pas sa chance, l'enfoiré, je suis sûr que ça doit être un sacré coup, Marion...

— Oui, eh bien, arrête de fantasmer, riposta Cabut, elle n'est pas pour toi. Vous ne tirez pas dans la même catégorie ! D'ailleurs, ce Benjamin Bellechasse...

— Quoi, *ce* Benjamin Bellechasse ? Tu le connais même pas !

— Bien sûr que je le connais, il a travaillé sur l'affaire du vol des tableaux au musée Marmottan, à cette époque il pigeait à *Libération*. C'est une bonne plume, d'ailleurs. Et un journaliste fin et correct, ce qui n'est pas le cas de tous ses confrères.

— Alors pourquoi tu dis « d'ailleurs *ce* Benjamin Bellechasse » ?

— Tu as compris comme moi qu'il était absent de la région depuis quinze jours ?

— Ouais, et alors ?

— Je peux te dire que c'est faux. Je l'ai vu la semaine dernière, dans un bar-tabac-journaux. Je suis entré pour acheter *La Gazette Drouot*, ce devait être mardi, vers midi. Il était à une table. Avec une femme.

Marion n'attendit pas la suite. Le cœur battant un peu plus vite qu'elle n'aurait voulu, elle fit demi-tour sur la pointe des pieds.

5

Le bar du Cintra s'étirait jusqu'à une zone arrondie occupée par des tables basses et des fauteuils de cuir souple. Un pianiste las égrenait des airs indéfiniment répétés, une bière posée sur le couvercle de l'instrument. Quelques couples se draguaient à voix basse sous la lumière confidentielle des appliques rose orangé.

Benjamin Bellechasse était seul au bar, juché sur un tabouret, devant un téquila-soda. Tellement perdu dans ses pensées qu'il ne capta pas l'arrivée de Marion. Elle s'arrêta à quelques pas de lui, incrédule. Quand il se retourna enfin, elle ne put réprimer un début de fou rire :

— Ils ont osé te faire ça !

— Charmant accueil ! maugréa Benjamin sans bouger.

Il passa une main furtive dans ses cheveux sombres et bouclés, coupés court, bien loin des mèches longues dont, le plus souvent, il faisait une petite couette tenue par un élastique.

Marion ne cessa de sourire en se hissant près de lui. Elle déposa un rapide baiser sur sa joue et se retira avec vivacité sans lui laisser le temps de réagir. Elle l'observa à la dérobée, constata une fois encore la beauté de ce visage viril aux formes nettes, la couleur d'eaux troubles des yeux dont les longs cils épais et sombres auraient rendu jalouse la moitié de la population féminine de la ville. Elle remarqua que, par-dessus son immuable pantalon de velours noir, le journaliste arborait un Barbour flambant neuf qui étoffait sa silhouette athlétique. Il fit tourner les glaçons dans son verre d'un air songeur et décroisa les jambes pour se pencher vers elle. Elle se détourna, héla le barman :

— Julio, un whisky, s'il te plaît !

— Glace ?

— Yes.

Benjamin la détailla sans cacher sa surprise. Marion ne buvait pas d'alcool, parfois un peu de vin à table mais le plus souvent de l'eau ou du café.

— Ça va ? demanda-t-il, inquiet.

— Bien sûr ! Et toi ? Cette période militaire, c'était comment ?

Benjamin haussa les épaules :

— Sans intérêt ! Je préfère ne pas en parler.

« Facile », songea Marion. Elle connaissait par cœur, du moins le croyait-elle, le journaliste, son amant depuis quelques mois. Le jour même où il avait débarqué dans la ville et dans sa vie, présenté à Marion par un confrère de *L'Écho*, dans ce bar, justement… Ils avaient parlé, parlé, jusqu'à la chambre d'hôtel où Benjamin avait élu domicile provisoirement. Intarissable et passionnant sur de nombreux sujets. Muet et pudique sur d'autres, plus secrets.

Elle insista un peu mais comme elle s'y attendait, il se déroba. Conclusion : la période militaire, c'était du pipeau. Une histoire inventée pour s'éloigner en coupant court à sa curiosité. Marion entendit la voix de Cabut racontant à Lavot qu'il l'avait aperçu avec une femme et son estomac se contracta. Décidément, elle ne s'en sortirait jamais avec les mecs. Celui-là, comme les autres, passé les premiers mois de passion, s'envolait déjà vers d'autres horizons. Elle soupira en tendant son verre vide à Julio pour qu'il le remplisse. D'un doigt, elle agita les glaçons dans son verre, sursauta quand Benjamin lui pinça la taille, une mince bande de chair à découvert entre la ceinture du jean et le perfecto.

— On peut savoir où tu étais partie ? Et pourquoi tu picoles autant ce soir ? Tu as des problèmes ? C'est le boulot ?

— C'est ça oui, des problèmes ! marmonna Marion, dents serrées, d'ailleurs je vais rentrer me coucher, c'est préférable.

Elle se leva, jeta d'un geste prompt un billet froissé sur le comptoir et se dirigea vers la porte. Benjamin la rejoignit sur le trottoir, la fit pivoter de son côté.

— Mais qu'est-ce qu'il y a, Edwige ?

Elle détestait qu'on l'appelle par son prénom, une excentricité de sa mère qui rêvait de scène, de théâtre et de rideau rouge. D'être Edwige Feuillère ou Sarah Bernhardt. Elle avait hésité entre leurs deux prénoms mais avait renoncé au second,

Marion ne savait pas trop pourquoi. Elle se mordit la lèvre inférieure, laissa fuser un rire sans joie :

— Edwige ! Edwige ! Pourquoi tu prends cet air solennel ? Tu ne vas pas me demander ma main, si ?

— Allez viens ! insista Benjamin en l'enlaçant pour l'entraîner vers sa voiture.

Sa main glissait sur la hanche de la jeune femme, s'arrondissait sur sa croupe de sportive, ferme comme du bois. Elle se dégagea avec brusquerie.

— Non. Désolée. Je rentre.

Déjà, elle tournait les talons. Benjamin ne protesta pas. Il la regarda s'éloigner, adossé à sa voiture.

Au coin de la rue, elle regrettait déjà son mouvement d'humeur. Benjamin ne voulait pas s'expliquer sur son emploi du temps, c'était son droit. Avec un peu de patience, elle lui aurait fait raconter ce qu'il avait fabriqué pendant ces deux semaines. Elle se retourna, prête à s'élancer pour rire avec lui de son incurable promptitude au soupçon. Mais elle ne vit que les feux de la BMW qui s'éloignait. Avec une parfaite mauvaise foi, elle se fit la réflexion qu'il aurait pu attendre un peu. S'il se résignait aussi vite, c'est qu'il avait autre chose à faire ou quelqu'un d'autre à voir. Ce constat la rendit mélancolique et elle employa le quart d'heure de marche qui la séparait de son domicile à se convaincre de la solidité de son jugement. Puis à se dire qu'elle avait été stupide. Après cette journée, la force virile des bras de Benjamin aurait été la bienvenue. De loin, elle aperçut la

BMW, arrêtée devant l'immeuble vieillot où elle avait élu domicile sous les toits, à l'agonie de son bref mariage. Son cœur battit un peu plus vite quand son amant lui ouvrit la portière. Elle se laissa choir sur les coussins de cuir, les joues rosies par la marche. Benjamin murmura sans la regarder :

— Puisqu'on est là, on pourrait monter chez toi, pour une fois...

— OK, dit Marion après une courte hésitation, mais tu me racontes ta période militaire, dans le détail.

Benjamin éclata de rire.

— Tu ne renonces jamais, n'est-ce pas ?

— Rarement.

Elle grimpa les quatre étages à toute allure et l'attendit, à bout de souffle. Elle l'arrêta devant la porte.

— Deuxième condition : tu ne dors pas là, d'accord ?

Il protesta :

— On aurait pu faire l'amour dans la voiture pendant qu'on y était... Je ne comprends pas ces manies de vieille fille, et j'ai horreur de m'enfuir comme un voleur au milieu de la nuit. C'est inhumain !

Mais Marion semblait n'avoir pas écouté la réponse. À peine entrée, elle se délesta de ses vêtements, de son holster, de ses boots, le tout à une vitesse stupéfiante. Elle se jeta nue et splendide sur le lit bas qui occupait une grande partie du studio. Elle lui lança un regard noir.

— Tu peux t'en aller tout de suite, si tu préfères...

Benjamin la contempla dans la pénombre, la bouche sèche. Il s'agenouilla près d'elle, pencha la tête vers ses seins. Marion ramena brusquement ses bras devant elle, le fixa sans sourire :

— T'as pas bien compris ! Tu racontes d'abord !

— Et merde ! explosa Benjamin en se redressant, tu fais chier, Marion ! Je n'ai pas envie de raconter quoi que ce soit. Ce soir, j'ai juste envie d'être avec toi. Tu peux comprendre ?

Marion s'obstina :

— Tu me caches quelque chose ?

Benjamin leva les yeux au ciel.

— Je ne te suis pas sur ce terrain, désolé. Tu fais trop travailler ton imagination.

— Possible, murmura Marion d'une voix lointaine, mais ou tu racontes ou tu pars.

Benjamin se planta devant la fenêtre, contemplant sans les voir les lumières de la ville, floutées par un brouillard insidieux. Il enfonça les mains dans ses poches, attendit quelques secondes et, ne percevant aucun autre écho de Marion, poursuivit d'une voix assourdie :

— Tu ne peux pas décider de tout, tout le temps... Et là, tu n'es pas avec tes flics, tu es avec un homme qui n'a qu'une envie : te prendre dans ses bras. On parlera après, on peut changer l'ordre, non ? Qu'est-ce que tu crois ? Que j'ai fait des galipettes ? C'est pas sérieux, tu es la plus belle fille de cette putain de ville... Tu m'écoutes au moins ?

Le silence prolongé de Marion lui parut soudain suspect. Il s'approcha du lit, un sourire attendri détendit sa bouche : les genoux sous le menton et les cheveux dans la figure, Marion s'était endormie. Délicatement, il l'enroula dans le couvre-lit et partit sans faire de bruit.

6

Ben tourna le boîtier de la bande-vidéo dans tous les sens, tellement impatient et fébrile qu'il ne trouvait plus comment l'ouvrir. Il jura à voix basse. La hâte le rendait maladroit. Il alla s'asseoir en face de la télé, dans le fauteuil de cuir qui pivotait sur lui-même et qu'il avait fixé au sol de son camion, pour éviter qu'il se balade partout au cours de ses déplacements. Il essaya de réfléchir mais le désir de *la* revoir lui brouillait les neurones. Il opéra néanmoins un tour d'horizon : les portes étaient fermées, les rideaux tirés, personne ne pouvait le surprendre. Une idée de génie, ce mobile home ! Il pouvait aller où il voulait, changer de place, s'installer ou pas, au gré de ses envies. Il se crispa. Son regard revint se poser sur l'écran, une boule de désir dans la gorge l'empêchant presque de respirer.

Il éteignit la lampe à gaz posée près de lui, à même le sol, et appuya sur la touche lecture de la télécommande. L'écran s'illumina aussitôt, faisant luire le crâne chauve de Ben. Il se laissa aller dans le fauteuil, nu comme un ver. Son cœur se mit à battre follement tandis que ses mains s'égaraient presque mécaniquement sur sa poitrine lisse, son ventre plat et musclé, tout aussi imberbe. Sa main gauche s'attarda comme par mégarde sur son sexe et se referma sur la masse de chair flasque. Il s'activa un moment puis retira sa main sans avoir obtenu le moindre frémissement. Il grimaça en se souvenant de l'époque où son sexe n'était pas qu'un bout de viande morte. Puis il oublia, la première image coupant court à cette nostalgie inutile. Le gros plan sur le visage ahuri de Nicole Privat lui arracha un gloussement heureux. Il suivit attentivement les expressions de la femme, essayant de calculer à quel moment il allait *la* voir. *Elle*. Des picotements délicieux titillèrent le dessus de ses mains. Une crispation annonçant le plaisir assaillit ses reins. Quand la femme se mit à rire à gorge déployée, il fronça les sourcils.

— Sœur Angélique, gronda-t-il, mutin, voulez-vous être convenable ou je vais couper cette langue.

À l'image suivante, il crut défaillir.

— Ça y est ! La voilà !

Les longs cheveux blonds apparaissaient en gros plan, dissimulant à peine le visage tant espéré. L'instant d'après, elle avait disparu. Tout avait disparu d'ailleurs, comme si la caméra avait brusquement plongé en avant.

— Qu'est-ce qui se passe ? Mais qu'est-ce qui se passe ? répéta Ben stupidement.

Le film se déroulait, fixant sans fin la même image : le parquet de la chambre et le pied du lit avec le couvre-lit roulé en boule. De la femme, plus rien, sauf les cris au début. D'*elle*, plus rien non plus.

— Merde ! explosa-t-il, c'est quoi cette merde ?

Puis lui revint en mémoire le moment où Cora avait trébuché sur ses hauts talons. Dans sa hâte à s'occuper de cette femelle folle de désir, elle avait dû bousculer la caméra sans s'en rendre compte. L'image monotone continua à défiler devant Ben dépité et furieux. Les râles de plaisir enregistrés le firent à peine frémir. Il arrêta la diffusion avant la fin, horriblement frustré. Il enfila un peignoir, retira la bande du magnétoscope et s'approcha d'un meuble bas fermé à clef. Il sortit le dossier de sœur Angélique et inscrivit au feutre rouge : *Film à refaire.*

Il grimaça : avec Nicole Privat, il ne fallait plus y songer. Mais Dieu merci, il avait sa réserve, une jolie liste d'attente même. Avec sa fière allure, sa belle gueule, son éducation, sa gentillesse, sa position sociale, c'était si facile ! Il n'avait qu'à choisir. Il feuilleta quelques papiers et fit son choix.

Il ricana :

— Jenny !

Elle devait s'appeler Ginette ou quelque chose d'analogue. Il réfléchit quelques secondes pour déterminer un trait dominant de son caractère lui permettant de la baptiser. Le rire ! Elle éclatait de rire pour un oui un non. Elle riait même quand Ben lui disait des choses difficiles à entendre, comme :

— Vous avez pris du poids, non ?

Ou bien :

— C'est vraiment dommage, cette tache sur votre œil droit.

Ce n'était pas tout à fait vrai, pas très gentil, et pourtant ça la faisait rire. Ce devait être très agaçant à la longue mais de toute façon, Ben ne ferait pas sa vie avec elle. Il songea que, si la technique ne l'avait pas trahi, cette femme aurait pu vivre quelques semaines de plus. Il se promit de faire attention avec elle, de se surpasser même, pour obtenir un film exceptionnel qu'il pourrait revoir encore et encore. Il inscrivit sur une enveloppe rose : *sœur Sourire*, ravi de sa trouvaille

Sur le point de refermer le meuble, il jura. Il oubliait le plus important. Il saisit derrière lui un vieux livre relié de cuir brun craquelé et usé jusqu'à la corde. Les pages de fin vélin avaient été pour la plupart rafistolées avec du scotch et nombre d'entre elles étaient couvertes d'annotations. Ben le feuilleta en fredonnant doucement *Ben et Cora, Cora et Ben, Cora, Ben*, avant de s'arrêter à la page 292. Recueilli et concentré, il murmura les mots qu'il lisait. Puis, les yeux clos, il les répéta de mémoire, avant de refermer le livre qu'il remit en place après une dernière caresse au vieux cuir.

Ensuite il s'habilla, remit sur son crâne la perruque de cheveux sombres, courts et bouclés, enfila son imperméable de toile huilée et sortit dans la nuit à la recherche d'une cabine téléphonique. Dans quelques instants, il allait prendre rendez-vous avec Jenny.

7

Marion était d'humeur maussade quand elle retrouva Lavot qui l'attendait en bas de chez elle. Elle ne se sentait pas fière de l'accueil qu'elle avait réservé à Benjamin, ni de sa façon de le mettre à la porte en s'endormant sans l'écouter. Elle l'avait appelé au petit matin, il n'avait pas répondu mais il avait laissé un message pour elle. Il la joindrait à son retour, dans deux ou trois jours. Ces quelques mots avaient renforcé sa mauvaise conscience. En même temps, elle aurait juré que cette nouvelle absence était improvisée, décidée au pied levé, pour une raison qu'elle ignorait.

Elle répondit à peine au bonjour enjoué de Lavot qui n'insista pas : il la connaissait depuis longtemps, elle n'était pas du matin et elle pouvait s'y montrer totalement exécrable. Les mains enfoncées dans les poches de son blouson, elle fixait la rue, visage fermé. Ils roulèrent un moment en silence, rejoignirent le boulevard qui coupait la ville en deux dans le sens est-ouest. La circulation y était dense, au grand dam d'automobilistes pressés qui se frayaient un chemin à coups d'avertisseur. Lavot roulait doucement. Marion déclara sans desserrer les dents :

— Ça va, je ne suis pas malade, on peut accélérer...

— IML direct ? demanda l'officier en arrachant à la Renault un hurlement de pneus surmenés.

— Oui, le toubib est matinal aujourd'hui et Talon me rejoint sur place. Avec Cabut, vous irez voir Ghislaine Vendroux et les autres collègues de travail de la victime.

— Merci, patron, dit Lavot sobrement, merci de vous souvenir que je préfère les dames chaudes et vivantes aux froides, allongées sur une table d'autopsie.

Marion retint une réplique. Ce matin, les allusions de Lavot à son activité sexuelle prétendument intense l'agaçaient plus encore que d'habitude. La voiture s'arrêta devant l'Institut médico-légal, une grande bâtisse austère en briques rouges, dont les fenêtres du rez-de-chaussée étaient protégées par des grilles, et que le crachin persistant rendait lugubre. Marion ne bougea pas. Lavot se tourna vers elle :

— Un problème ?

La jeune femme s'ébroua.

— Non, non ! Venez me chercher dans deux heures.

Elle s'éloigna dans la brume, les poings serrés dans ses poches.

Le docteur Marsal était déjà à pied d'œuvre, perdu dans une blouse verte trop grande pour lui, chaussé de bottes qui le faisaient ressembler à un cosmonaute. Il préparait ses instruments et salua

Marion sans se retourner. Talon contemplait, perplexe, le corps de Nicole Privat dont la peau avait acquis une teinte jaunâtre grâce au compartiment réfrigérant. On lui avait attaché au gros orteil une étiquette portant une partie de son pedigree. Procédure obligatoire mais superflue. Avec quel autre corps aurait-on pu confondre celui-là ? Y avait-il ce jour-là dans tout l'Institut médico-légal un autre cadavre dans le même état ? Un photographe de l'Identité judiciaire terminait une série de clichés. Talon demanda un supplément de gros plans sur les coupures du buste et des jambes.

— Bien, Louis, dit le médecin légiste s'adressant à son aide, on peut commencer ! Prête, commissaire ?

Marion hocha la tête tandis que Talon sortait un calepin de sa poche. Les commentaires de Marsal allaient être enregistrés et retranscrits dans un rapport, mais, en vieux garçon qui ne se fie qu'à lui-même, le lieutenant prenait ses propres notes. Le légiste fit à petits pas le tour de la table, contemplant le corps en professionnel, un scalpel à la main. Il chaussa des lunettes en plastique en murmurant, comme s'il livrait un secret :

— Ah, ce petit tour au frais t'a fait du bien, tu es nettement plus présentable !

Il déclencha l'enregistreur en donnant le premier coup de son instrument.

*
* *

Une heure plus tard, le toubib se redressa, suant abondamment sous la lumière blanche du scialytique. Absorbé par sa besogne, il n'avait pas relevé la tête une seule fois sauf pour commander les manipulations que son assistant s'empressait d'exécuter avec un allant manifeste : découper la cage thoracique et la calotte crânienne, peser les viscères en les jetant négligemment sur la balance avec des commentaires douteux. Marion avait l'habitude et savait reconnaître la provocation et la dérision chez ces hommes qui, comme elle, côtoyaient quotidiennement la mort.

Marsal retira ses gants, les jeta dans un seau au milieu des résidus de l'autopsie, releva ses lunettes sur son front et se tourna vers les policiers :

— Je résume ?

Il enchaîna sans attendre la réponse :

— Plusieurs hématomes au niveau du crâne. La victime a été assommée. Pas d'hématomes sur le reste du corps. Mais... Vous avez vu sa bouche ? Langue énorme et tuméfiée, sectionnée.

Marion s'approcha.

— Sectionnée, reprit Marsal, mais pas coupée. D'après les traces et les contours irréguliers de la plaie, je suppose qu'elle a été tranchée avec les dents, bien que la décomposition ne favorise pas le diagnostic.

— C'est dingue ! s'exclama Marion.

— Exact. Je dénombre sur le buste et les membres inférieurs cinquante-trois incisions de deux à quatre centimètres de longueur, disposées de manière irrégulière, de haut en bas, de gauche à droite ou en biais. Ces coupures, peu profondes, ont été soigneusement exécutées.

Marion leva sur le toubib un regard interrogateur.

— À mon avis, il ne s'agit pas de coups de rasoir ou d'un autre instrument tranchant portés en dépit du bon sens sous l'effet d'une colère meurtrière ou d'un acharnement agressif. Ces coupures ont été pratiquées avec précision. Mais ne me demandez pas dans quel but ni ce que cela signifie, je n'en sais foutre rien. Enfin, l'éviscération qui a provoqué l'hémorragie mortelle n'a pas non plus été exécutée au hasard. Regardez !

Marion se pencha sur l'abdomen béant qui, à température ambiante, exhalait une odeur difficilement supportable. Elle eut soudain hâte d'en finir mais le docteur Marsal poursuivait, impassible, en soulevant de la pointe de son instrument la peau bistre sous laquelle trois bons centimètres de graisse jaune avaient élu domicile. Il en suivit les contours jusqu'aux poils pubiens.

Marion haussa les épaules.

— Je ne vois rien, dit-elle, la voix rauque.

— Cette femme avait une cicatrice, importante. Certainement une césarienne, pratiquée à l'ancienne, verticalement et sans précaution esthétique. Elle a été éventrée en suivant le tracé de la cicatrice. Exactement… À l'intérieur, c'est plutôt le carnage, mais la réalisation est tout aussi méthodique. Votre tueur est un sadique, mais propre, car tout a été remis à sa place.

Talon leva le nez de son calepin où il avait noté ce que le médecin légiste exposait. Il s'éclaircit la voix :

— Vous avez retrouvé le morceau, doc ?

Il disait « doc », comme en Amérique. Marion eut envie de rire mais se retint, l'endroit était mal choisi.

— Quoi, quel morceau ?

— De langue. Si la langue a été sectionnée, il y a...

— Oui, oui, s'impatienta Marsal en se tournant vers son aide, t'as trouvé ça, Louis ?

Le garçon de morgue ricana en secouant la tête, l'air totalement niais. Puis, comme il fixait Marion, elle mit les mains au fond de ses poches, subitement alertée. C'était une plaisanterie que ces trompe-la-mort faisaient volontiers aux policiers : ils leur collaient une oreille ou le doigt d'un cadavre dans la poche, histoire de les aguerrir. Celles de Marion étaient vides.

— Il l'a peut-être bouffé ! insinua Louis.

— Amusant, murmura Talon, mais possible. C'est tout, doc ?

— Ma foi... ça ne vous suffit pas ? Vous aurez les résultats des examens de toxicologie plus tard. Vous ne me posez pas la question mais je vous réponds : pas de traces de sperme. Je ne saurais dire s'il y a eu ou non rapport sexuel, les tissus ne sont pas en assez bon état, mais si le meurtrier est un homme, il n'a pas éjaculé.

— On n'en a pas trouvé sur le lit non plus, compléta Marion. C'est peut-être une femme...

— Ou un type qui met des capotes, trancha Marsal.

Quand ils sortirent à l'air libre, Marion respira avec avidité l'atmosphère humide, les rétines encore imprimées de l'image de Louis penché sur la paillasse, déjà occupé à rafistoler le corps de Nicole Privat afin de la présenter à son fils quand celui-ci daignerait venir lui rendre visite. Elle eut une pensée pour sa mère à elle, morte une nuit tranquillement dans son lit. Sans bruit, comme elle avait vécu. Marion se demandait parfois pourquoi elle ne lui manquait pas davantage. Elle était déjà tellement inexistante de son vivant. Elle se contentait d'être là. Effacée, apeurée, accrochée à des scènes chimériques où la vie était belle et les hommes amoureux. Abritée derrière sa fille qui avait hérité d'un père trop tôt disparu une énergie farouche et une aversion pour les femmes alanguies ou, comme elle, tournées vers le passé. Marion avait beau se creuser la tête, elle ne trouvait dans le sien que peu de souvenirs d'enfance avec sa mère. Sous la pluie fine d'avril qui faisait luire les pavés de la rue et rendait définitivement sinistres les bâtiments de la morgue, une bouffée de tristesse la submergea. Une voiture passa trop vite et trop près, soulevant une gerbe d'eau qui lui arrosa copieusement les pieds.

— Enfoiré ! dit-elle, dents serrées, en s'asseyant au volant de la voiture de service.

Perdu dans ses pensées, Talon ne sourit même pas. Une chose l'étonna pourtant : Marion avait les larmes aux yeux.

8

Ghislaine Vendroux triturait un mouchoir, ses mains, posées sur ses genoux, s'ouvrant et se refermant au rythme des questions des policiers. Elle avait l'air accablé de ceux à qui il n'arrive jamais d'événements heureux. Elle et Nicole Privat, c'était bonnet blanc et blanc bonnet : des mariages démarrés de travers, vécus dans la morosité, des enfants difficiles, un métier sans intérêt. Une petite vie insipide dont on n'aurait pas attendu, concernant Nicole Privat en tout cas, qu'elle se termine de cette façon spectaculaire.

Marion entra au moment où Ghislaine Vendroux expliquait que, justement, elle ne pouvait pas les éclairer sur ce qui était arrivé à sa collègue. L'entretien se déroulait autour du bureau de Joual dont la chaise était occupée par Cabut, jouant avec un coupe-papier de ses gros doigts aux ongles rongés, le regard un peu absent fixé sur le témoin. Marion salua la femme d'un signe de tête et se pencha à l'oreille de Cabut pour lui demander où était Joual. Le lieutenant haussa les épaules, esquissa de la main un geste découragé.

Il murmura que Joual avait pris un « ticket mala-die », quelques jours pour se reposer et faire le point avec sa femme. Marion grimaça et s'assit sur un coin de bureau.

Ghislaine Vendroux était en train d'exprimer d'une voix hachée, et comme honteuse, quelque chose de très important que Lavot lui demanda de répéter. Elle hésita car, visiblement, Marion l'intimidait :

— Je... je disais comment Nicole s'occupait depuis quelque temps. Elle en avait assez de vivre seule, je crois, même si elle ne voulait pas l'avouer.

— Quel genre d'occupation ?

— Des sites de rencontres. Des trucs comme ça... mais je ne sais pas comment ça marche, moi...

Elle détourna les yeux. « Menteuse », pensa Marion, amusée.

— Vous savez si elle avait rencontré quelqu'un par ce moyen ?

La femme hésita, souffla :

— C'est difficile à dire. Je crois que j'étais la seule à qui elle faisait quelques confidences, mais comme je ne m'intéressais pas à ces sites, elle me parlait peu de ce qu'elle y trouvait. En revanche...

Cabut leva un regard plein d'espoir. Lavot se rapprocha.

— Oui ? l'encouragea Marion.

— Eh bien, j'ai l'impression qu'elle avait quelqu'un. Elle était... comment dire ? Changée. Oh ! ce n'était pas flagrant, mais... elle était moins triste, elle se coiffait mieux, elle faisait des allusions tout en restant énigmatique. Avant le week-end de Pâques, elle m'a confié qu'elle me raconterait des choses au retour. Elle paraissait tout excitée. J'ai pensé à un amoureux mais ça pouvait aussi bien être une visite de Julien, vous savez. Elle était très affectée par l'attitude de son fils. C'est difficile à dire avec elle... elle était tellement réservée... Coincée, même, parfois.

Marion avança le buste dans une attitude bienveillante pour l'encourager. Elle suggéra :

— Cet homme, vous pensez qu'elle l'avait rencontré grâce à un site ?

Ghislaine Vendroux fit une moue :

— C'est possible, mais ça m'étonnerait. Nicole n'était pas une... aventurière. Elle jouait avec ça pour tromper son ennui, mais je doute qu'elle ait accepté une rencontre par ce moyen. Enfin, moi, ce que j'en pense... Les autres filles du bureau le savent peut-être, il faudrait le leur demander.

Marion repéra Lavot, déjà en train d'enfiler son blouson. Elle coupa son élan d'un geste – il y avait plus urgent – et relança Ghislaine Vendroux :

— Voyez-vous autre chose qui pourrait nous aider ? Votre amie était-elle du genre à amener un homme chez elle, un homme qu'elle ne connaissait pas ou qu'elle aurait rencontré depuis peu ?

La femme hocha la tête, des larmes plein les yeux.

— Non, sûrement pas. Si elle l'a fait, c'est qu'elle a jugé qu'elle pouvait se lancer sans risque. Elle était très repliée sur elle-même à cause de sa vie calamiteuse. Si elle avait rencontré un homme, ça devait être quelqu'un en qui elle avait confiance, sinon elle aurait attendu pour l'amener chez elle ou elle m'en aurait parlé. Elle me demandait conseil pour des détails insignifiants, alors là, vous pensez !

Au moment où Ghislaine Vendroux enfilait son imperméable pour partir, Talon fit une entrée discrète. Il souffla à Marion que personne à l'Identité judiciaire n'avait retrouvé le morceau de la langue de Nicole Privat dans son appartement, ce qui signifiait, selon lui, que l'aide de Marsal avait raison : le meurtrier l'avait avalé ou était parti avec. Il déposa sur le bureau un jeu de photos représentant Nicole Privat vivante, des agrandissements d'une carte d'identité récente, les seuls clichés exploitables et fidèles que l'on avait retrouvés d'elle. Avec l'accord du juge d'instruction, ils seraient diffusés dans les journaux, histoire de susciter des témoignages.

— Fais voir à quoi elle ressemblait de son vivant, dit Cabut.

Marion, en train de relire la déposition de Ghislaine Vendroux, ne put remarquer le sursaut du lieutenant. Contrairement à Lavot qui crut malin de s'en mêler :

— Ben quoi, s'étonna-t-il, pourquoi pas ? J'aime assez les femmes mûres un peu rondes. Pas toi ? Pourquoi tu fais cette tête ?

Cabut mit un doigt sur ses lèvres en désignant Marion.

Cinq minutes plus tard, dans la voiture, complètement sens dessus dessous, il s'expliqua :

— Nicole Privat... la photo...

76

— Oui, j'ai vu, elle était ordinaire mais j'ai déjà écrit sur du plus vilain papier.

— Oh ! je t'en prie ! s'insurgea Cabut. T'as un sexe à la place du cerveau ou quoi ? Non, cette femme...

— Oh ! s'il te plaît, accouche !

— C'est elle que j'ai vue avec Benjamin Bellechasse, mardi dernier !

Lavot siffla, la voiture fit une embardée.

— Tu délires !

— Pas du tout ! J'en suis sûr, je l'ai bien vue, j'te promets.

— Oh ! putain...

— Qu'est-ce qu'on fait ?

Lavot freina brutalement :

— Rien, on fait rien. Laisse tomber ! Bellechasse, c'est le Jules de Marion, alors silence ! On attend.

— Et s'il en tue une autre ?

— Oh, là ! On se calme ! Tu l'as vu avec Nicole Privat, du moins tu le crois, mais ça ne veut pas dire que c'est lui qui l'a fumée. Il était peut-être sur une enquête, ou ce n'était pas lui ou pas elle non plus. Tu peux te gourer, non ?

— Tu as raison, acquiesça Cabut après réflexion et néanmoins inquiet. Il vaut mieux attendre.

Le silence s'abattit sur eux. Il persista jusqu'à leur arrivée, en douceur, dans la cour de la compagnie d'assurances où Nicole Privat avait eu, avec quelques collègues de travail, l'illusion d'un bonheur possible grâce à un site de rencontres.

9

Le dimanche suivant, Marion s'ennuya ferme. Benjamin n'avait pas donné signe de vie depuis leur soirée si particulière et, chaque fois qu'elle avait tenté de l'appeler, elle était tombée sur sa messagerie. Son intuition lui soufflait qu'il n'était pas loin, mais, gagnée par une sagesse inattendue et bonne conseillère, elle avait décidé d'attendre qu'il se manifeste. Cette bouderie ne lui ressemblait pas et le simple fait d'y songer plongeait Marion dans un inexplicable malaise. Elle avait fait un long footing le matin, sur les bords de la rivière, histoire de chasser ses états d'âme et la mauvaise humeur dont elle ne parvenait pas à se débarrasser. En passant devant la résidence des Mimosas, elle avait eu une pensée pour Nicole Privat qui avait dû, au moins une fois dans sa vie, marcher le long de ces berges où des canards se dandinaient, alanguis par la tiédeur de l'air. Le manque de Benjamin et le soleil de mai avaient fait gonfler la vague de nostalgie dans sa poitrine.

L'après-midi, afin de conjurer cette langueur de midinette, elle était passée par l'hôtel de police avec la ferme intention de mettre de l'ordre dans ses tiroirs. Le commissaire de permanence n'avait pu retenir un hochement de tête réprobateur. Ses collègues n'avaient donc rien de mieux à faire que de passer leurs dimanches au boulot ! Il déplorait cette façon de casser le métier par un excès de zèle inapproprié. Marion n'avait pas jugé nécessaire de lui expliquer que, depuis toujours, elle haïssait les dimanches. Que c'était le jour de la semaine où elle était capable de ressentir une violente déprime. Où remontaient les souvenirs de sa mère et du pot-au-feu dominical. L'odeur du bouillon et le film du soir étaient définitivement associés dans sa mémoire à une grosse envie de pleurer.

Devant le désordre chronique de son bureau, elle fut saisie de découragement. Elle entassait toujours un invraisemblable bric-à-brac, inutile et juste bon à ramasser la poussière. Une collection d'objets, de documents, tout ce qu'elle appelait ses archives personnelles et qui ne servirait jamais à rien ni à personne. Un jour, tout cela prendrait le chemin de la poubelle. Dans l'immédiat, effrayée par l'ampleur de la tâche, elle se contenta de refermer les tiroirs. Soulagée de prendre conscience qu'elle n'était pas venue pour faire du ménage, elle caressa négligemment la chemise cartonnée qui contenait les pièces de la procédure « Nicole Privat » et fit la grimace. Le dossier était bourré de paperasses, vide d'éléments. Les quelques pistes explorées à ce jour ne menaient nulle part. Le site Toi et moi n'avait pas livré de secrets et, d'ailleurs, les collègues de Nicole Privat avaient confirmé l'analyse de Ghislaine Vendroux : leurs jeux étaient innocents, ils n'avaient donné lieu à aucune rencontre. En revanche, Nicole Privat cherchait vraiment l'âme sœur : Lavot et Cabut avaient retrouvé, dans son ordinateur, l'adresse d'une agence matrimoniale avec laquelle elle avait échangé des messages. Alliance était une boîte comme les autres, plutôt bien réputée et apparemment sans histoires. Nicole Privat avait demandé des renseignements, on lui avait envoyé un dossier. Elle n'avait pas eu le temps d'aller plus loin dans sa démarche et, bien entendu, n'avait encore rencontré personne. À tout hasard, Marion avait entrepris des vérifications dans les autres officines spécialisées de la région. Mais cette piste ne semblait pas devoir aller très loin, la victime n'en était qu'au tout début de sa quête matrimoniale et, d'après les agences, il fallait plusieurs mois pour aboutir ne serait-ce qu'à une présentation de partenaires possibles.

Les investigations techniques et scientifiques faisaient montre d'une identique pauvreté. Les examens toxicologiques ne révélaient que des banalités : Nicole Privat était morte l'estomac vide, après l'ingestion d'un repas ordinaire, sans alcool ni barbituriques. Pas de drogue non plus. L'Identité judiciaire avait fait chou blanc et le rapport indiquait que le meurtrier n'avait laissé aucune trace en dehors d'une traînée rosâtre sur un drap, qui s'était avérée être une bavure de rouge à lèvres. Pas d'empreintes digitales exploitables, pas de fibres, pas d'éléments biologiques dignes de ce nom. À croire que le meurtrier se baladait nu. Et encore ! Dans ce cas, il aurait dû semer des poils partout. Ceux récoltés sur place appartenaient tous à la victime et ce détail chagrinait Marion, l'élément pileux étant l'indice à la fois le plus instructif et le plus commun, celui que l'on abandonne à profusion et sans s'en rendre compte. Elle avait lu le compte rendu d'une affaire criminelle dans laquelle le meurtrier se rasait entièrement pour contourner l'obstacle. Elle ne se souvenait plus de l'affaire et, d'ailleurs, cela pouvait aussi bien être sorti d'un polar, une de ses lectures familières. Bien sûr, il y avait ce cheveu, long et blond, mais il était synthétique, provenant d'une perruque fabriquée à des milliers d'exemplaires en Corée ou en Chine. Tous les résultats des examens n'étaient pas encore revenus, mais Marion ne s'attendait pas à un miracle. À contre-cœur, elle se résignait à penser que le meurtrier avait débusqué sa victime au hasard, qu'il avait réussi par un moyen quelconque à s'introduire chez elle. Sans effraction et sans escalader la façade de l'immeuble. À moins que la victime ait ouvert sa porte à quelqu'un dont elle ne se méfiait pas. Il faudrait quand même renvoyer une équipe sur place pour élargir l'enquête de voisinage à la recherche de démarcheurs, de quémandeurs en tout genre ou de distributeurs de prospectus. Pourtant, Marion avait l'intuition que la bonne piste était ailleurs. Du côté d'une personne avec laquelle elle était tout simplement rentrée chez elle pour un moment d'intimité.

Elle soupira en refermant le dossier qui viendrait peut-être allonger la liste des affaires non résolues. Point d'orgue à une période noire où toutes les enquêtes piétinaient, s'enlisaient dans la crue de la rivière et dans les effluves du printemps. C'était souvent comme cela, l'investigation, se rassura-t-elle. Des résultats en dents de scie, des phases d'embellie suivies de longs mois de silence radio.

En quittant la PJ, elle fit une halte au bar du Cintra pour reculer le moment de se retrouver seule. Non qu'elle redoutât le moins du monde la solitude, au contraire, ces instants étaient trop rares et trop précieux. Ce qu'elle craignait, à la vérité, c'était l'évocation de Benjamin et de ses absences inexpliquées, la boule au fond de son estomac quand elle pensait à lui, à leurs folles nuits du début, à leurs fous rires, à cette complicité qu'elle avait en ce moment du mal à évoquer sereinement.

Julio lui servit un whisky sans lui demander son avis. Le bar était quasiment plein, Marion n'était pas la seule à s'ennuyer le dimanche. Par réflexe, elle scruta le groupe de consommateurs.

— Benjamin n'est pas avec toi ? demanda Julio sur le ton un peu forcé et un rien hypocrite de celui qui prêche le faux pour savoir le vrai.

Marion tendit son verre pour un glaçon. Elle mentit :

— Non, mais il va peut-être passer... Tu l'as vu ces temps-ci ?

Elle affichait un air détaché, mais le barman devinait qu'il y avait de l'eau dans le gaz entre le journaliste et la jolie commissaire. Son métier lui imposait une stricte discrétion, surtout avec la police, même quand elle prenait l'aspect d'une charmante jeune femme. Pourtant, il aimait bien Marion et ne rechignait jamais à lui donner les tuyaux qu'elle sollicitait. Ce soir, toutefois, par charité, il choisit de lui dissimuler ce qu'il savait : il avait vu Benjamin Bellechasse vendredi soir. Le journaliste n'était pas entré, il avait seulement fait signe depuis la porte à une personne qui l'attendait au bar. Une habituée du Cintra avec laquelle il était parti aussitôt. D'ailleurs, s'il avait voulu parler, Julio en aurait eu à raconter sur cette jeune fille de bonne famille qui s'encanaillait avec n'importe qui. Le Cintra était son QG et elle y avait levé des mâles par dizaines. Même lui, Julio, avait failli y passer, mais malheureusement pour cette Jenny, il était fidèle à sa chère Benvenida... Il resta silencieux tout en essuyant un verre. Marion le regarda attentivement, guettant sa réponse.

— Hé Julio, tu es dans la lune ? Tu l'as vu ou pas ?

Il s'excusa, prétendant qu'il avait la tête ailleurs. Et non, ajouta-t-il un peu gêné, il n'avait pas vu Benjamin. Insensé, ce Bellechasse ! Il ne comprenait pas qu'un garçon comme lui s'intéresse à une moins que rien comme Jenny alors qu'il avait Marion... Enfin, les hommes sont imprévisibles et de toute façon ce n'était pas ses oignons. Pour se faire implicitement pardonner, il proposa à Marion un autre verre.

Elle rentra chez elle, le cerveau embrumé par les deux rasades généreusement servies par

Julio, mais par ailleurs extraordinairement légère. L'alcool avait fait reculer sa déprime dominicale. Elle savait que ce serait de courte durée mais en attendant, elle se sentait bien. Un bain, un bouquin et demain, elle retrouverait son groupe, sa famille de substitution. En réalité, sa seule famille. Si elle avait accepté de donner à son mari l'enfant qu'il avait désiré, tout aurait peut-être changé. Mais elle reculait tout le temps l'échéance. Ce n'était jamais le moment, il y avait toujours une affaire qui ne pouvait pas attendre. Et elle aimait encore trop son métier pour transiger. Elle aperçut son reflet dans une vitrine et soupira : quel gâchis ! avec une pensée pour Benjamin. Elle essaya d'imaginer sa vie avec lui, avec des enfants.

— Quelle merde !

Un vieux bonhomme éméché la gratifia d'un regard courroucé en lâchant une bordée d'injures. La nuit était tombée quand elle grimpa lentement ses quatre étages où stagnaient des relents de cuisine. Son téléphone sonna alors qu'elle ouvrait sa porte. Un instant, elle espéra violemment Benjamin mais la voix du permanent de l'état-major la doucha :

— T'aurais pas dû partir, Marion... J'ai une affaire pour toi puisque tu tiens tellement à bosser le dimanche... Un meurtre, rue des Minimes...

La gorge de Marion se noua. Elle faillit dire à son collègue que c'était lui le permanent mais elle pressentit qu'il avait une bonne raison de l'appeler, elle, et personne d'autre. Brusquement dégrisée, elle saisit un bloc-notes et un crayon, et articula, la bouche sèche :

— Vas-y, je t'écoute.

— Une femme de vingt-six ans, à son domicile. C'est son ami qui l'a trouvée ce soir. Tu le trouveras sur place avec les pompiers et l'OPJ de permanence de nuit. Il paraît que c'est un beau spectacle... Tu veux mon avis ?

Marion savait déjà ce qu'il allait dire. Elle le devança :

— C'est le même qu'aux Mimosas, c'est ça ?

— Ça se pourrait... en tout cas, ça m'en a tout l'air. Et je crois qu'il vaut mieux que tu prennes l'affaire tout de suite, tu gagneras du temps. Il y a une bagnole en bas de chez toi pour t'emmener sur les lieux. Ah ! j'oubliais, le directeur est au courant, il demande que tu l'appelles quand tu auras fait les constat', quelle que soit l'heure.

Marion fit arrêter le chauffeur au pied de la montée des Minimes, une voie tout en escaliers, inaccessible en voiture. Elle distingua, au sommet, les lumières bleues d'un fourgon de police et une masse confuse de gens qui s'agitaient autour. Comme elle n'avait pas la moindre envie de remonter dans la voiture à côté du chauffeur à l'haleine de fumeur invétéré, elle respira à fond l'air frais et s'élança dans les escaliers.

Le quartier des Minimes, construit sur une colline à l'époque de la Renaissance, était séparé du centre-ville par ces interminables volées de marches qui cassaient les jambes et coupaient le souffle. Un engouement récent pour le très ancien avait attiré là quelques promoteurs qui avaient commencé à rénover les maisons étroites et hautes, découvrant derrière leurs façades décrépites d'étonnantes venelles et de merveilleux escaliers en ellipse. Construit à l'origine pour des nobles aisés, ce quartier avait failli disparaître à tout jamais, en application du célèbre décret de la Convention en vertu duquel « tout ce qui fut habité par le riche devait être démoli ». Heureusement pour toutes ces vieilles pierres respectables, nul ne le mit jamais à exécution.

Marion aimait cette colline au sommet de laquelle la ville originelle, romaine, avait été construite. Elle avait cherché à s'y loger, après son divorce, mais ce qu'elle avait visité était hors de prix. Et ce qui aurait été dans ses moyens se trouvait dans des îlots de résistance à la rénovation, vétustes et sans confort, les fenêtres à meneaux et les cartouches au-dessus des portes témoignant seuls de leur splendeur passée.

Geneviève Delourmel avait, elle, les moyens de s'installer dans le magnifique duplex du haut de la rue. La maison sur laquelle elle avait jeté son dévolu faisait l'angle de la rue des Minimes et d'un ravissant square, sorte de petite place en cul-de-sac à usage quasi privé. Devant, un minuscule jardin protégé par une grille ancienne conférait à l'ensemble un air provincial chic. Au-dessus de la porte d'entrée, le nom de l'architecte, Estienne Detournes, et une date, 1812, voisinaient avec l'œil figé d'une caméra. L'agencement intérieur, le choix des tissus et des meubles affichaient l'aisance, même si le tout faisait un peu nouveau riche.

La victime gisait, écartelée, dans la pièce princi-pale du rez-de-chaussée, sur un large divan ouvert, recouvert de fourrures. Il avait été tiré devant une imposante cheminée de pierre, ornée d'un écus-son où figuraient des initiales entrelacées. Des cendres éparses et un morceau de bûche à moitié calcinée indiquaient qu'elle avait servi récemment. Une bouteille de champagne d'une grande marque reposait encore dans un seau posé à même le sol. Une coupe de cristal s'était brisée sur le parquet, et des éclaboussures de sang maculaient la soie beige du dossier du canapé et les fourrures. Il y en avait jusque sur le parquet Versailles, en partie dissimulé par des tapis de prix.

Talon était déjà au travail quand Marion entra dans la pièce. Comment avait-il fait pour être là avant elle alors qu'il habitait à l'autre bout de la ville ? Lavot se manifesta derrière son dos et elle se souvint qu'ils étaient presque voisins. Ils avaient dû venir ensemble, dès qu'elle les avait appelés.

— Je n'ai pas pu mettre la main sur Cabut, dit le capitaine. Je crois qu'il devait aller voir Joual aujourd'hui... Mais chez Joual, personne ne répond non plus.

— Tant pis, dit Marion en rejoignant l'habituel déploiement des techniciens de scène de crime, on se passera de lui. Où on en est ?

Talon remonta ses lunettes sur son nez et dési-gna le docteur Marsal en plein travail :

— Le doc situe la mort à quarante-huit heures à peine. Vendredi soir probablement. Ce jour-là doit l'inspirer.

— Vous pensez que c'est le même tueur ?

— Ou *la* même, oui. Ou alors c'est bien imité...
Même position du corps à peu de chose près, bien
que celle-ci ait aussi les pieds attachés. Elle devait
être trop remuante et, selon Marsal, il a dû la
taillader vivante.

Marion frissonna :

— Quelle horreur...

— Elle a dû gueuler comme un veau qu'on
égorge. Et vu qu'il y a du sang partout, elle s'est
débattue.

— C'est peut-être ce qu'il aime, justement. Les
voir se débattre et les entendre gueuler...

Lavot les rejoignit dans la contemplation du
corps de Geneviève Delourmel :

— Elle était plutôt bien roulée, apprécia-t-il.
Pas plus de vingt-cinq ans à mon avis. Si c'est
le même, il est plutôt éclectique dans ses choix.

— On retrouve les mêmes scarifications sur le
buste et les jambes, sauf que cette fois, le corps est
plus frais, ça permettra peut-être de comprendre.

Marion les interrompit :

— Il faut prendre un maximum de photos ! Et
n'oubliez pas de regarder par terre aujourd'hui !

Talon retira ses lunettes qu'il se mit à astiquer
vigoureusement à l'aide d'un mouchoir tiré de
sa poche. Ce geste compulsif qui trahissait son
trouble lui évita de répondre à la perfide allusion
de sa patronne.

Marion envoya Lavot repérer quelques témoins
possibles dans le voisinage puis, avisant dans un
coin de la pièce un homme âgé, prostré sur une

chaise sous la garde d'un gardien de la paix, elle s'approcha :

— Monsieur, est-ce vous qui avez découvert le... la victime ?

L'homme leva sur elle un regard accablé, noyé de larmes. Il confirma d'un signe de tête douloureux.

— Et vous êtes ?

L'homme eut un bref sanglot, il enfouit son visage dans ses mains.

— Je l'aimais tant... Je savais que je n'étais pas le seul homme dans sa vie, mais elle était tellement gaie, vive, drôle. Elle illuminait mes vieux jours, vous comprenez ?

Marion l'observa attentivement. Sa douleur paraissait sincère. Elle insista doucement :

— Je vous ai demandé qui vous étiez...

— Adrien de Lafourcade.

— De Lafourcade, le député ?

— Oui, enfin, ancien député, je me suis retiré de la politique depuis longtemps, je n'ai plus que des passe-temps. Jenny en était un, adorable.

— Jenny ?

— Oui, Geneviève trouvait que Jenny faisait plus moderne, elle en avait le droit, elle était si jeune.

Ce qui n'est pas ton cas. Marion estima l'âge de son interlocuteur, en vertu de ce qu'elle savait de lui, à pas de loin de quatre-vingts printemps.

— Votre... relation avec elle était ancienne ?

— Quelques mois, mais en réalité je la connais depuis toujours. J'ai honte de l'avouer, mais j'étais un ami de son grand-père.

Marion calma l'embarras du vieillard d'un geste apaisant. Jenny avait dû y trouver son compte elle aussi.

— Monsieur de Lafourcade, puis-je vous demander votre emploi du temps lors des dernières quarante-huit heures ?

— Oh, c'est très simple : j'ai assisté au mariage de ma petite-fille. Je suis parti vendredi matin et je suis rentré ce soir pour trouver ce... cette chose affreuse. Je n'habite pas ici, vous vous en doutez bien, mais j'ai un double des clefs. Je ne m'en sers qu'avec l'autorisation de Jenny et lorsqu'elle est occupée, je n'entre pas.

— Comment savez-vous quand elle est occupée ? demanda Marion.

— Elle laisse la lumière allumée dehors... De plus, elle a installé un verrou intérieur, une précaution supplémentaire. Je ne comprends pas ce qui est arrivé, elle était tellement méfiante malgré les apparences !

Un nouveau sanglot le déchira. Marion respecta son chagrin. Il reprit :

— J'avais proposé à Jenny de m'accompagner au mariage, elle connaît toute la famille et elle aurait été la bienvenue, mais elle a refusé. Je comprends pourquoi, elle avait un rendez-vous... Et voilà ! gémit-il.

— Pourquoi êtes-vous si sûr qu'elle avait un rendez-vous ? Elle a peut-être fait une mauvaise rencontre, ou quelqu'un a pu la surprendre chez elle.

D'un geste de la main, Adrien de Lafourcade désigna le divan sans oser y poser le regard :

— Vous avez vu : le sofa, les peaux, la cheminée, le champagne. Je la connais, vous savez, elle n'aurait pas organisé toute cette mise en scène pour une soirée solitaire. Jenny était une vraie galante, une courtisane gourmande et experte. Diablement experte...

— Une semi-professionnelle en somme, conclut Marion, piquante. Je suppose qu'elle ne travaillait pas ?

Le vieil homme haussa les épaules, entre l'amusement et l'agacement.

— Vous autres, policiers, avez de ces choses une vision bien triviale et un peu... réductrice. Jenny n'était pas plus faite pour le travail que vous pour le tricot, pardonnez-moi ! Mais ne vous y trompez pas, son activité requiert des dons, un talent et une profonde connaissance de son prochain et...

Marion le coupa, irritée par cette appréciation toute subjective de son inaptitude au tricot :

— Est-ce que cette profonde sollicitude la poussait à s'intéresser aux femmes ?

L'ancien député esquissa un mince sourire. Il croisa ses longues jambes décharnées et renversa en arrière sa tête de vieil aristocrate.

— Jenny était un petit animal, vous savez. Elle ne connaissait pas les limites que nous imposent les canons de la morale judéo-chrétienne. Oh ! elle a eu une éducation parfaite, dans les meilleures écoles, mais elle était comme de l'eau de source, pure et limpide. Délicate comme un saxe, mais farouchement déterminée à ne prendre de la vie que le plaisir et rien d'autre. C'était chez elle un parti pris inné qui l'avait fâchée avec sa famille, de « grands bourgeois ringards ». Le qualificatif est d'elle, bien entendu.

— Donc les femmes... insista Marion en croisant les bras.

Comme pour lui fournir une réponse, Talon lança un geste discret avant de déposer devant elle un paquet de photos. Il chuchota :

— J'ai trouvé ça dans un secrétaire, là-haut. Ce n'est qu'un échantillon, il y en a un plein carton.

L'échantillon représentait Jenny dans des postures extrêmement suggestives, seule ou en action avec tantôt un, voire deux hommes, tantôt avec une ou plusieurs femmes ou avec des partenaires des deux sexes mêlés. Adrien de Lafourcade planta son regard dans celui de Marion :

— J'ai pris une partie de ces photos moi-même, je tenais beaucoup à Jenny et j'étais atrocement jaloux. Toutefois, mon âge limite le niveau de mes exigences à celui de mes prestations. J'ai accepté des compromis pour continuer à être reçu ici. Jenny, contrairement à ce que vous pensez, ne recevait pas n'importe qui. Elle était très sélective et, quand elle disait non, il était inutile d'insister. Elle avait une exigence farouche d'indépendance et, en même temps, elle était comme un petit oiseau craintif. Vous avez vu sa maison ?

Il attendait une réponse, Marion acquiesça. Il secoua ses cheveux de neige :

— Non, vous n'avez pas bien observé. C'est un bunker. Elle a mis des grilles et des alarmes partout. Elle protégeait sa vie privée de manière maladive : sa maison est hermétique, insonorisée de la cave au grenier. Croyez-moi, personne ne venait ici sans y être invité !

Marion l'écoutait attentivement.

— Si vous avez pu entrer, l'interrompit-elle, c'est qu'elle n'avait pas mis le verrou intérieur. Et la lampe extérieure, elle était allumée ?

L'ex-député fit non de la tête, plusieurs fois :

— Jenny savait que j'étais parti pour quelques jours. Elle ne redoutait pas de visite surprise de ma part. Et je suis le seul à avoir un double des clefs...

— Vous êtes sûr ?

Il haussa les épaules.

— Comment en être tout à fait sûr ? Mais quand même, si, je suis sûr.

Le docteur Marsal intimant à Marion de le rejoindre, elle se leva :

— Une dernière question, monsieur. Le mariage de votre petite-fille avait lieu à quel endroit ?

Adrien de Lafourcade sourit tristement, découvrant des dents trop blanches pour être d'origine :

— À Alger.

— Pardon ?

— Ma petite-fille s'est mariée à Alger, avec le conseiller militaire de l'ambassade de France. Samedi matin.

« On vérifiera », songea Marion, mais elle savait déjà que ce vieil homme n'était pour rien dans ce nouveau meurtre. Tel qu'il était, fragile et désarmé, ses mains maigres constellées de taches brunes et agitées d'un léger tremblement, elle ne l'imaginait pas s'acharnant sur le corps de la jeune femme que deux pompiers commençaient à emballer dans une housse grise. Le docteur Marsal fit face à Marion.

— Il y a quelques variantes par rapport à Nicole Privat. Je ne me rappelle pas très bien, mais est-ce que la presse a donné des détails sur ses blessures et les causes de sa mort ?

Marion fit un geste de dénégation catégorique :

— Aucun. Les journalistes ont seulement relaté un meurtre à l'arme blanche commis avec acharnement. C'est tout.

— Vous êtes sûre, insista Marsal, qu'il n'a pas été fait mention des scarifications ? Enfin je dis scarifications par facilité, je pourrais tout aussi bien employer les termes d'incisions ou coupures superficielles pratiquées à l'aide d'un instrument tranchant, mais ce serait un peu long...

— J'ai conservé toutes les coupures de presse, abrégea Marion, et je suis la seule à avoir reçu les journalistes. Vous imaginez quelle importance ce détail peut avoir pour l'enquête en cas d'interpellation d'un suspect...

— Bien entendu... Mais c'est très curieux... Outre la similitude du mode d'opérer à l'aide d'un outil tranchant, les scarifications me laissent une curieuse impression de déjà-vu.

Il haussa les épaules.

— La première victime est encore au frigo chez moi, je regarderai cela de plus près. Pour le reste, il n'a pas pratiqué exactement comme la première fois : la victime a été égorgée. Ou plutôt elle s'est vidée de son sang par une blessure au cou qui a atteint la carotide. L'abondance de l'écoulement de sang à proximité de la tête ne laisse aucun doute, et elle n'était probablement pas encore attachée car elle a beaucoup de sang sur les mains et les avant-bras, ainsi que des lésions de défense.

— Elle ne s'est sûrement pas laissé faire. La blessure qui l'a tuée aurait pu être accidentelle ?

— Ce n'est pas impossible. Par ailleurs, la moitié inférieure du tronc est intacte : pas d'éviscération, pas d'atteinte aux organes génitaux. Pas de sperme non plus *a priori*. En revanche, si Privat n'avait plus qu'une moitié de langue, celle-ci y a laissé un bon morceau de joue.

— Par morsure aussi ?

— Non, la découpe est nette, les bords rétractés et les traces de coagulation autour de la plaie indiquent qu'elle était vivante au moment de l'incision... Je vous dirai précisément après l'autopsie dans quel ordre le meurtrier a opéré. Et ne me demandez pas si on a retrouvé le morceau qui manque, je n'en sais rien et je retourne me coucher.

Marion le regarda s'éloigner, perplexe. Les investigations allaient bon train mais Geneviève Delourmel n'était pas Nicole Privat : elle recevait beaucoup et son environnement était riche de papiers, lettres et photos. Il allait falloir éplucher et exploiter toute cette manne. Marion soupira et se mit au travail avec les autres. Quelques mètres plus loin, un vieux monsieur, la tête entre les mains, faisait un effort surhumain pour regarder passer sans broncher une housse de plastique gris portée par deux pompiers.

10

Ben attendit le samedi pour visionner l'enregistrement. Il était revenu vers 4 heures de chez sœur Sourire. Une merveilleuse nuit pour Cora qui avait pris à ses propres exploits un plaisir fantastique. Elle était exigeante et Ben faisait tout ce qu'il pouvait pour lui plaire. De retour à son mobile home, stationné au plus près de la montée des Minimes pour éviter de se faire surprendre dans la rue par une patrouille de police, il s'était effondré trente secondes sur sa couchette, épuisé. Puis il lui avait fallu se relaver, entièrement, ainsi que ses vêtements, car il avait encore sur lui le parfum du savon de sœur Sourire, un de ces trucs de luxe qui lui soulevait le cœur.

Ensuite, il avait roulé à travers la ville déserte, frissonnant de fatigue, conscient qu'un mobile home en pleine nuit ne pouvait qu'attirer l'attention. Mais il avait une brutale envie de campagne, de silence. De plus, il était libre tout le week-end. C'était rare dans son métier, un week-end entier, il fallait en profiter. D'abord, il irait marcher au bord de la rivière, ensuite il s'enfermerait pour s'enivrer du spectacle de Cora, ensuite...

Ensuite rien.

La pluie qui cognait le toit de son véhicule l'avait réveillé à 8 heures. Lui qui détestait la pluie devrait rester enfermé. Comme à l'internat, s'ennuyer à mourir en attendant la nuit et un sommeil qui ne viendrait pas. Quand Cora était là, c'était différent. Il pouvait rester cloîtré avec elle des heures durant, à faire et refaire les mêmes gestes, à guetter son plaisir même quand elle jouait les vertueuses outragées :

— Ben, arrête, ce n'est pas bien de faire « ça » avec sa sœur !

Et lui riait, et il continuait, et elle jouissait encore plus fort.

Il se leva, étira son long corps nu, lisse comme un caillou. Il était si grand que sa tête touchait le plafond du camion. Il grimaça en portant la main à son entrejambe : la douleur violente venait de le cueillir au dépourvu. Elle lui poignardait les testicules, irradiait jusqu'à ses reins. Il se souvint qu'il n'avait pas pris ses médicaments la veille, trop excité à la pensée de son rendez-vous avec sœur Sourire. Il avala d'un trait les quatre comprimés bleus, s'allongea avec précaution sur sa couchette et attendit, le cœur affolé, au bord de la nausée. Il y avait bien la morphine – le moyen radical pour faire cesser les coups de boutoir – mais il préférait attendre. La souffrance était sa compagne, celle qui lui rappelait sans cesse ce qu'il avait à expier. Il se mordit les lèvres, s'enroula en boule dans son duvet et serra les dents. Il ne pouvait plus penser qu'à cette morsure abjecte qui lui cisaillait les organes génitaux. Sa respiration se fit plus saccadée et une sueur froide recouvrit sa peau. Il resta longtemps prostré, jurant à Dieu, à sœur Bernadette et à Cora que c'était bien ainsi, qu'il acceptait le châtiment, qu'il payait pour ce qu'il avait fait. Il n'essaya même pas de se justifier ni de les convaincre que c'était à cause de Cora s'il en était arrivé là.

Il s'endormit après un long moment de lutte. Il somnola jusqu'au soir et quand il s'éveilla, il constata qu'il avait faim. Il se souvenait d'avoir juré des choses à Dieu mais il ne savait plus quoi. Il se sentait en pleine forme et décida qu'après avoir mangé il se mettrait nu et regarderait le film. Cette perspective l'excita follement. Cora le rappela à l'ordre d'un *Ce n'est pas bien, tu as juré !* mais il la fit taire : elle n'allait pas recommencer tout de même ! Exiger son plaisir, *encore, encore,* et, repue, le laisser en plan. Il frissonna, regarda par la fenêtre. La rivière coulait mollement, scintillant doucement à la lueur de la lune pleine et rassurante. Ben savait que personne ne venait jamais ici. Il connaissait comme sa poche ce coin de nature sauvage, coincé entre la rivière et les à-pics des falaises entre lesquels le cours d'eau s'était, de millénaire en millénaire, encastré pour former ces gorges sombres, à quelques kilomètres seulement de la ville. Son camion se faufilait tout juste entre les barres rocheuses. De jour, de rares pêcheurs s'aventuraient dans cette zone désolée et inhospitalière, et encore n'y venaient-ils qu'à la belle saison. La nuit, il était sûr d'y être seul, même l'été.

Il mit en route un petit appareil de chauffage au gaz et commença à se dévêtir. Une heure plus tard, il considérait l'écran noir, perplexe et dépité. Il avait vu Cora prendre son plaisir de nombreuses fois en s'activant sur sœur Sourire. Une sœur Sourire très agitée mais piégée dans son bunker insonorisé. Il avait oublié qui elle était et tout ce qui précédait la soirée, le vendredi du plaisir… Elle avait beaucoup gueulé et c'était encore plus excitant. Et sans risque, puisque personne ne pouvait l'entendre. Et Cora aimait tellement ça, les cris !

À un moment, sœur Sourire hurlait si fort qu'il n'entendait plus rien d'autre, mais cette fois, tout avait bien marché, la technique ne l'avait pas trahi.

— Mon Dieu, ce n'est pas possible.

Le film ne lui avait pratiquement rien déclenché. À peine quelques vagues par moments. Des vagues ? Une houle timide, bien loin des flashs, ces éblouissements puissants qui le faisaient crier de plaisir, dans le silence et la solitude. Il s'était repassé trois fois les images, il avait parlé à Cora, la suppliant de ne pas l'abandonner. Mais cela n'avait servi à rien. Au troisième essai, il était resté froid, considérant, écœuré, les trémoussements de sœur Sourire, ses cris et les gerbes de sang qu'elle projetait partout, qui giclaient de ses bras et de son cou, de sa joue qui se dérobait à la morsure et qu'il avait dû achever au cutter.

Frigorifié malgré la chaleur qui régnait dans le mobile home, il ressentit une bouffée de rancune à l'égard de Cora. Elle était forcément responsable de sa frustration. Il savait que, dorénavant, il ne devrait se consacrer qu'à elle. Qu'elle ne serait plus qu'exigence et que lui, Ben, n'aurait plus de répit. Les images ne lui procureraient plus aucun plaisir et elle refuserait de renoncer au sien. Des deux, elle avait toujours été la plus égoïste.

Avec un gémissement résigné, il retira du meuble fermé à clef le vieux livre, sans un regard pour le dossier de sœur Sourire. Il l'ouvrit et déplia un papier qui lui servait de marque-page. Quand il eut choisi le nom de la future proie qu'il livrerait à Cora, il soupira profondément et s'agenouilla pour prier. C'est tout ce qu'il avait trouvé pour lutter contre les démons de son cerveau en feu.

11

Lavot et Cabut examinaient en silence les papiers, lettres et documents saisis au domicile de Geneviève Delourmel. Ils achevaient de lister les noms de ses connaissances masculines et féminines et, curieusement, celles-ci étaient moins nombreuses que ne le laissait supposer sa réputation. Il s'agissait principalement d'habitués pour lesquels elle avait établi un ordre de passage méthodique et immuable : le lundi, Gérald Dutron, un célèbre coiffeur de la ville, le mardi, César Joinville, le conservateur du musée des Canuts, le mercredi, le professeur Dutilleul qui enseignait les mathématiques au lycée des Carmes...

— Une vraie caricature, dit Cabut qui n'en revenait pas et s'attendait à trouver « Dieu » inscrit le dimanche sur la liste de Jenny.

Tous ces généreux membres du club avaient été convoqués, tous avaient brandi des alibis en acier trempé pour le soir du crime. Le vendredi était le jour d'Adrien de Lafourcade, mais, indisponible pour cause de mariage, elle l'avait exceptionnellement remplacé. Par son assassin.

— Qu'est-ce qu'elle peut bien faire ? murmura Cabut, soudain agité.

Lavot leva un sourcil étonné.

— La pute ! Elle faisait la pute. T'appelles ça comment, toi ?

Cabut le foudroya du regard.

— Bravo, je vais dire ça à la patronne...

— Ah ! parce que tu parlais de Marion ! Excuse-moi, j'avais pas le décodeur. Elle est chez le dirlo.

— Justement, c'est bien long, c'est inhabituel, non ?

— Tu sais, il n'est plus tout jeune...

Cabut devint écarlate.

— C'est pas vrai ! Ton état empire chaque jour ! Tiens, tu me dégoûtes.

— Mais je rigole, vieille noix, le « vieux » c'est pas le genre de Marion. Regarde ça plutôt...

Il brandissait un petit calepin sur lequel Talon avait collé un Post-it rose fluo et inscrit l'endroit où il l'avait trouvé : « Dans l'entrée, entre le mur et une commode Louis XV. Caché ou tombé. »

Il s'exclama :

— Ce Talon ! Il trouverait des capotes dans la poche d'un curé.

Cabut voulut se saisir du calepin recouvert de cuir vert et fermé par un minuscule cadenas doré. Lavot leva le bras :

— Eh là ! doucement, pas touche ! C'est peut-être ses mémoires.

Le lieutenant croisa les bras, décontenancé.

— Vu la taille de l'ouvrage, elle ne devait pas en avoir beaucoup...

— Normal, ricana Lavot, les femmes n'ont qu'une moitié de cerveau, tu savais pas ?

La porte s'ouvrit à la volée sur une Marion plus maussade que jamais :

— Et l'autre moitié, c'est vous qui l'avez ? Mon pauvre Lavot, vous devriez économiser vos neurones pour faire avancer cette affaire. Je viens de me faire passer un « saxo » de première par le directeur...

— D'habitude il a l'engueulade plus courte, murmura Cabut.

— Oui, mais là il avait pris du retard et il avait de la réserve... Inutile de vous répéter ce que j'ai entendu. Une chose est sûre : on a une semaine pour dénicher une piste. Au-delà, on ira pointer à l'ANPE de la « grande maison ». Ce ne sont pas les placards qui manquent.

Les deux hommes se taisaient, embarrassés. Ils sentaient Marion désappointée, pas aussi sûre d'elle que d'habitude. Elle se reprit pourtant, s'assit sur le bord du bureau où s'étalaient les pièces saisies chez Jenny Delourmel. Elle les éparpilla d'un geste rageur.

— Eh ! s'écria Cabut, attention, tout est trié. Ce tas-là est exploité mais pas l'autre.

Marion saisit un relevé de compte bancaire :

— Qu'est-ce qu'on peut bien espérer trouver dans ce foutoir ? Il y a au moins trente pistes possibles.

— On pourrait mettre ses clients sur écoute, suggéra Cabut.

— On n'aura jamais assez de matériel, ricana Lavot.

— Et ça donnerait quoi ? renchérit Marion. On n'a pas affaire à une bande organisée. Notre tueur est un solitaire qui choisit ses victimes sur des critères qui nous échappent complètement. Est-ce qu'elles ont le moindre point commun ? Non. Geneviève Delourmel n'allait pas sur les sites de rencontre, elle n'était pas inscrite dans une agence matrimoniale.

Ils marquèrent une pause. Une sirène se fit entendre dans la cour, des portes claquèrent dans le couloir, un homme se mit à gueuler. Un bruit de cavalcade, puis de nouveau le silence.

— Est-ce que Talon a commencé la synthèse ? interrogea Marion.

— Il était dessus tout à l'heure, dit Cabut, mais il a été appelé. Je ne sais pas où il est allé.

— Un rencard, tu crois ? suggéra Lavot que la vie monastique de Talon intriguait parce qu'il faisait partie de ces gens inclassables, sans histoire intime. Et, donc, forcément suspect. Marion, pas plus que les autres, ne savait ce qu'il en était. Elle percevait en lui une ambition et une immense soif de réussite pour lesquelles il pouvait, momentanément, sacrifier tout le reste. Elle le savait aussi maladivement pudique et secret. Prompt à se troubler et tout aussi prompt à le dissimuler.

— Je vais à l'IJ, dit-elle en sautant sur ses pieds. Si vous le voyez, dites-lui de m'y retrouver. Rendez-vous ici dans une heure.

Elle n'eut pas besoin d'attendre Talon qui était déjà au cinquième étage réservé entièrement à l'Identité judiciaire.

— Ah ! patron, j'allais vous appeler. Les collègues ont bien travaillé depuis vendredi soir. Regardez.

Des planches photographiques étaient étalées sur un tableau blanc qui recouvrait le pan de mur situé face à la porte. Les salles de l'Identité judiciaire bénéficiaient d'une lumière zénithale produite par des puits enchâssés dans la toiture. De puissants spots la relayaient les jours sombres. Une moitié des photos représentait des empreintes digitales, les unes nettes et complètes, les autres fragmentaires. L'autre série, qui s'étalait sur deux rangées, montrait différentes parties de corps sur lesquelles les scarifications pratiquées par le meurtrier révélaient d'étranges similitudes. Marion tenta de se concentrer sur la signification de ces signes qui lui échappait. Elle s'approcha des planches, les examina longuement, interrogea Talon du regard. Il expliqua, l'air plutôt satisfait :

— En haut, ce sont les photos de Geneviève Delourmel, en bas celles de Nicole Privat. On y relève parfaitement la différence de fraîcheur entre les deux corps : les tracés sont beaucoup plus nets sur les photos du haut, mais dans les deux cas le doc confirme que les incisions ont été pratiquées *ante mortem*, comme la plupart des sévices qu'il leur inflige. Sur les deux séries de photos, on remarque des concordances de forme et le même nombre d'incisions. Vous les voyez ?

— Oui, je ne suis pas myope, répondit Marion avec une pointe d'agacement. Conclusion ?

Talon réajusta ses lunettes puis, se ravisant, les retira et sortit son mouchoir. Marion attendit qu'il ait terminé son petit ménage et repris contenance.

— Aucune conclusion encore. J'ai fait agrandir tous les traits qui présentaient des points communs fortement marqués. Je n'en saisis pas le sens, le médecin légiste non plus. Personne ici, d'ailleurs. Sur les photos d'ensemble, c'est encore moins parlant. Le corps de Nicole Privat est trop abîmé, les coupures sont boursouflées... Je pensais que vous auriez une idée, patron...

— Eh non... soupira Marion, puis s'adressant au technicien qui s'était approché :

— Il me faut des agrandissements – les plus importants que vous pourrez faire – des deux femmes entières. Et demandez à Cabut et Lavot de monter, ils seront peut-être plus futés que nous. Dommage que Joual ne soit pas là, il est assez bon pour repérer ce genre de truc tordu.

La pensée de l'officier absent la contraria. C'était lui qui s'occupait des consultations d'archives, des rapprochements de mode opératoire. De la diffusion des signalements et de nombre de tâches du même ordre. Talon avait dû le relayer.

— C'est en cours, dit celui-ci devançant la question de Marion, on attend les réponses. Si ce mec a déjà sévi dans des conditions identiques ou proches, on doit forcément trouver. Vous voulez voir le reste ?

Le reste, c'était les empreintes relevées chez Jenny Delourmel. Il y en avait beaucoup mais peu d'exploitables. Talon garda la meilleure pour la fin : une empreinte fragmentaire, une demi-phalange aux contours flous.

— Ça peut nous aider, ça ? demanda Marion.

— À moitié, mais on n'a rien d'autre. C'est la trace la plus fiable. La plupart de celles relevées appartiennent à la victime, les autres sont sans intérêt, chevauchées ou incomplètes.

— Ça vient d'où ?

— Du verre à champagne.

— Celui qui était cassé.

— L'autre. Vous m'aviez demandé de regarder par terre, rappelez-vous... Il avait roulé sous le lit et le meurtrier ne l'a sans doute pas vu.

— Bravo, Talon ! Vous feriez un excellent commissaire...

— Mais j'y compte bien.

— Il faut travailler, passer le concours et le réussir, il ne suffit pas d'avoir de l'ambition.

Malgré elle, Marion avait parlé un peu trop sèchement parce que l'intelligence de Talon et la façon un peu supérieure qu'il avait de traiter les autres la mettaient parfois mal à l'aise.

Un technicien de l'Identité judiciaire s'approcha d'elle :

— Excusez-moi, patron, Lavot vous demande au troisième. Il dit que c'est important.

— J'y vais, dit Marion.

Elle se tourna vers Talon :

— On se retrouve en bas. Rapport dans cinq minutes.

Lavot et Cabut étaient en compagnie de Potier, un brigadier détaché aux services administratifs, chargé du matériel et de l'armurerie. Un gros type rougeaud et essoufflé, dont le ventre rebondi passait largement par-dessus la ceinture de son pantalon. Un fonctionnaire en service aménagé, ce qu'il fallait traduire par un spécimen de cette longue cohorte de valétudinaires retirés des services actifs qui encombraient les rangs de la police mais qu'elle devait assumer contre vents et marées.

Potier se dandinait d'un pied sur l'autre, sa large face violacée se couvrant à intervalles réguliers d'une sueur malsaine qu'il épongeait à l'aide d'un mouchoir en tissu. Marion répondit brièvement à son salut, sur ses gardes. Potier adressa à Lavot un regard suppliant. Ce dernier eut une mimique ennuyée tandis que Cabut, tassé sur sa chaise, faisait semblant de s'absorber dans l'examen de la paperasse toujours étalée sur son bureau.

— Alors, brigadier, s'impatienta Marion, qu'est-ce que vous avez de si urgent à me dire ? Il n'y a plus de papier-cul dans la réserve ?

Lavot vola au secours de l'intéressé :

— Potier croit qu'il a fait une connerie...

— Il croit ou il est sûr ?

L'homme s'anima :

— Je ne crois rien, je suis venu vous avertir, c'est tout.

Il s'arrêta, le souffle court. Lavot, comprenant que Marion n'allait pas tarder à exploser, continua à sa place :

— C'est à cause de Joual.

— Un problème ?

Lavot remua ses larges épaules. Potier ne le quittait pas des yeux, implorant.

— Le jour où Joual a pris son ticket maladie, il est venu voir Potier avant de partir. Il lui a raconté qu'on avait une opération le soir et qu'il lui fallait un calibre...

Marion se laissa tomber sur une chaise :

— Et vous lui en avez donné un.

Potier écarta les bras :

— Mettez-vous à ma place ! J'avais pas de consigne, moi. Depuis qu'il est passé à la « désherbante », il n'était plus interdit de pétard ! Je lui ai donné un .357, y avait pas de raison...

— Pourquoi cette angoisse soudaine, alors ? s'écria Marion.

Potier épongea les grosses gouttes qui perlaient à son front.

— Il me l'avait demandé pour un soir, mais ça fait une semaine déjà. Alors je suis venu voir ce qu'il fabriquait. Lavot me dit qu'il est en arrêt maladie, qu'y a jamais eu d'opération avec lui, et qu'en plus, il déprime à bloc. J'suis emmerdé, moi !

— Il y a de quoi, murmura Marion. Vous n'avez qu'une chose à faire, Potier, mettre la main sur ce calibre avant que Joual ne fasse une connerie avec, si ce n'est pas déjà trop tard. Cabut ?

L'interpellé ne broncha pas. Il triturait le petit calepin de cuir vert de Jenny Delourmel. Il paraissait bouleversé.

— Oh, Cabut, je vous parle ! répéta Marion, vous avez essayé de le rappeler ?

L'officier se perdit dans une longue tirade embrouillée et elle comprit finalement que les choses étaient au point mort. Ni Joual ni sa femme ne répondait au téléphone.

— Occupez-vous de lui toutes affaires cessantes et récupérez ce foutu pétard.

Elle le regarda attentivement et vit son air soucieux.

— Et ne vous mettez pas dans un tel état, ça va s'arranger... Quant à vous, Potier, j'attends votre rapport.

La tête basse, elle sortit du bureau des officiers pour rejoindre le sien, pas sûre du tout que tout allait s'arranger. Plongée dans ses réflexions, elle se heurta à une haute silhouette qui barrait le couloir. Les bras de Benjamin Bellechasse se refermèrent sur elle. Un instant, elle oublia ses soucis et se laissa aller contre le Barbour, qui dégageait encore des relents d'huile rance, elle huma l'effluve discret de l'eau de toilette de son amant et dit d'une petite voix de fillette en se dégageant de son étreinte :

— C'est toi ?

Benjamin sourit.

— Je te cherche partout, dit-il doucement, je t'emmène ?

Marion hésita une fraction de seconde puis acquiesça, vaguement soulagée. Une minute plus tard, elle poussa la porte du bureau des officiers pour leur annoncer qu'elle partait et que le rapport attendrait le lendemain matin. Cabut aperçut Benjamin Bellechasse derrière Marion. Il le gratifia d'un regard hostile que seul Lavot perçut.

*
* *

Quand ils furent seuls, le capitaine fit remarquer à Cabut qu'il en faisait un peu trop avec l'amant de Marion.

— Ce Bellechasse, c'est le diable ! s'exclama Cabut, je suis sûr qu'il est malfaisant.

— Ah oui, railla Lavot, t'as vu ça dans son thème astral ?

— Je ne plaisante pas, regarde !

Il tendit le calepin de cuir vert à Lavot qui se mit à le feuilleter en silence. Il lut les annotations que Jenny Delourmel y avait portées de son écriture ronde et enfantine. Il siffla de surprise et sourit à plusieurs reprises, puis :

— Elle avait de la méthode, la petite, apprécia-t-il.

Chaque client avait sa fiche avec ses manies, ses préférences, les points de contact, les lieux de rencontre, ce qu'il rapportait. Pas de femme dans les habitués, c'était déjà un point d'acquis.

Lavot commenta :

— Tiens, t'as vu ça ? Elle retrouvait plusieurs de ses clients au Cintra, Marion est au courant ?

— Bien sûr que non ! Personne ne lui a encore parlé de ce carnet, heureusement !

— Explique ! Je ne te suis pas !

— Alors tu as mal lu, dit Cabut en lui arrachant l'objet des mains. Regarde la dernière page.

— Vendredi 18 avril, 20 heures, Cintra, Ben... lut Lavot à haute voix.

Il bondit de son siège.

— Mais t'es trop, toi ! Il faut en parler à Marion, tu te rends pas compte ! Ce Ben, c'est peut-être lui qui a refroidi Jenny... En tout cas, c'est sûrement

113

l'un des derniers à l'avoir vue vivante. Elle est où, la taulière ?

— Chez elle ou chez Bellechasse, dit Cabut sombrement, tu le sais parfaitement et ça ne me plaît guère.

— Tu vas pas être jaloux quand même ?

— Non, rugit Cabut, mais ce Bellechasse... Je trouve qu'on l'a un peu trop souvent dans les pattes depuis ces meurtres...

— Tu fais une fixette sur lui ou quoi ?

— Mais tu ne comprends décidément rien... Ben... Tu ne vois pas ?

Lavot fixa son copain comme s'il s'agissait d'un grand malade. Cabut jeta d'un air désespéré :

— Ben... Benjamin...

— Oh là là ! gémit le capitaine, tu vois loin, toi... Non je te jure, faut pas, tu vas te faire du mal.

— OK ! s'écria Cabut les deux mains levées à hauteur des épaules. Je déraille. Ben, Benjamin, c'est mon imagination qui me joue des tours. Comme la première fois, quand je l'ai vu avec Nicole Privat. Et comme par hasard, pour les deux meurtres, il n'était soi-disant pas en ville. Tu sais où il était, toi ?

Lavot admit que c'était un point embarrassant. Il réfléchit en caressant machinalement la crosse de son .357 Magnum posé devant lui et se dirigea d'un bond vers la porte.

— Je te propose une chose, dit-il. On va au Cintra. Jenny avait rendez-vous là-bas vendredi, le barman a peut-être vu quelque chose... Et puis, le Cintra c'est aussi le fief de Bellechasse. Avec un peu de chance, on pourrait même lui tomber dessus.

— Et lui demander s'il est le tueur, râla Cabut en le suivant dans le couloir.

12

La dernière mesure du concerto n° 2 de Rachmaninov, version Vladimir Ashkenazy, mourut dans le studio envahi depuis longtemps par la clarté de la lune, pleine et énorme. Marion soupira, encore sonnée par les deux heures qu'elle venait de passer avec son amant. En chemin, ils n'avaient pas prononcé un seul mot. Marion avait même tenté d'éviter de respirer, sûre que le moindre écart de langage aurait pu rompre le charme. Benjamin et elle s'étaient dévêtus en silence, se lorgnant du coin de l'œil sans se toucher. Une fois de plus, elle avait admiré l'homme magnifique qu'il était, sa haute carrure sans un gramme de graisse, sa peau lisse et mate. Ses cheveux noirs coupés court qui le rajeunissaient. « Un dieu grec », pensait-elle, troublée par son propre désir.

Benjamin, tendre et attentionné, avait fait durer les préliminaires. Toujours sans mot dire. Puis, elle avait commencé à manifester des signes d'impatience. Malgré sa fougue, Benjamin restait de glace et sa virilité, d'habitude impérieuse, inerte.

Lui-même avait fini par admettre qu'il ne comprenait rien à cette panne. La fatigue sans doute, les soucis... enfin, tout ce que l'on pouvait prétexter dans ces cas-là.

— Ce n'est pas grave, dit Marion, refoulant une bouffée d'angoisse.

Elle se rendait compte qu'elle ne reconnaissait plus l'homme allongé près d'elle et elle prit peur. Elle chuchota :

— Benjamin ?

Allongé sur le dos, les bras croisés sur la poitrine, il paraissait somnoler. Marion insista, un ton plus haut. Il ouvrit un œil, semblant émerger d'un songe douloureux.

— Chut, articula-t-il avec peine, pas encore, pas parler encore...

Elle se leva d'un bond et fila vers le coin cuisine où elle se servit bruyamment un verre d'eau. Puis, elle se laissa retomber lourdement près de Benjamin et posa la tête sur sa poitrine imberbe.

Elle se mit à parler à voix basse, d'elle, de lui, des gens qu'elle croisait, de tout, de rien. Benjamin paraissait à des années-lumière, pourtant elle savait qu'il entendait. Elle poursuivit sur le même ton :

— Tu vois, pendant qu'on est là tranquillement tous les deux, il y a dans la ville un détraqué qui est peut-être en train de tuer une troisième bonne femme. Une saloperie de cinglé ou de pervers qui les torture pour les entendre gueuler et sans doute prendre son pied. Il est quelque part par là, pas loin de nous si ça se trouve, en train de faire joujou avec son scalpel... Quoique non... C'est peu probable, on est mercredi...

Benjamin frissonna, imperceptiblement.

— Oui, ce taré tue le vendredi soir... Chacun son truc, après tout. Y en a qui vont au cinéma ou aux putes, lui il tue. Le vendredi. Ce jour-là doit l'inspirer... Je suis sûre qu'il va bientôt recommencer. Ça t'intéresse ce que je dis ? Tu es au courant au moins ?

S'animant à peine, le journaliste répondit, la voix rauque :

— J'ai lu les journaux comme tout le monde. Mais les potins criminels, ce n'est pas mon affaire...

— Moi si, dit Marion sèchement, je patauge dans le sang que répand ce malade sans avancer d'un poil.

— Pourquoi, malade ?

— Ce qu'il leur fait n'est pas concevable par un cerveau ordinaire. C'est un dingue, un dingue sanguinaire et vicieux...

Benjamin remua une jambe, tourna la tête légèrement.

— Ces choses-là ne m'intéressent pas beaucoup, tu le sais.

Il avait parlé sans émotion mais Marion, la tête toujours posée sur sa poitrine, perçut très nettement l'accélération de son rythme cardiaque. En l'amenant sur ce terrain, elle obéissait à des raisons obscures. Elle s'agita à son tour :

— Je ne peux pas le croire ! Tout le monde se sent concerné par des faits de cette gravité, mais pas toi ? Tu te rends compte que c'est toute une partie de la population qui est menacée ?

Bien qu'il n'en veuille rien savoir, elle entama le récit des exploits du tueur sans omettre aucun détail, même les plus abominables. Elle savait que le journaliste qu'était Benjamin aurait peut-être du mal à résister à l'envie de publier ce qu'elle lui racontait. Elle avait conscience de commettre une faute en lui livrant sur l'oreiller des éléments confidentiels de l'enquête, mais c'était plus fort qu'elle. Elle attendait désespérément qu'il réagisse, qu'il se range de son côté, du côté des gens que de tels actes scandalisaient.

Quand elle s'arrêta, il ne fit aucun commentaire. Il resta figé, au bord du lit, tel un gisant. Puis il se leva, s'habilla dans la pénombre sous le regard de Marion, pétrifiée. Une fois vêtu, il s'assit près d'elle, caressa son visage et ses seins, lui donna un baiser furtif et se dirigea vers la porte. Avant de sortir, il s'y adossa. La clarté de la lune plaquait sur son visage des ombres inquiétantes. Il paraissait remué par une tempête intérieure.

— Marion, dit-il d'une voix grave, je te jure que tu n'y es pour rien. Je t'épouserais là, sur-le-champ, si je le pouvais. Mais ce n'est pas possible, voilà…

Marion se redressa :

— Il y a une autre femme ? Tu es déjà marié, c'est ça ?

Il agita sa tête de dieu grec et eut un petit rire, sec et amer :

— Non, même pas, ce serait plus simple… Je crois que nous devons cesser de nous voir quelque temps, c'est préférable en tout cas.

— Tu as des problèmes ? Benjamin, dis-moi, je peux t'aider !

— Je ne crois pas, non...

— Mais, merde, tu ne peux pas filer comme ça !

— Je t'en prie, Marion, ne rends pas les choses plus difficiles. Je te dois des explications, mais je n'en suis pas capable ce soir. Excuse-moi ! Je tiens à toi, tu sais, je te le jure.

Marion fixa longtemps la porte refermée. Elle frissonna dans l'obscurité glacée de son studio, soudain immense, avec le pressentiment d'un malheur imminent.

13

Le barman du Cintra ne sauta pas d'enthousiasme quand il vit s'installer les deux flics à l'extrémité du comptoir. Il les servit sans les quitter des yeux, tandis qu'ils examinaient le bar peu fréquenté en ce soir de semaine. Il avait eu affaire à Lavot deux ans plus tôt pour une affaire de mœurs, une histoire sordide qui avait bien failli le faire plonger. Le capitaine lui avait fait une fleur mais, régulièrement, il rappliquait pour se rappeler à son bon souvenir. La plupart du temps, il s'agissait de tuyaux sur un habitué.

Quand, de son index replié, Lavot lui fit signe d'approcher, le barman soupira en jetant son torchon derrière lui. Il haussa les épaules après avoir posé le regard sur la photo de Jenny.

— Une petite michetonne... La classe, remarquez. Elle tape plutôt dans le genre « vieux beau friqué pas chiant », mais je ne la connais pas plus que ça.

Cabut s'en mêla :

— Pourtant c'est son quartier général, ici ! Tu ne peux pas dire le contraire !

— Mais je ne le dis pas ! Je dis juste que, quand elle a passé la porte, je ne sais pas ce qu'elle fait ni avec qui...

— Tu sais ce qui lui est arrivé ?

— Non, je viens de rentrer de congés, ce soir. Elle a des ennuis ?

Lavot sourit largement, exécutant avec son pouce sous le menton un large mouvement de gauche à droite. Le barman sursauta :

— Non ! Elle est morte ? Vous savez qui a fait ça ?

— Si on le savait, on ne serait pas là ! Tiens, remets-nous un verre !

Le garçon s'exécuta, remué.

— T'étais absent depuis quand ?

— Dix jours.

— Donc, t'étais pas là vendredi soir ?

— Ben non, tiens ! C'est Julio qui était là. Mais vous aurez du mal à le voir, il est parti hier pour deux semaines en Italie. Il a pris une partie de ses congés annuels. Voyage itinérant.

Lavot et Cabut échangèrent un regard fatigué. En silence, ils plongèrent le nez dans les verres que le barman venait de remplir. La tournée de la maison, dit le garçon, pressé de les voir filer.

14

La femme écartelée et bâillonnée roula des yeux exorbités sur le décor qui l'entourait. Elle se tortilla furieusement en poussant des grognements étouffés. La couchette du camping-car émit une série de grincements qui firent se retourner l'homme, affairé derrière un paravent. Seuls son crâne chauve et le haut de son buste nu en dépassaient. Ses yeux aux cils immenses se plissèrent tandis qu'il suspendait son geste, un bâton de rouge à lèvres en l'air.

— Taisez-vous, sœur Vipère, Cora va venir, elle est en train de se préparer, je ne veux pas que vous lui fassiez mauvais accueil.

La femme le considéra, effarée. Qui était ce fou ? Pourquoi était-il en train de se maquiller comme une fille ? Son cœur se mit à battre la chamade quand elle prit conscience qu'elle s'était collée dans de sales draps, se maudissant d'avoir laissé ce beau type aux yeux tendres lui faire la cour. Et ce rendez-vous... Elle avait d'abord trouvé amusante l'idée d'être attachée par les poignets et les chevilles.

— Tu veux être mon esclave ? Je vais te donner un plaisir que tu ignores encore. Tu vas voir...

Il était si séduisant, si convaincant, si doux et si intelligent. Le jour et la nuit avec son mari. Pourtant, ils avaient des points communs. Et quels points communs ! Elle s'était amusée de la cocasserie de la situation. Et Ben lui avait plu dès qu'elle avait entendu sa voix au téléphone... Vingt fois elle avait été tentée de tout avouer à son mari, rien que pour le provoquer. Mais elle lui avait seulement balancé qu'elle avait rencontré un homme et qu'elle allait partir vivre avec lui. Bien sûr, avec Ben, elle avait éludé le problème des enfants. Elle lui avait provisoirement caché leur existence, par crainte de l'effrayer. Pour le mari, elle avait été forcée de le lui dire, lorsqu'il lui avait déclaré qu'il voulait aller chez elle pour leur première nuit. Elle méprisait son mari, mais tout de même... Malgré une évidente contrariété, Ben n'avait pas mal réagi, affirmant qu'il comprenait. D'ailleurs, il serait temps de tout lui expliquer lorsqu'ils auraient fait l'amour. Car elle ne doutait pas qu'il serait subjugué par son talent et le plaisir qu'elle lui donnerait. Même celui d'être son esclave. Pourquoi pas ? Il n'y a pas d'interdit entre adultes consentants.

Le regard brillant d'une peur animale, elle fixait à présent l'homme qui venait de poser sur sa tête une perruque de longs cheveux blonds. En un éclair, elle comprit qu'elle était tombée entre les mains du tueur de femmes dont son mari lui avait parlé et qui faisait courir la PJ depuis des jours.

Elle sentit ses sphincters la trahir quand Ben, travesti et juché sur des talons hauts, contourna le paravent pour la rejoindre, une caméra à la main. Il s'arrêta net, considéra la tache sur le matelas et renifla l'odeur nauséabonde. Il fronça les deux traits de crayon qui lui tenaient lieu de sourcils, prit un air fâché et gronda, la voix haut perchée :

— Qu'est-ce qu'elle a fait, cette cochonne ? Pissé sous elle ? Chié aussi ? Elle n'a pas honte ? Cora n'aime pas écrire sur des femmes sales et puantes...

Un bruit, à l'extérieur, attira l'attention de Ben qui se figea et tendit l'oreille. Il avait dû utiliser son camping-car pour amener son nouvel objet de plaisir à Cora, chose qu'il ne faisait jamais. D'habitude, il allait toujours chez les femmes. Mais celle-là l'avait trahi. Il l'avait recrutée avec la certitude qu'elle vivait seule, comme les autres. Et au dernier moment, lorsqu'il s'était montré pressant, elle avait avoué l'existence d'un mari. Un mari ! Ben avait failli renoncer mais il était trop tard. Cora s'impatientait et il n'avait pas le temps de trouver une autre « sœur ». Il avait emmené celle-ci dans le mobile home à contrecœur, bien qu'elle ait trouvé l'idée follement drôle. Et là, elle venait de se laisser aller ! Ben songea qu'il allait devoir la laver car jamais Cora ne voudrait de cette chose puante. Et la couchette ! Elle allait sûrement rester tachée, il faudrait tout remplacer. Sa colère monta d'un cran, cependant que le bruit se faisait de nouveau entendre, du côté de la porte cette fois.

Le mobile home était caché dans une anfractuosité des falaises, au bord de l'eau. Personne ne pouvait le voir de la route et, normalement, personne ne venait là en pleine nuit... Ce devait être un animal, un chien égaré qui rôdait dans le secteur. La femme remua un peu plus fort, grogna en se tortillant, écrasant ses excréments. Ben ferma les yeux. L'odeur détestable fit aussitôt surgir l'image de sœur Bernadette, l'amenant au bord de la nausée. Quand il releva les paupières, la femme gigotait toujours, c'était insupportable. Il frappa au jugé avec la caméra, l'atteignit à la tempe. Elle cessa enfin tout mouvement et il s'apaisa aussitôt. Un instant plus tard, il fixa machinalement la porte latérale du mobile home et n'en crut pas ses yeux : la poignée tournait sur elle-même ! Quelqu'un essayait d'entrer chez lui, quelqu'un allait surprendre Cora, la prendre, la mettre en prison ou l'enfermer dans un hôpital !

Prestement, il retira ses escarpins et, avec la souplesse d'un chat, se glissa dans le recoin occupé par la kitchenette, derrière la porte. La caméra à la main, il attendit en retenant son souffle.

La poignée était arrivée au bout de sa rotation, manipulée par quelqu'un qui prenait d'incroyables précautions. Une poussée légère puis plus forte fit céder le verrou, écartant le battant de quelques centimètres. La couchette et la femme nue, évanouie et ligotée, s'inscrivirent dans le champ de vision du nouvel arrivant qui s'écria :

— Christine ! Nom de Dieu !

Oubliant toute prudence, le visiteur repoussa brusquement la porte et se jeta à l'intérieur du mobile home, un revolver à la main. Il n'eut pas le temps d'en faire usage. Un coup violent l'atteignit à l'occiput, le précipitant, inconscient, en travers de la couchette.

Plus tard, beaucoup plus tard, après que Cora se fut abondamment repue du corps de Christine Joual, alias « sœur Vipère » parce qu'elle avait de ce reptile la suffisance et la vivacité mordante, Ben se demanda ce qu'il allait faire de ce mari importun surgi au milieu de la nuit. Comment les avait-il trouvés ?

L'homme, ligoté et bâillonné, avait dû assister, impuissant, à l'horrible fin de sa femme. Ben avait trouvé une excitation supplémentaire à pratiquer ses exploits en présence d'un tiers. Le plaisir de Cora n'en avait été que plus fabuleux, plus éblouissant. Joual avait plusieurs fois perdu connaissance tant les cris de Christine étaient insupportables. Avachi, les membres ankylosés, il ne bougeait plus, regardant d'un œil éteint le colosse travesti qui lentement se défaisait de son attirail de mort. Christine avait dû expirer vers 3 heures du matin après d'interminables souffrances. Joual avait eu le temps de comprendre ce que lui faisait Ben, hurlant de plaisir à taillader le buste et les jambes de cette femme qui ne l'avait jamais épargné mais qu'il aimait malgré tout.

Ben disparut dans le cabinet de toilette. Le bruit de ses ablutions parvint à Joual qui, complètement anesthésié, ne parvenait plus à aligner deux idées à la suite. Il songeait qu'il aurait dû prévenir ses collègues de son intention de suivre sa femme et son amant. Il eut un vertige en pensant que lui, Joual, l'alcoolo, qui n'avait plus arrêté personne depuis des lustres, avait débusqué le tueur de femmes. Belle réussite, qui ne lui vaudrait aucune félicitation, même posthume, puisque personne n'en saurait jamais rien. Le brigadier Potier aurait certainement des ennuis pour lui avoir remis son arme sans autorisation car il lui restait une certitude : le fou n'allait pas le laisser derrière lui. Comment survivrait-il, d'ailleurs, à ce qu'il avait enduré cette nuit ?

Il tira violemment sur ses liens mais ne parvint qu'à se faire souffrir inutilement : le tueur était un professionnel. Afin de ne pas être obligé de regarder le cadavre torturé de sa femme, il ferma les yeux en songeant qu'il allait mourir. La pensée de ses enfants l'effleura mais il refusa de s'y arrêter, c'était trop insupportable. Il sentit la présence de l'autre devant lui. Debout, nu et gigantesque, Ben le considérait d'un air pensif, se demandant sans doute comment il allait en finir avec lui. Le policier eut un sursaut de surprise : cet homme, dépouillé des oripeaux de femme, de la perruque blonde et du maquillage, il le connaissait.

— Il nous reste une dernière formalité, monsieur l'officier de police, dit le tueur d'une voix dans laquelle perçait l'ironie. Vous êtes droitier, je suppose ?

Joual ne répondit pas, se demandant, dans une nouvelle vague de panique, où il voulait en venir. Il l'appelait « monsieur l'officier ». Bien sûr ! Ce type devait le connaître comme il connaissait toute l'équipe de Marion...

L'individu le fit lever et le poussa jusqu'au fauteuil pivotant fixé au sol auquel il lui attacha la main gauche. Puis il farfouilla dans un meuble et revint avec un bloc-notes et un crayon qu'il plaça devant lui.

— Vous allez faire vos adieux à vos amis, monsieur l'officier. Écrivez !

Un peu plus tard, une détonation surprit quelques oiseaux qui s'éveillaient à peine. Elle se répercuta longuement le long des falaises désertes sur lesquelles se levait un jour radieux.

Ben considéra brièvement le corps sans vie de Joual et l'abandonna pour aller s'occuper de celui de sa femme qu'il alla jeter, un peu plus loin, dans la rivière. Avec un peu de chance, les futés de la PJ penseraient que Joual était l'assassin des autres femmes. Ben se rembrunit : ce genre de raté ne devrait plus se produire.

Dans l'immédiat, il fallait tenter de calmer Cora, la faire patienter, sinon ce serait le début des ennuis et la fin pour lui. Mais il pressentait que c'était peine perdue. Depuis la veille, une sorte de désespoir le saisissait à chaque instant. Il savait que Cora ne le lâcherait plus et il était décidé à faire ce qu'il fallait pour que cela s'arrête.

À 4 h 30, il put enfin souffler un moment. Il devait partir sans tarder, sous peine de se trouver nez à nez avec un pêcheur matinal et il avait encore à faire : brûler la couchette du mobile home et les vêtements de « sœur Vipère », laver le camion de fond en comble avant de le mettre à l'abri quelque temps et, surtout, ne jamais revenir par ici. Cette pensée lui fut désagréable : il aurait du mal à retrouver un coin aussi tranquille, mais tant pis pour lui, c'était le prix à payer pour son manque de discernement.

Une bonne heure s'était encore écoulée quand, au moment de démarrer, il aperçut la perruque blonde posée sur le siège pivotant. Il la huma longuement et ressentit une lointaine et profonde émotion charnelle. Par jeu, et parce qu'il ne risquait pas d'être vu, il la remit sur sa tête et s'installa au volant.

La douleur le saisit, fulgurante, au sortir du sentier cahoteux où il ne pouvait rouler qu'au pas. Tellement insupportable qu'elle faillit l'envoyer dans le décor. Un coup de volant trop brusque à gauche projeta le véhicule contre la roche qui racla la tôle. À droite, c'était le ravin, le grand saut. Ben sentit son cœur s'emballer mais il eut le réflexe d'arrêter le camion. Point mort, frein à main. Puis il essaya, arc-bouté sur le volant, les dents serrées, de repousser la souffrance. Les élancements lui vrillaient les reins, il n'était qu'un bloc de douleur. Les mains à présent crochées sur son entrejambe, il laissa aller sa tête, toujours coiffée de la perruque blonde, sur le volant.

La crise passerait, mais il était résolu. Il ne prendrait plus ses médicaments. Plus jamais. C'était la solution qu'il avait trouvée pour résister à Cora : souffrir. Jusqu'à la mort.

15

Comme tous les lundis, Marion revint de la réunion des chefs de groupe vers 12 h 30. Elle avait fait sa vedette une fois de plus en détaillant à ses collègues et devant un directeur maussade une enquête au point mort. La semaine accordée était depuis longtemps révolue mais deux vendredis déjà étaient passés sans qu'une nouvelle victime ait été signalée. La presse, bête noire de la hiérarchie, avait relégué l'affaire en dernière page, après en avoir fait ses choux gras plusieurs jours de suite, à grands coups de sondages sur l'insécurité montante de la ville et d'interviews de citadines gagnées par la psychose du « tueur de femmes ».

Marion et son groupe avaient eu beau creuser toutes les pistes, analyser tous les coups de fil identifiés ou anonymes, vérifier les témoignages spontanés – souvent fantaisistes –, rien ne venait. Pas un témoignage concordant, pas le plus petit signe de rapprochement entre les deux victimes. L'exploitation des traces, des empreintes et des photos se révélait plus compliquée qu'il n'y paraissait de prime abord et tous les proches de Nicole Privat et de Geneviève Delourmel avaient été passés au crible sans résultat. Le meurtrier était un individu prévoyant et organisé.

La seule piste qui aurait pu s'ouvrir aux enquêteurs était celle de Benjamin Bellechasse, mais Marion en ignorait tout puisque ni Lavot ni Cabut n'avaient encore eu le courage d'aborder cette question avec elle. En examinant le calepin vert, Marion n'avait pas un instant songé au journaliste qu'elle n'avait jamais appelé Ben dans l'intimité et dont elle ne soupçonnait pas qu'il ait pu rencontrer Nicole Privat, ainsi que Cabut le prétendait. Marion, comme ses hommes, attendait impatiemment de mettre la main sur Julio, le barman du Cintra, qui pourrait peut-être les faire avancer. Son remplaçant avait promis de le joindre au plus vite, Marion menaçant de le localiser pour le faire rentrer d'Italie.

Quant à Benjamin, elle avait décidé de l'oublier. Après vingt-quatre heures de trouble profond où se mêlaient la colère et la tristesse, elle avait pris le parti de se préserver. Elle ne comprenait rien à son comportement, à ses absences mystérieuses sur lesquelles il refusait de s'expliquer. Et même si, à l'évoquer, son cœur battait encore dans la douleur, elle n'avait pas assez de temps pour cela.

Elle rejoignit Talon et Lavot plongés dans une discussion animée au sujet de l'endroit où ils allaient déjeuner. Talon proposait un petit chinois pas cher qu'il venait de découvrir. Lavot protestait que la cuisine chinoise n'était pas assez consistante et contrait avec un couscous, royal de préférence. Cabut gardait le silence, visiblement ailleurs.

— Vous nous accompagnez, patron ? demanda Lavot en mettant ses Ray-Ban sur son nez.

Marion fit la moue.

— J'ai pas trop le temps... Mais si vous y tenez, un sandwich vite fait.

— Quelle horreur ! s'exclama Lavot. Pour une fois, on pourrait varier le menu, non ?

— Désolée, mais je voudrais relire les auditions des clients de Jenny Delourmel et des copines de Nicole Privat. Allez-y sans moi. Cabut ne vous accompagne pas ?

— Non, fit le capitaine avec un drôle d'air, il a rencard avec une vierge !

Marion, le volumineux dossier dans les bras, s'arrêta net.

— Une quoi ?

Cabut, à côté, rougit jusqu'à la racine des cheveux.

— Quel imbécile ! protesta-t-il, c'est juste...

— Je vous en prie, l'interrompit Marion, ça ne me regarde pas. Vous faites ce que vous voulez, dans les limites de la loi, évidemment.

Cabut piqua un nouveau fard, ouvrit la bouche pour protester, avant de la refermer, croisant les bras sur son estomac proéminent. La commissaire reposa le dossier où elle l'avait pris, épousseta son pull qui avait au passage ramassé la poussière, tourna les talons et lança, tandis qu'elle arrivait à la porte :

— Attention, une vierge ça se mérite ! Allez, filez ! Et puis tiens, à la réflexion, je vais aller moi aussi faire un tour en ville, ça me changera les idées.

Cabut n'en croyait pas ses oreilles. Il se précipita sur son caban kaki avant que Marion ne change d'avis. Lavot s'assit dans un coin pour bouder et Talon récrimina parce qu'il avait faim.

Ils furent tous trois distraits de leurs projets respectifs par les deux téléphones qui sonnèrent en même temps. Cabut et Lavot décrochèrent à l'unisson tandis que Marion profitait de l'accalmie pour rejoindre son bureau. Elle croisa Potier qui errait dans les couloirs à la recherche d'un volontaire pour l'apéro. Il s'esquiva en vitesse avant qu'elle ne lui demande des nouvelles de Joual. Personne ici n'en avait et elle commençait à s'inquiéter sérieusement. Quand elle réapparut quelques minutes plus tard, les trois officiers arboraient des mines chagrinées.

— On enterre qui ? demanda-t-elle, pressentant l'annonce d'une catastrophe.

— Personne encore, se hâta Cabut, un peu pâle, mais je viens d'avoir la belle-mère de Joual… Elle est très inquiète car elle est sans nouvelles de sa fille et de son gendre.

— Elle ne sait pas où ils sont ?

Cabut se mit à marcher de long en large.

— Non, elle appelait pour nous demander si, justement, nous en avions une idée. Elle garde les enfants depuis le début des vacances de Pâques. Joual et sa femme devaient venir les chercher hier, pour la rentrée. Ils ne sont pas venus et naturellement elle est aux cent coups.

— Quand a lieu la rentrée ? demanda Marion qui ignorait tout de ces questions.

— C'était ce matin... Elle essaie d'appeler chez eux, ça ne répond pas. Elle nous demande d'aller voir sur place, les clefs sont chez le gardien. C'est inquiétant, non ?

— Ça commence à l'être, dit Marion. J'espère qu'il n'a pas fait une connerie.

Un silence fit écho à ses paroles. Elle se décida brusquement :

— Cabut, on va faire un tour chez eux.

Elle ne laissa pas à l'intéressé le temps de protester. Talon approuva d'un signe de tête. Marion regarda Lavot qui ne pipait mot, plus sombre que son caractère et la situation ne l'exigeaient. Elle insista :

— C'est tout, comme mauvaise nouvelle ?

— Ouais, ouais, grogna le capitaine en lui tournant le dos pour se diriger vers la sortie.

— Bon, alors en route.

*
* *

Lavot n'avait pas retrouvé sa sérénité lorsqu'il franchit la porte. En effet, le second coup de fil, celui qu'il avait pris tandis que Cabut s'expliquait avec la belle-mère de Joual, émanait de Julio, le barman du Cintra, miraculeusement retrouvé par son remplaçant.

Julio avait été formel : l'homme que Jenny Delourmel attendait le soir où elle était morte était bien le journaliste, Benjamin Bellechasse.

Cabut avait raison : c'était lui le *Ben* du calepin vert. Lavot voulait en parler avec ses collègues avant d'affranchir Marion. À vrai dire, il ne savait pas comment s'y prendre et espérait lâchement pouvoir refiler la corvée à l'un des deux autres. Il ne pouvait pas garder pour lui la mauvaise nouvelle, mais ne voulait pas être le messager maudit. Pourquoi avait-il répondu au téléphone aussi précipitamment, d'ailleurs ? Rien que pour cela, il se serait giflé.

16

En cours de route, Cabut expliqua à Marion, avec une passion inhabituelle, que la Vierge avec laquelle il avait rendez-vous l'attendait à la salle des ventes, exposée au milieu d'objets et de meubles provenant d'une succession. Depuis deux jours, il allait la visiter dès qu'il pouvait et il espérait aujourd'hui la rafler pour une somme à la mesure de ses moyens. Marion le traita de cachottier mais ne voulut pas gâcher son plaisir. Bien qu'une partie de son excitation fût à présent retombée à cause de Joual, Cabut se laissa déposer devant la salle des ventes sans protester plus que nécessaire. Pas rassuré pour autant, mais soulagé d'éloigner le risque de découvrir les cadavres de son ami et de sa femme, éventualité qui s'imposait à présent avec force.

L'appartement était vide, quoique fort en désordre. Mme Joual ne semblait pas être une fée du logis. Marion en fit le tour avec le gardien, un quinquagénaire essoufflé et dévoré de curiosité. Il la suivit en faisant des réflexions sur l'état des papiers peints et des moquettes qui auraient supporté un sérieux rafraîchissement.

— Si c'est pas malheureux, geignait-il, et qu'est-ce qu'ils ont fait ceux-là ? Ils sont partis à la cloche de bois ou quoi ?

Marion s'abstint de répondre et explora rapidement les quatre pièces. Sur la table de la cuisine, des bols sales et un quignon de pain voisinaient avec une facture d'électricité tachée de café et compostée du jeudi précédent. Près du téléphone, Marion repéra un répondeur débranché. Le lit de la chambre conjugale était défait, ainsi qu'un lit à une place dans une chambre d'enfants. Deux couchages superposés recouverts d'un amoncellement de peluches meublaient la dernière pièce.

— Vous connaissez la famille Joual ? demanda Marion.

Le gardien prit l'air buté de celui qui ne dirait rien si on ne lui expliquait pas le pourquoi du comment. Marion le regarda droit dans les yeux.

— Il y a cent locataires dans cette tour, répliqua-t-il. Si vous croyez que je les surveille tous...

— Il ne s'agit pas de les surveiller, mais vous devez bien les rencontrer à l'occasion...

L'homme croisa les bras, interrogea, faussement indifférent :

— Qu'est-ce qu'y z'ont fait ?

— M. Joual est policier, il travaille avec moi et...

— Policier, lui ? C'est pas possible ! Il en a pas l'air pourtant. J'avais plutôt l'impression qu'il...

140

Il fit le geste de se tordre le nez de son poing fermé et s'anima en se dandinant d'un pied sur l'autre.

— Ça par exemple, un flic, j'en reviens pas ! Vous voyez bien que je ne connais pas tout le monde !

— Ils fréquentent d'autres locataires ?

L'homme haussa les épaules.

— Ici, c'est un va-et-vient permanent, un vrai moulin, personne se fréquente vraiment.

— Et leurs enfants ? Ils doivent jouer dehors parfois, non ?

— Pourquoi ? Ils ont disparu aussi ?

— Répondez-moi s'il vous plaît !

— Si c'est pas malheureux !

Il se tut, subitement plongé dans un abîme de réflexion. Marion s'attendit à voir fumer ses narines d'où s'échappaient d'épais poils grisonnants. Il s'exclama :

— Mais attendez, ça me revient ! Y a un type qui a demandé après la dame… Ça doit faire un mois, un mois et demi. Je m'en souviens parce qu'il a pas dit « Mme Joual » mais « Christine Joual ». Un grand brun, c'était…

Il se tut, sourcils froncés, totalement absorbé. Marion respecta un moment son introspection puis, comme rien ne venait, revint à la charge :

— Qu'est-ce qu'il voulait ?

Le gardien écarta les bras, perturbé :

— J'essaie de me souvenir. Pas de ce qu'il voulait, parce qu'il me l'a pas dit, mais de quand c'était.

Il se frappa le front.

— Ça y est, j'y suis ! Je me souviens de ce bonhomme parce que c'était le lendemain que police secours est venue chez eux. Ou le surlendemain, j'en sais plus rien !

Cette information déclencha chez Marion une vague réminiscence. Police secours... Qui l'avait évoquée récemment ? En dehors de la demi-douzaine de fois où elle en entendait parler chaque jour... Le gardien se rembrunit :

— Si ça vous intéresse pas, ce que je dis...

— Si, si... bien sûr.

Ça lui revint d'un coup. Joual ! C'était Joual qui avait mentionné police secours, le jour où il avait craqué au service. Elle ne savait plus pourquoi cette intervention avait eu lieu, une scène de ménage plus violente que les autres, sans doute. Elle posa la question au gardien. Il s'exclama :

— Vous voyez que vous ne m'écoutiez pas ! Je vous ai dit que quand ils sont arrivés, les flics, ils ont dit que Mme Joual avait été agressée par un rôdeur, dans les caves. Ils ont interrogé quelques voisins et comme personne n'avait rien vu, ils sont repartis. C'est tout ce que je sais !

Marion laissa un mot dans l'appartement à l'intention de Joual, pour le cas où il reviendrait chez lui avant qu'on lui mette la main dessus. Même si le pire n'était pas encore sûr, elle sentait que Cabut avait raison d'avoir peur.

17

Assis au premier rang de la grande salle des ventes, le lieutenant ne quittait pas des yeux la Vierge tant convoitée. Hiératique et intimidante avec son faciès byzantin et sa double couronne de turquoises, elle se laissait admirer, lointain témoin d'une légende de sainte martyre dans le style de Grandmont, le plus raffiné et le plus accompli. Quelque abbé ou évêque avait dû dessiner puis faire exécuter ce reliquaire, d'une grande finesse, tant dans la matière que dans la précision de la ciselure. Cabut écarquillait les yeux, fasciné par sa trouvaille. En habitué infatigable des salles de ventes, il avait vu passer quelques chétives croix émaillées ou de ridicules éléments de châsse désunis et rescapés de la barbarie révolutionnaire, le moindre de ces objets valant une année de son salaire. Et aujourd'hui s'offrait à ses yeux émerveillés un objet superbe, dans toute sa grâce primitive, une Vierge dorée, une Vierge en majesté, une *sedes sapientiae* encore romane et grave, et déjà gothique, annonçant une période plus aimable et plus faste.

Cabut rêvassait. Les salles moyenâgeuses du Louvre, qu'il connaissait dans les moindres recoins, défilaient dans son esprit. Même le saint Matthieu, pièce importante et miraculeusement rescapée du dépeçage de l'autel majeur de Grandmont, mondialement admiré par les connaisseurs, paraissait terne et insignifiant en comparaison de sa découverte. Combien devrait-il payer pour posséder un tel bonheur ?

Crevant soudain la surface de son rêve, deux voix lui parvinrent. Un homme et une femme discutaient à voix basse derrière lui. C'était surtout la femme qui parlait, d'une voix brève et autoritaire :

— Je ne te suis pas sur cette pièce, une telle débauche est suspecte. Elle est trop somptueuse pour être vraie...

— Elle est magnifique, murmura l'homme, tu as tort, même contrefaite, cette Vierge est remarquable !

La femme lança un petit rire sarcastique :

— Due à l'habileté d'un faussaire du XIXᵉ siècle, une de ces forgeries dont raffolaient les nouveaux riches.

— Je sais, coupa l'homme, tu m'as déjà raconté le goût des Rothschild pour ces objets de parade... Fais-moi plaisir, réfléchis... Une telle pureté...

Cabut fronça les sourcils, tourna légèrement la tête. Il aperçut le profil de la femme, une brune dans la cinquantaine, encore éclatante, penchée vers son compagnon. Élégante, la tête couverte d'un curieux turban blanc immaculé, sa main fine reposait négligemment sur le bras de l'homme.

« Je connais la voix de ce type, songea l'officier, persuadé de se trouver en présence d'un véritable amateur, il s'y connaît le bougre, pourvu qu'il ne me la pique pas... » Tout comme l'homme assis derrière lui, il « sentait » la magie qui se dégageait de cette pièce dont les professionnels éclairés, ou prétendus tels, contestaient l'âge. Il n'en avait cure, il était tellement sûr d'avoir raison.

Le dernier objet mis aux enchères avant la Vierge était une paire de chandeliers sans intérêt.

Le lieutenant avait observé la salle, de nombreux antiquaires de la ville étaient là, des amateurs et des collectionneurs qu'il croisait parfois. Avant que commence l'épreuve tant attendue, il ne put résister à l'envie de voir à quoi ressemblait l'amateur d'art qu'il pressentait comme un redoutable adversaire. Il fit tomber son catalogue sur le côté et se retourna vivement. Le souffle faillit lui manquer et il se redressa dans un fracas épouvantable, s'attirant quelques « chut » énervés qui le firent rougir de confusion.

L'homme assis derrière lui était Benjamin Bellechasse, il n'y avait pas le moindre doute.

« Merde et merde ! pensa-t-il, pourvu que Marion n'arrive pas maintenant ! Et qu'est-ce qu'il fiche ici, lui ? Et qui est cette femme ? Une nouvelle proie ? Mon Dieu, que faut-il que je fasse ? »

La voix de la femme le fit sursauter. Bien que réticente, elle n'en lançait pas moins les enchères. Dans son affolement, il n'avait même pas entendu la présentation du commissaire-priseur. Il avait raté l'entrée de la Vierge ! Désorienté, il leva la main. Deux autres passionnés se manifestèrent sur sa gauche. La femme cessa très vite de lutter, laissant le champ libre à Cabut et à quelques outsiders qui suivaient sans conviction. Au moment où il sentait la victoire proche, la Vierge n'ayant pas encore atteint la limite que ses moyens lui imposaient, il entendit la femme entraîner Bellechasse au-dehors :

— Cette pièce est sans intérêt, crois-moi, Benjamin. Viens, allons-nous-en, je dois te montrer quelque chose...

Cabut s'affola : « Je ne peux pas les laisser partir comme ça, merde ! Il faut que je les suive. »

Mais il ne parvenait pas à décoller son regard de la Vierge. Les bruits de la salle devinrent confus, comme ses pensées. La voix du commissaire-priseur le ramena brutalement à la réalité. Il leva la main. Après quelques protestations véhémentes de ses deux rivaux, un grand calme tomba sur lui. Seule comptait la figurine dorée et couronnée qui le toisait du haut de ses quarante centimètres. Au ralenti, il vit le marteau se lever encore puis retomber. Adjugé !

Le lieutenant s'empressa de régler les formalités pour s'échapper au plus vite, son précieux trophée dans les bras. En rédigeant le chèque, il jubilait. Il décrochait cette Vierge pour le montant de ses économies. Presque rien, à vrai dire.

Dans le hall, il regarda attentivement autour de lui mais Bellechasse et sa compagne avaient disparu. Il fut pris d'un remords furtif : il n'avait décidément pas la fibre policière. Un flic normal aurait tout laissé tomber pour suivre Bellechasse, ne serait-ce que pour identifier cette femme qui paierait peut-être de sa vie sa désinvolture.

Cabut crut entendre Lavot :

« Tu délires, il ne va quand même pas refroidir toutes les nanas de la ville ! »

« Bien sûr, se rassura-t-il, c'est évident... Et je ne pouvais pas passer à côté de cette merveille, tout de même. »

Pas vraiment convaincu malgré tout, il décida de ne pas faire état de sa rencontre avec Bellechasse, dont, au demeurant, la présence en ces lieux pouvait s'expliquer de plusieurs manières parfaitement rationnelles. L'une au moins, il le savait, ne ferait pas plaisir à Marion, même si son baromètre amoureux avec le journaliste était en chute libre. Pour cette raison, et parce qu'il se sentait quand même un peu foireux, Cabut s'en fut sans attendre la commissaire, la Vierge serrée contre son cœur.

18

Pour la énième fois, Marion s'installa devant les agrandissements géants, un exploit technique réalisé par les spécialistes de l'Identité judiciaire. Les corps martyrisés des deux victimes du tueur s'étalaient dans une totale impudeur. Sa gorge se serra.

Pour la énième fois, elle se demanda ce qui pouvait bien pousser un individu à un tel sacrilège. Et pourquoi avoir choisi ces deux femmes, si différentes, si éloignées l'une de l'autre par la culture et la fortune ? Absorbée par son examen, elle n'entendit pas Talon approcher et sursauta quand il se mit à parler, d'une voix étrangement douce :

— Patron, il est presque 20 heures. Cabut, Lavot et moi avons besoin de vous parler.

— Oui, je descends, dit-elle, lointaine. Regardez ça, Talon... Ce type n'a pas commencé ici, dans notre ville, seulement pour nous embêter. Il a sûrement déjà sévi ailleurs. Pourquoi est-ce qu'on ne trouve rien ?

Talon hésita :

— On n'a pas encore reçu toutes les réponses à nos demandes de renseignements... et il a sans doute évolué. Chez nous, il laisse les corps derrière lui, ailleurs ou auparavant, il s'en débarrassait peut-être. Les femmes qui disparaissent chaque année sont légion et on ne les retrouve pas toutes.

— Et s'il le faisait exprès ?

— Pardon ?

— S'il faisait exprès, maintenant, de les abandonner derrière lui pour qu'on l'arrête ? J'ai lu des documents sur les tueurs en série, ils font souvent en sorte de laisser traîner des indices pour provoquer la police, parce qu'ils se croient plus forts que nous. Ou alors, conscients de la gravité de leurs crimes et de l'engrenage dans lequel ils sont pris, ils commettent délibérément des erreurs grossières en espérant se faire prendre.

Talon garda le silence. L'hypothèse de Marion était plausible mais ne serait vérifiée que lorsque le tueur serait arrêté. Et cela pourrait prendre un certain temps, les Américains connaissaient bien le problème puisqu'ils avaient créé un service spécialisé dans l'identification des serial killers, ces auteurs de crimes sans mobiles apparents, avec des victimes prises au hasard ou presque, sans rapport entre elles ni avec le tueur.

— Remarquez, reprit-elle, il n'en est peut-être qu'à ses débuts, il faut bien commencer un jour... Mais bon sang, il y a forcément un lien entre les victimes, j'ai du mal à croire au hasard parfait, pas vous, Talon ? Que peuvent avoir deux femmes en commun, à part le même amant et le même assassin ?

Talon sortit son mouchoir pour fourbir ses lunettes.

— Un boulanger, un coiffeur, un confesseur... L'officier ouvrit de grands yeux.

— Beaucoup plus de choses qu'on ne croit à vrai dire, insista Marion, un médecin... un...

— Un gynécologue, patron ! s'exclama Lavot qui venait d'apparaître dans l'encadrement de la porte, suivi de près par Cabut.

Marion, un instant sans voix, croisa les bras.

— Hé, bien vu ! On a étudié l'histoire médicale des victimes ?

Talon fit non de la tête, découragé d'avance.

— Allô, Talon ! Vous me recevez ? Je veux leurs dossiers médicaux, demain.

Elle se replongea dans l'examen des photos que Cabut ne parvenait toujours pas à regarder en face. Ils étaient seuls dans la grande salle désertée par les techniciens, à l'exception du permanent qui regardait la télévision dans un box vitré au fond de la pièce. Le jingle du journal du soir retentit.

— Oh ! dit Marion soudain alertée par le calme insolite de ses hommes. Que se passe-t-il ? Je n'aime guère vos mines...

Les trois hommes plongèrent le nez sur leurs chaussures, ne sachant par quel bout commencer. Finalement, c'est Cabut, encore titillé par la mauvaise conscience du devoir non accompli, qui se lança dans la mêlée, rapidement et sans la regarder.

Pendant la nuit qui suivit, Marion se repassa plusieurs fois le film de la soirée. L'embarras de ses trois officiers, incapables d'exprimer de façon cohérente qu'ils soupçonnaient Benjamin Bellechasse d'être impliqué dans les meurtres de ces femmes dont les tortures s'étalaient sous ses yeux. Son incapacité à intégrer et admettre ce qu'ils lui apprenaient. Et par-dessus tout, son refus d'y souscrire, malgré leurs arguments.

— Ça fait beaucoup de coïncidences, plaidait Lavot, le hasard, d'accord, mais là, ça fait trop...

— Mais pourquoi lui ? Pourquoi ferait-il des choses pareilles, c'est insensé !

La discussion avait duré des heures. Les trois policiers avaient dû retenir Marion qui, impulsivement, voulait aller interpeller Bellechasse sur-le-champ. Talon objectait que l'opération, vu l'heure, serait illégale.

— Et ça, hurlait Marion le doigt brandi vers les photos, c'est légal ?

Finalement, elle avait retrouvé son calme et, avec détermination, mis sur pied un plan de bataille. Si Bellechasse était l'assassin, elle le confondrait. Et ça n'allait pas traîner. Talon était chargé de fouiller son passé. Cabut et Lavot lui colleraient aux basques sans relâche. Elle agirait de son côté. Elle ne précisa pas de quelle façon, mais personne n'osa insister.

— N'oubliez pas le gynécologue ! avait-elle dit en conclusion.

C'était sa manière à elle de rappeler qu'aucune hypothèse ne prévalait, que tous les os devaient être rongés jusqu'au bout et que sa vie privée n'entrait pas en ligne de compte. Benjamin serait traité comme les autres suspects, ni plus ni moins.

Tard dans la nuit, elle ressassait encore les faits les plus insignifiants comme les plus spectaculaires de sa liaison avec Bellechasse. Elle était obligée de reconnaître que si les premiers mois avaient été formidables avec cet homme brillant, cultivé, viril sans être macho, attentionné sans être mièvre, les dernières semaines, en revanche, tout avait brusquement déraillé. Depuis qu'il était parti faire sa période d'instruction militaire. Ce blanc de quinze jours inexpliqué. Marion notait les points qu'elle n'avait pas évoqués avec ses hommes et qui devraient être vérifiés. Elle s'aperçut qu'elle savait peu de chose de lui, de sa vie, hormis qu'il était franco-canadien, né en France mais élevé au Canada d'où il n'avait gardé qu'un léger accent. Il parlait peu de lui-même, et les questions qu'elle lui posait parfois sur son enfance et son passé semblaient l'embarrasser. Comme par un mauvais coup du destin, leur relation s'était détériorée au moment où était survenu le premier meurtre.

Accablée, Marion recensa encore quelques points troublants dans le comportement de son amant. Avait-il couché avec ces femmes ? Cela se passait-il alors qu'ils étaient amants ? Ces questions la torturaient tandis qu'elle arpentait, les bras serrés sur la poitrine, les cinquante mètres carrés de son studio. Elle s'arrêta machinalement devant la table où une lumière douce éclairait quelques papiers épars. Son regard tomba sur une feuille calligraphiée où Bellechasse avait griffonné quelques mots à son intention un soir de planque où il l'avait attendue en vain. Elle relut lentement, à voix haute, les mots tendres. Une écriture un peu immature, mélangeant minuscules et majuscules dans un ordre indécis, comme l'aurait fait un enfant.

Elle se figea. Sur le papier venaient de se superposer les photos des deux femmes assassinées. Tout s'éclairait soudain. En une fraction de seconde, elle venait de comprendre la signification des signes cabalistiques dont le tueur agrémentait les corps de ses victimes.

*
* *

Elle fut réveillée par le téléphone. Après quelques heures difficiles, le sommeil l'avait saisie par surprise, vers 6 heures, alors qu'elle ne l'espérait plus. Le permanent de l'état-major s'excusa de ne l'appeler que pour des « catas » comme il dit, avec la bouche un peu pâteuse des fins de nuit de veille et, à l'évidence, très embarrassé. Marion pensa aussitôt au tueur de femmes, son pouls se mit à battre à une allure vertigineuse.

Frou-frou, la petite chienne malinoise de Georges Dubois, un retraité qui commençait toutes ses journées par une longue promenade au bord de la rivière, venait de découvrir le corps de Joual, à moitié caché dans une anfractuosité des falaises de la Valmontine.

— Marion, c'est un vrai coup dur, je compatis, conclut le permanent. Selon les premiers intervenants, il s'est suicidé.

Marion demeura un moment muette. Puis, en raccrochant le téléphone, elle découvrit avec consternation qu'elle éprouvait une sorte de soulagement. Non que la mort de Joual la laissât indifférente, mais elle avait tant redouté l'horreur d'une troisième femme assassinée par celui qu'elle n'osait même plus nommer que le suicide de l'officier, attendu comme une issue quasi inéluctable depuis quelques jours, lui paraissait presque plus supportable.

Une demi-heure après, les yeux cernés, coiffée à la va-vite et vêtue de ce qui lui était tombé sous la main, elle rejoignait les gendarmes compétents dans cette zone semi-rurale. L'adjudant-chef qui commandait les opérations lui fit un bref rapport de la découverte de Joual, à l'entrée d'une grotte peu profonde, le Manurhin .357 Magnum prêté par Potier dans la main droite ouverte, le crâne défoncé par une balle qui ne lui avait laissé aucune chance. Le lieutenant était en tenue de ville, les yeux grands ouverts. Les militaires de la gendarmerie avaient protégé la zone à grand renfort de bandes de Rubalise, précaution un peu dérisoire ici. L'endroit, désert, n'attirait pas la foule habituelle des badauds avides de sang et de sensations fortes. Les spécialistes des constatations criminelles étaient arrivés en même temps que Marion, véhiculant dans un Peugeot tout-terrain un impressionnant matériel. Ils se mirent au travail sous le regard craintif de la chienne Frou-frou qui attendait avec son maître l'autorisation de se retirer, poussant périodiquement de petits gémissements excédés. Dans leurs combinaisons blanches, les gendarmes se donnaient des airs qui irritèrent Marion. Il leur fallut une bonne heure pour s'intéresser au corps lui-même, ce qui n'arrangea pas sa nervosité.

— On n'a pas des affaires comme ça tous les jours, plaida l'homme pour sa défense.

— On ne peut pas tout avoir, dit Marion, caustique. Vous avez les moyens, nous les affaires... Mais qu'est-ce qu'ils foutent à la fin ? Ils attendent sa momification ou quoi ?

Enfin, ils se décidèrent à fouiller les poches du mort, en retirèrent deux trousseaux de clefs, un portefeuille contenant sa carte professionnelle et les photos de ses enfants. Un militaire ganté de caoutchouc souple s'approcha de son chef et lui remit le tout.

— Il y a une lettre destinée au commissaire Marion.

Il s'était adressé à l'adjudant-chef sans regarder la jeune femme.

— Je suis le commissaire Marion, dit-elle sèchement. Où est cette lettre ?

— Je ne peux pas vous la remettre, nous devons relever les empreintes qui pourraient éventuellement se trouver dessus.

— Et alors ?

— Cette opération sera effectuée au laboratoire.

— Vous plaisantez ? Vous avez tout ce qu'il faut ici, non ? Et moi je suis pressée de lire ce qu'a écrit le lieutenant Joual avant de se flinguer, vous comprenez ça ?

— Je comprends, mais c'est le règlement.

Marion en appela à l'arbitrage de l'adjudant-chef qui détourna les yeux. Elle s'avança résolument :

— Eh bien, vous savez ce que j'en fais de votre règlement ? s'exclama-t-elle en arrachant des mains l'enveloppe que le militaire en blanc tenait religieusement par un coin. Je vais les relever moi-même, ces empreintes. Je sais le faire. Il est où, votre matos ?

Lavot, Talon et Cabut assistèrent à cette scène qui, en dépit du tragique de la situation, les réjouissait. Les rivalités ancestrales entre la police et la gendarmerie n'étaient pas toutes à ranger aux archives. Elles se réveillaient même assez facilement, à en croire l'escarmouche. Marion eut le dernier mot et ouvrit la lettre de Joual, tremblant d'une émotion due autant à la situation pénible qu'à son altercation avec le gendarme qui avait promis de faire un rapport.

Joual écrivait à Marion qu'il était un monstre et ne supportait plus le poids de ses actes. Il devait expier et lui demandait pardon, ainsi qu'à ses collègues. C'était bref et éloquent.

— Qu'est-ce qu'il a bien pu faire comme connerie ? murmura Cabut, la voix étranglée.

— Sa femme, sûrement, dit Marion sombrement. Il a dû lui faire sa fête, peut-être aussi à son amant puisqu'il semble bien qu'elle en avait un…

Talon retourna longuement le papier entre ses doigts. Il murmura :

— Bizarre…

— Qu'est-ce qui est bizarre ? interrogea Marion.

— Rien, je ne sais pas. Ce texte me paraît curieux, mais je ne pige pas encore pourquoi. D'ailleurs, je ne reconnais pas son écriture…

Ils se penchèrent ensemble sur le message.

— Au fait, il n'est pas venu ici à pied, dit soudain Lavot, les gendarmes ont retrouvé sa bagnole ?

Marion se dirigea vers l'adjudant-chef qui feignait de l'ignorer depuis que son équipe avait débarqué.

Elle revint presque aussitôt.

— Sa voiture est en haut, sur une route adjacente au chemin qui descend jusqu'ici. Celui que nous avons pris, puisque c'est la seule voie d'accès. Quand les gendarmes sont arrivés, ils ont relevé des traces de passage sur ce chemin. Il est possible que Joual soit descendu en voiture puis remonté. Et revenu se tuer à pied... Pourquoi ? Mystère.

— Qu'est-ce qu'on fait ? demanda Cabut, tout retourné. Il va falloir prévenir sa famille.

Marion soupira. Cette charge lui retomberait dessus, forcément. Femme, chef de service, double privilège qui prédisposait aux corvées de ce genre.

— Je m'en charge, répliqua-t-elle. Et ce pauvre Joual, on ira le voir à l'IML, ce sera malgré tout plus sympathique qu'ici.

Ils remontèrent lentement le chemin escarpé. Parvenue en haut, Marion se retourna, embrassa d'un regard rapide le lieu sinistre où les gendarmes dansaient un dernier ballet autour du corps disloqué. Elle dit lentement :

— Talon, je sais ce qui vous chiffonne dans sa lettre. Un type qui a trois gosses ne peut pas les ignorer au moment de mourir... Pourquoi me demander pardon à moi ? Cela n'a pas de sens, sa vie c'était sa femme, ses enfants. C'est à eux qu'il devait écrire...

Les trois flics se taisaient. Des larmes brillaient dans les yeux de Cabut qui se détourna.

— Y a peut-être un salopard qui l'a aidé, suggéra Lavot. C'est ce que vous pensez, patron ?

— J'y pense, oui, admit-elle en s'approchant de la voiture de Joual autour de laquelle trois gendarmes montaient la garde, mais ce n'est qu'une idée inspirée par la colère. Parce que je n'arrive pas à croire que Joual se soit flingué, même à cause de sa bonne femme, sans songer à ses enfants.

— Attendez ! s'exclama Talon, je sais ce qui me chiffonne ! Cette lettre, d'abord, ce n'est pas son style. Joual était plus fin quand même, moins... grandiloquent ! Des actes monstrueux, qu'il doit expier ! Vous y croyez, vous, patron ? De plus il ne parle pas de sa femme, il ne dit pas qu'il l'a tuée. « Je suis un monstre », c'est... con, non ?

— Et comment tu appelles un type qui tue la mère de trois enfants, toi ? s'offusqua Cabut. Même si cette femme le trompait...

— Ça, c'est lui qui le pensait parce qu'elle le provoquait ! Et rien ne dit qu'il l'a tuée ! Tant qu'on ne retrouve pas son cadavre, on n'est sûr de rien. Ce n'est pas parce qu'il avait une arme qu'il s'en est servi contre elle... Au fait, il y a combien de cartouches percutées dans le barillet ?

— Une seule ! T'es devenu sourd, la patronne l'a dit en bas.

Talon haussa les épaules, puis s'écria :

— Merde, merde, merde ! Je déteste ne pas assister en direct aux constatations, j'ai l'impression de passer à côté de tout.

Marion les calma en se penchant sur la petite Fiat grise qui affichait un âge avancé :

— Du calme, les gars ! Pas d'agitation stérile ! Attendons les résultats de l'enquête des gendarmes et de l'autopsie, ensuite nous aviserons !

Elle s'exclama aussitôt :

— Et ce chien, il est à qui ?

Les gendarmes affirmèrent qu'ils l'avaient trouvé dans la voiture. Assis sur le siège arrière, le petit cocker roux arborait un air triste et résigné. Il s'anima un peu quand Marion fit le geste d'ouvrir la portière. Un gendarme s'interposa :

— On n'a pas le droit d'y toucher !

— Je sais, dit-elle avec une pointe d'irritation. Mais on ne peut pas laisser cet animal indéfiniment dans cette voiture !

— C'est Moustic, confirma Cabut. Joual ne s'en séparait que pour aller au travail. Là, je dois avouer que je comprends encore moins. Jamais il n'aurait abandonné son cocker dans sa voiture pour aller se flinguer.

— Il savait qu'on le retrouverait, objecta Lavot.

— Tu as vu ce désert ? Même le type qui l'a découvert dit qu'il n'est pas venu ici depuis des mois... Non, je suis sûr de moi, Joual n'aurait jamais laissé son chien tout seul.

Ils regagnèrent leur base dans un grand désarroi. La mort d'un collègue provoque toujours un énorme cataclysme dans une équipe, aussi soudée soit-elle. Les complications administratives et les questions auxquelles il faut donner une réponse que personne ne détient, les absurdes et inutiles reproches que chacun s'adresse quand il ne les retourne pas contre son voisin, tout concourait à alourdir l'atmosphère dans le groupe. Inconsciemment, pour se déculpabiliser, ils multipliaient les hypothèses qui les orienteraient vers un meurtre maquillé en suicide. Mais en y réfléchissant, Marion songeait que ce serait pire encore.

Lorsqu'elle franchit le seuil de l'hôtel de police, la réalité la rejoignit brutalement. Pendant qu'ils étaient sur la route, les gendarmes de la Valmontine avaient ratissé le secteur où le corps de Joual avait été découvert. Frou-frou était toujours là, en compagnie de son maître qui l'avait laissée un moment folâtrer pour se dégourdir les pattes. La petite chienne était sortie du périmètre exploré par les gendarmes. Son maître, après s'être époumoné en vain pour la faire revenir, l'avait retrouvée montant la garde près d'un corps de femme, nu et à moitié immergé dans la rivière, à cent mètres à peine de celui de Joual. Marion ne douta pas un instant que ce fût Christine, l'épouse, mais elle faillit tomber dans les pommes quand l'adjudant, d'un ton parfaitement neutre, lui fit savoir que le corps de la femme portait de multiples coups de rasoir sur le buste et les jambes.

— De deux choses l'une, reprit Marion, ou le tueur de femmes c'était Joual, ce qui explique son comportement agité des derniers temps et le message qu'il m'a adressé, ou bien ce n'est pas lui et...

Marion suspendit son propos. La première hypothèse lui convenait car elle innocentait Bellechasse. Elle se remit à arpenter la salle de l'IJ, les mains dans le dos, aussi détendue qu'une panthère dans un zoo un jour de grande affluence. Lavot soupira :

— Patron, vous ne voulez vraiment pas vous asseoir ? Vous me donnez le tournis.

Marion ignora sa remarque :

— Si ce n'est pas lui...

— C'est quelqu'un d'autre, conclut Cabut, pragmatique. Quelqu'un qui a tué Christine Joual comme les précédentes et qui a buté Joual après.

— Mais pourquoi ?

— Je l'ignore, se rebiffa Cabut, mais je ne peux pas croire que Joual ait tué ces femmes.

Marion se souvint de l'officier défunt, penché sur les photos du corps torturé de Nicole Privat, et de sa réflexion : « Je comprends ceux qui leur font ça... »

— Et s'il s'était inspiré des autres crimes pour nous dérouter ? hasarda-t-elle.

— Dans ce cas, répliqua Talon, pourquoi se suicider après ? Il tue sa femme, on attribue le crime au sadique et lui, il est tranquille. Et là, cela signifie aussi que le tueur existe bel et bien et qu'il est toujours dans la nature...

Marion admit qu'il avait raison. Un silence les enveloppa, perturbé ici et là par les bruits familiers de la « grande maison ». Lavot et Cabut se regardaient, ennuyés. Ils étaient à l'origine des soupçons qui pesaient sur Bellechasse : Nicole Privat aperçue par Cabut en sa compagnie dans un bar-tabac, Jenny vue le soir de sa mort par Julio au Cintra avec le journaliste. Rien n'indiquait que Christine Joual eût pu connaître

Bellechasse mais tous deux y pensaient. Tout cela semblait tellement saugrenu de la part d'un type comme Benjamin. À moins bien sûr qu'il ne fût dément. Mais un dément masqué. Dont Marion, alors qu'ils se voyaient depuis des mois, n'avait pas senti la moindre faille dans le comportement jusqu'à ces dernières semaines. Aucun de ses hommes n'avait osé lui poser la question cruciale : comment était-il, sexuellement, avec vous ? Car la réponse allait de soi. La patronne n'était pas du genre à fricoter avec un malade. Ou alors Bellechasse était Dr Jekyll et Mister Hyde. Un être diaboliquement intelligent, cloisonné jusqu'au dédoublement de personnalité. Elle ne pouvait imaginer une chose pareille mais elle savait, aussi bien qu'eux, que tout est possible, surtout ce qu'on estime impossible.

Après un temps interminable, Marion se tourna vers les planches photo et les examina attentivement. Ce qu'elle y voyait n'était plus aussi éclatant que lors de sa révélation nocturne. Les images se brouillaient. Elle recula, bredouilla quelques mots que ses hommes ne comprirent pas. Elle saisit un tournevis qui traînait sur une paillasse, en attente d'être placé sous scellés.

— Regardez, prononça-t-elle enfin distinctement, vous ne trouvez pas que ça ressemble à des lettres ? Oh ! évidemment, il faut faire preuve d'imagination !

Talon s'absorba dans la contemplation des deux séries de photographies.

— Oui, je vois très bien ! s'écria Cabut.

— Tu vois quoi, tronche de cake ? gronda Lavot. Affranchis-moi, j'aurai l'air moins con.

— Mais si, répliqua Cabut qui tremblait d'excitation, là c'est un E et là un N !

— Exact, dit Talon, tu as tout à fait raison, là je dirais que c'est un A et ici un O. Peut-être un D ou un C ! En tout cas, les tracés sont symétriques, identiques sur les deux cadavres. Formidable, patron !

— Je ne vois pas ce qu'il y a de formidable, s'énerva Lavot, vexé de ne rien distinguer. Et d'abord, ça nous mène où ? Vous ne croyez pas qu'il signe son nom sur les macchabées, si ?

— Pourquoi pas ? rêva Marion qui sentait, malgré la fragilité de leur découverte, que le moment était important. Mettez-vous là-dessus, Talon, faites-vous aider par les gars de l'IJ. Je suis sûre que vous arriverez à faire parler ces signes. Lavot et Cabut, on a assez perdu de temps, vous savez ce que vous avez à faire !

Les deux hommes se regardèrent, interloqués. La mort de Joual, la succession d'événements de la matinée les avaient débranchés. Cabut eut un mouvement de surprise, Lavot rougit jusqu'à la racine des cheveux. Puis, comme s'il émergeait du brouillard, il mit ses Ray-Ban sur son nez, croisa les bras en penchant la tête de côté et la toisa :

— Et qu'est-ce qu'on lui fait, à Bellechasse ?

— Le grand jeu, dit Marion avec un demi-sourire qui ressemblait à une grimace. J'ai demandé au juge d'instruction une commission rogatoire pour des écoutes. Vous, vous le filez jour et nuit et vous n'oubliez pas de me rendre compte. De tout. J'espère que je me fais bien comprendre ?

Lorsqu'ils furent partis, Marion s'assit, étira son dos douloureux puis se frotta le haut du nez, signe chez elle d'une grande lassitude. Talon lui jeta un regard plein de sollicitude froide.

— Vous n'allez pas flancher, madame !

Marion se redressa. Quand Talon l'appelait « madame », c'était que l'heure était grave. Et elle savait très bien à quoi il faisait allusion. Les petits chefs, les jaloux, les misogynes, les condescendants n'attendaient que ça, la voir trébucher. Elle murmura :

— Quand même, c'est beaucoup pour un seul homme !

— Oui, mais vous n'êtes pas n'importe quel homme ! Et les autres on s'en fout, nous, on a confiance en vous, vous devez tenir le coup !

— À vos ordres ! répondit Marion avec un fragile sourire en se dirigeant vers la porte.

— Vous voulez que je vous accompagne à l'Institut médico-légal ?

Elle eut un bref geste de dénégation. L'autopsie d'un collègue, ce n'était pas un cadeau à lui faire. Elle se retourna à la porte :

— À propos, Talon, vous avez eu le temps de vérifier...

Talon acquiesça d'un signe de tête :

— Les dossiers médicaux, oui ! Vous avez vu juste : Nicole Privat et Jenny Delourmel fréquentaient bien la même clinique de gynécologie-obstétrique, les Genêts d'Or, rien de moins ! Je n'ai pas encore eu le temps de vérifier, mais je parierais que Christine Joual y a accouché de ses trois enfants. Je m'en occupe !

Marion partit, le cœur plus léger. Une minuscule chance pour que tous les indices qui désignaient Bellechasse ne concordent plus. Une chance infime, mais une chance tout de même.

19

Quand Marion arriva à l'Institut médico-légal, le docteur Marsal commençait l'autopsie de Christine Joual. C'était l'adjudant-chef de la Valmontine qui avait, en sa qualité d'officier de police judiciaire territorialement compétent, assisté à celle de Joual. Marion était soulagée d'avoir échappé à cette épreuve qui venait de se terminer.

Elle ne connaissait pas beaucoup la femme de Joual mais son estomac se contracta néanmoins lorsqu'elle l'aperçut, allongée sur la table voisine de celle où Joual, entre les mains de Louis, reprenait une allure plus présentable. Marion jeta un bref coup d'œil à la dépouille du petit homme gris. Elle était au bord de la nausée et ne songeait pas à le cacher. L'adjudant-chef compatit, malgré leurs échanges un peu rudes de la veille. Marsal, imperturbable, commenta, un peu embarrassé tout de même :

— Il y a un hic de taille pour votre gars : il a été menotté peu de temps avant sa mort. Les traces sont flagrantes, incontestables. Il a sûrement essayé de se libérer car ses poignets sont très abîmés. Et il y a autre chose, mais c'est l'adjudant-chef qui va vous en informer…

Le gendarme abordait sereinement une quarantaine sportive, sanglé dans un uniforme impeccable. Il dit, une pointe de fierté dans la voix :

— J'ai demandé les résultats des prélèvements en accéléré. Je puis vous dire avec certitude que votre… que le lieutenant Joual n'a pas tiré lui-même. Il n'y a aucune trace de poudre sur ses doigts, le test de… truc, dont j'ai oublié le nom, est formel. Il sera confirmé dans le rapport de la balistique. J'en ai déjà rendu compte au procureur de la République.

— Cela nous conforte dans ce que nous pensions, murmura Marion. Il a dû surprendre l'assassin de sa femme et l'autre l'a abattu… avec l'arme que Joual avait sur lui. Le montage du suicide est plutôt maladroit, vous ne trouvez pas ?

— L'homme devait être pressé, approuva l'adjudant-chef.

— L'homme ? s'exclama Marsal qui venait d'entrouvrir la bouche de la morte.

Il brandit un étrange objet coincé entre les branches de sa pince :

— Regardez ça !

Marion et le gendarme s'approchèrent. Ils ne distinguèrent qu'une chose informe qui pouvait aussi bien être un insecte qu'un morceau de feuille détrempé par l'eau de la rivière où la tête de Christine Joual avait été plongée pendant au moins quarante-huit heures. Marsal étala sa découverte sur un petit plateau chromé, lui rendant sa forme initiale :

— Des faux cils ! s'écria Marion.

— Exact, commissaire, dit le toubib. Votre homme est peut-être une femme...

Marion garda le silence jusqu'à la fin de l'autopsie qui confirma ce qu'elle savait déjà. Comme les autres victimes, Christine Joual avait été exécutée un vendredi soir, sauvagement mutilée, plus encore – si c'était possible – que les deux premières. Elle avait été mordue plusieurs fois aux seins, obligeant son assassin à reproduire son étrange signature sur l'abdomen et les jambes. Ses organes génitaux n'étaient plus qu'une bouillie infâme qui laissait à nu l'os pubien. Elle aussi avait été menottée, aux mains et aux pieds, et bâillonnée. D'après le légiste, son cœur avait lâché sous l'effet de la douleur et de la suffocation. Marion fut prise de vertige. Même Marsal n'en revenait pas :

— Vous avez raison, commissaire, j'imagine mal une femme dans la peau de ce tueur. C'est un homme qui a gravement disjoncté. Il se travestit probablement, il y a des traces de rouge à lèvres un peu partout sur les cadavres, autour des morsures qu'il leur inflige. Mais toujours pas de sperme ni de poils, si j'en crois l'adjudant.

— Pourquoi ces morsures, docteur ?

Marsal écarta les bras :

— Comment le saurais-je ? La morsure est un acte compulsif, une forme de régression au stade bucco-génital. Il mord, découpe selon des rites qui lui sont propres. Je me demande...

— Oui ? se redressa Marion.

Il fit de la main un geste ample en direction des frigos et des tables d'autopsie :

— Oh ! une simple hypothèse, une idée ! J'analyse mes intuitions, vous savez, quand je ne suis pas penché sur ces joyeux compagnons. Alors je me disais que la folie pure dans ce cas, c'est à la fois trop simple et trop compliqué. Par trop simple, j'entends simpliste. De tels actes à répétition et en accéléré, trois en deux mois, cela relève de la monomanie. On pense à un grand psychopathe et on est content. Trop compliqué parce que l'étiologie de la pathologie dont cet individu est atteint est inconnue, multiple et probablement insondable. La connaître ne permettrait pas de le démasquer. En revanche...

Il s'interrompit, se plongea dans ses réflexions. Marion s'impatienta :

— Docteur, par pitié !

Marsal leva les bras au ciel :

— Vous en avez de bonnes, vous les flics ! Que voulez-vous que je vous dise ? Sinon que ce n'est sûrement pas fini... Laissez-moi réfléchir, je cherche et je vous fais signe si je trouve quelque chose. Voilà. Et ce sera tout pour aujourd'hui.

Marion se mordit les lèvres. Elle l'avait inutilement énervé. À présent, elle le connaissait, il ne dirait plus rien. Elle loucha sur l'adjudant-chef qui ne pipait mot dans son coin, un peu pâle, oppressé par l'odeur de la mort. Il s'en foutait, lui, des hypothèses de Marsal, ce n'était pas son enquête. Le suicide de Joual, même faux, lui suffisait et, pour Christine, le parquet l'avait déjà dessaisi au profit de la police judiciaire. Marion se débrouillerait avec son serial killer et, lui, retournerait à ses affaires.

— C'est Gonzales, dit soudain Marion en remontant d'un geste sec la fermeture de son blouson.

L'adjudant-chef la dévisagea, inquiet. Elle se planta devant lui :

— Le test qui permet de trouver des traces de poudre sur les doigts, c'est le test de Gonzales.

— Ah bon ? murmura l'adjudant-chef, impressionné.

— Et d'ailleurs ce test est dépassé. Aujourd'hui on utilise l'absorption atomique et le MEB, le microscope à balayage électronique.

— Ah bon ? répéta le gendarme. Vous savez, je ne suis pas spécialiste.

— Moi non plus, rétorqua Marion.

Marsal avait tourné les talons pour s'enfermer dans son bureau vitré, afin de rédiger ses rapports et signer son courrier. Bon prince, l'adjudant-chef proposa à Marion qui paraissait soudain épuisée d'aller prendre un remontant. Avant de sortir, elle se pencha sur le visage glacé de Christine Joual et l'effleura d'une caresse furtive. Quand elle releva la tête, elle vit le regard de Marsal posé sur elle. Elle y lut de la compassion et un message clair : il ferait tout pour l'aider.

*
* *

Il restait à Marion deux vérifications à effectuer. La première fut de comparer le mot écrit par Joual, avant son suicide présumé, avec le dernier bulletin de notes qui figurait dans son dossier et qu'il avait rempli à la main quelques mois plus tôt, d'une écriture fine et très penchée vers la droite. La lettre d'adieu était rédigée d'une écriture plus large, mal assurée et les signes, droits, étaient détachés les uns des autres. Un graphologue en tirerait sûrement une interprétation, mais elle n'avait pas besoin d'un spécialiste pour y voir une grossière mise en scène. À moins que ce ne fût un dernier message laissé par Joual qui aurait, dans un sursaut de courage, tenté de faire comprendre à ses amis ce qu'il vivait. Dans les deux cas, la conclusion s'imposait quant au suicide.

L'autre formalité lui coûta davantage mais elle devait s'y soumettre, bien qu'elle connût déjà plus ou moins la réponse. Le gardien de la tour où les Joual avaient vécu était à son poste, plus essoufflé et ahanant que jamais. Marion le mit rapidement au courant des événements. Il assista à la seconde visite domiciliaire, mais cette fois sans poser de questions, sonné par la nouvelle. Comme la première fois, les indices ne sautèrent pas aux yeux de Marion. Le mot qu'elle avait laissé reposait à la même place, le répondeur, muet, n'avait pas bougé non plus. Par acquit de conscience, elle rembobina la bande et écouta les messages enregistrés. Il y en avait un seul. Mme Joual avertissait son mari de ne pas l'attendre pour dîner, elle avait une soirée avec des amis. C'était bref et inamical. À la fin, la sonnerie « occupé » résonnait longuement, comme un pied de nez à un mari trompé. Un bout de message à moitié effacé subsistait cependant avant le défilement blanc de la bande. Marion ne comprit qu'un mot : « lieutenant ». Le reste était inaudible, haché et parasité. Elle hésita, pas convaincue de l'intérêt de cette découverte, mais décida d'emporter quand même l'enregistrement, à toutes fins utiles, selon la formulation des rapports de police.

Le plus dur restait à faire. La bouche desséchée par une émotion qu'elle aurait bien aimé contrôler, Marion sortit de sa poche un cliché et le tendit, sans un mot, au gardien. Le gros homme fronça ses sourcils broussailleux, examina la photo en produisant avec la bouche un bruit de succion peu ragoûtant. Après quelques secondes de silence, il s'exclama :

— J'y suis ! C'est le type qui est venu demander après Christine Joual, comme il a dit. Enfin, ça lui ressemble, parce que le mien il n'avait pas de queue-de-cheval, mais des cheveux courts.

Marion empocha en silence la photo de Benjamin Bellechasse qu'elle lui avait subtilisée un jour au journal, pour le contempler les soirs de solitude. Le gardien voulut en savoir plus sur l'homme de la photo, mais Marion, les pensées en déroute, éluda ses questions. Elle lui demanda encore de lui rappeler de quand dataient l'intervention de police secours et la visite de l'homme de la photo. Elle avait besoin de vérifier la concordance de ces faits avec la pseudo-période militaire qui avait coûté ses cheveux longs à Benjamin, mais elle connaissait déjà la réponse.

*
* *

Lavot et Cabut suivirent à la lettre les instructions de Marion et ne lâchèrent pas Bellechasse d'un pouce tout au long d'une journée où il ne se passa rien. Le journaliste occupa la plus grande partie de son temps au journal, les deux officiers installés dans le bistrot d'en face. De leur poste d'observation, ils le virent aller et venir derrière les vitres du bâtiment ultramoderne où s'agitait en permanence un nombre impressionnant d'hommes et de femmes, dont ils se demandèrent à quoi ils pouvaient bien être utiles tant *L'Écho* leur semblait un journal sans intérêt. Bellechasse ne sortit qu'à l'heure du déjeuner, seul, pour se rendre à pied jusqu'au théâtre romain où il avala un sandwich en rêvassant. De temps en temps, il prenait des notes dans un carnet jaune. Cabut, essoufflé par la montée raide qui menait aux ruines, pestait contre son imprudence d'avoir laissé la Vierge seule à son domicile. Demain, il l'apporterait au service en attendant de trouver une heure pour aller louer un coffre dans une banque, tant il était convaincu d'avoir acquis une pièce qui l'enrichirait bientôt. Lavot, adossé aux vieilles pierres, répondait à ses tourments par des histoires de conquêtes que son collègue n'écoutait pas.

Le soir, Bellechasse rentra chez lui, dans un immeuble banal et triste de la banlieue nord, celle des ouvriers des usines automobiles parmi lesquels, vers la fin des années 1960, s'étaient égarés quelques intellectuels et artistes fauchés. Vers 20 heures, la BMW ressortit du parking souterrain, Bellechasse au volant, sur son trente et un. Le journaliste conduisit les deux hommes, munis – précaution indispensable – d'un énorme sandwich-frites-Coca pour Lavot, de barres de chocolat noir aux amandes et raisins secs pour Cabut, jusqu'à une villa cossue de la banlieue résidentielle, à l'opposé de celle où il vivait. Une demeure blanche et spacieuse, protégée par une haute grille en fer forgé. Bellechasse était attendu car le portail s'ouvrit de lui-même quand la BMW s'arrêta devant la maison illuminée. Cabut aperçut distinctement, sur le pas de la porte, la femme qui accueillait Benjamin Bellechasse de deux baisers sur les joues. Il la reconnut sans peine à son turban blanc immaculé. À la salle des ventes, elle avait dédaigné sa Vierge et, avec son allure hautaine, elle semblait vouloir mettre le monde entier sous sa coupe. Cabut frémit. Les femmes l'effarouchaient facilement et la grande bringue au turban était du genre à le faire fuir.

Après avoir lu sur la plaque de la sonnette que la villa était occupée par *M. Vilanders*, les deux policiers se mirent en quête d'un point d'observation commode. Ils purent pénétrer dans le jardin par l'arrière de la propriété, grâce à une brèche dans la haie d'églantines fleuries qui l'entourait. En posant le pied sur la pelouse impeccable, Cabut pria pour que la nuit tombe vite et pour qu'aucun molosse ne lui saute à la gorge. Lavot semblait plus à l'aise mais ce n'était qu'une apparence, car lorsque la porte de derrière s'ouvrit brusquement, il se jeta en vitesse derrière un gros résineux. Cabut se trouvait déjà sur le flanc de la villa, contre lequel il se plaqua, maudissant son audace. Si la propriétaire et ses grands airs les surprenaient, elle ne leur ferait sûrement pas de cadeau. Mais il ne se passa rien de fâcheux. La femme se contenta de sortir prendre quelque chose qu'ils ne virent pas. Ils l'entendirent intimer à Benjamin Bellechasse de passer à table. Lavot, dont le cœur battait la chamade, fut certain que le journaliste avait trouvé une remplaçante à Marion.

Benjamin Bellechasse quitta la villa vers 23 h 30, après avoir embrassé chastement la femme en blanc. Les deux policiers avaient observé leur repas en tête à tête derrière la grande baie illuminée de la maison au modernisme de bon goût. Puis le journaliste et sa compagne avaient disparu, sans qu'ils puissent savoir où ils étaient, ni ce qu'ils faisaient. Pour Lavot, cela ne faisait aucun doute : ils étaient partis s'envoyer en l'air. Dans une chambre douillette et luxueuse, avec des fourrures et des miroirs partout.

— Et s'il était en train de la zigouiller, on aurait l'air fin, s'offusquait Cabut en frissonnant dans l'humidité ambiante.

Lavot avait admis que cette éventualité n'était pas à exclure, bien qu'elle le laissât sceptique. La piste Bellechasse était trop belle pour être vraie, la facilité avec laquelle cette hypothèse leur était imposée le dérangeait. Pour se rassurer, il avait fait avec précaution le tour de la bâtisse blanche. Une fenêtre éclairée sur le côté de la maison lui avait permis de retrouver la trace du couple, dont les silhouettes se découpaient en ombres chinoises derrière les rideaux tirés. De ce côté-là, la propriété dominait la ville dont le grondement, bien qu'atténué par les grands arbres, demeurait perceptible. Bellechasse marchait de long en large, la femme, assise à une table, semblait consulter des documents, montrant un papier de temps à autre au journaliste. Lavot les avait entendus parler, sans comprendre un traître mot de leurs propos. Il était revenu rassurer Cabut qui claquait des dents.

La soirée était fraîche, la lune en croissant disparaissait à intervalles réguliers derrière de lourds nuages gorgés d'eau, prêts à se répandre. Lavot avait décidé d'aller se réchauffer un moment dans la voiture.

— Sois sage, Cabichou, je reviens. T'en fais pas, s'il se décide à la sauter, on en a pour la nuit.

Cabut ne cessait de marmonner. Sa Vierge l'obsédait, son petit appartement chaleureux lui manquait et il n'avait qu'une hâte, se tirer d'ici. Puis, le souvenir de Joual le frappa et le remords l'assaillit. Il devait aller jusqu'au bout pour élucider cette affaire et, si Bellechasse y était pour quelque chose, il le confondrait. Il cogna de son poing droit sa paume gauche ouverte, résolument. La sortie inattendue du couple le surprit en pleine crise d'auto-suggestion. Il regarda autour de lui et s'affola parce qu'il ne voyait pas Lavot. Placé comme il était, entre le portail et la maison, il ne pouvait sortir de sa cachette sans être démasqué par le journaliste et sa compagne. S'il attendait le départ de Bellechasse pour ressortir par l'arrière de la propriété, celui-ci aurait le temps de filer dix fois. Il jura en silence en regardant partir leur cible.

À la grille, Bellechasse se retourna pour adresser à la femme un geste d'adieu. Un léger baiser du bout des doigts. Toujours impeccablement vêtue, le turban sur la tête, la dame blanche s'attarda sur le perron, humant l'air frais. Le moteur de la BMW ronfla. Elle ne bougeait toujours pas. Les bras croisés sur la poitrine, elle fixait son jardin comme si elle attendait quelque chose. Cabut, statufié, entendit comme dans un rêve le moteur de la Renault de la PJ démarrer à son tour. Des phares balayèrent la cime des arbres et firent se mouvoir des ombres dans la haie.

— Merde, gronda Cabut en silence, il se tire sans moi ! Je vais être bon pour rentrer à pied.

Un peu stupidement, il pensa à ses chocolats qu'il n'avait pas mangés et à la faim qui lui tordait l'estomac. Il se tassa derrière le banc en tentant de réactiver la circulation dans ses jambes ankylosées. Le mouvement réveilla dans son pied gauche un milliard de fourmis. Il grimaça de douleur en faisant porter son poids sur la jambe droite, ce qui eut pour effet de le déséquilibrer tout à fait. Le bruit de sa chute alerta la femme au moment où elle se décidait à rentrer. Penchée en avant en direction du banc où les arbustes s'agitaient, elle cria :

— Il y a quelqu'un ?

Cabut se traita de tous les noms. Si elle venait dans sa direction, il était cuit. Que dirait-il à cette femme ? Qu'il avait surpris un cambrioleur ? Et lui, qu'était-il censé faire dans ce quartier chic à une heure pareille, et seul de surcroît ? Il maudit Marion, Lavot et Bellechasse dans la foulée. La femme descendit deux marches, renouvela sa question sur un ton plus autoritaire qu'inquiet.

Cabut s'était assis dans l'herbe humide, attendant, paniqué, la suite des événements. À la troisième marche, elle se ravisa. Elle dut mesurer le risque qu'elle prenait en s'exposant ainsi, en pleine nuit, à un danger potentiel. Immobile, elle menaça l'intrus avec véhémence puis déclara qu'elle allait appeler la police. Cabut la vit retourner dans la maison, fermer la porte. Il se redressa à moitié, grimaçant de douleur. Il ne sentait plus ses jambes et l'humidité le fit éternuer bruyamment sans qu'il puisse se retenir. Il distingua la femme, derrière la baie vitrée, en train de téléphoner en regardant dans sa direction. Il n'hésita plus. Courbé en deux, il sortit de sa cachette et fila en claudiquant le long de la maison. La femme l'avait sûrement aperçu, il ne devait pas s'attarder davantage. Il aurait bonne mine si les flicards de police secours lui tombaient dessus ! Il regagna la rue déserte aussi vite qu'il put et s'arrêta pour souffler, le temps de constater que Lavot était bel et bien parti sans lui. Un instant, il songea que son collègue allait peut-être revenir et qu'il valait mieux l'attendre. Le hurlement de la sirène de la première voiture de patrouille le dissuada de persévérer dans ce choix. Il fila dans la nuit sans demander son reste.

20

À minuit, Marion n'était pas beaucoup plus avancée. Assise à sa table, elle avait étalé les derniers éléments de l'enquête, sous une lampe à la lumière crue, avec l'impression de vivre un véritable cauchemar. Talon était parti, avec un jeune stagiaire nouvellement affecté à la PJ, sur la piste de la clinique de gynécologie-obstétrique. Il l'avait appelée dans sa voiture alors qu'elle revenait du domicile de Joual, bouleversée par son entretien avec le gardien. Le lieutenant avait eu la confirmation que Nicole Privat et Jenny Delourmel recouraient bien aux services du même gynécologue. Le docteur Milan Jobic, un homme d'une cinquantaine d'années, originaire de Serbie, naturalisé français depuis trente ans. Nicole Privat ne l'avait consulté qu'une fois depuis son arrivée en ville. Jenny Delourmel, dont la famille résidait dans la région depuis plusieurs générations, le voyait depuis dix bonnes années. Bémol à son enthousiasme, Christine Joual n'avait pas de dossier dans la clinique. Ses deux premiers enfants étaient nés à Paris où Joual avait commencé sa carrière. La troisième, une fillette de six ans, était bien née ici mais il n'avait pas encore déterminé dans quelle maternité.

— Bien, avait apprécié Marion, enquêtez discrètement, pour l'instant, sur ce docteur Jobic. Je rentre au service.

Là, elle n'avait trouvé personne en dehors de la permanence de nuit. Lavot et Cabut n'avaient pas donné signe de vie. Ils pistaient Bellechasse, comme prévu, et aucun incident n'était remonté jusqu'au PC. Marion ne cessait de se dire qu'il y avait forcément une explication, une bonne raison qui justifierait la présence de Benjamin dans le sillage des femmes assassinées.

Elle était montée à l'IJ déposer l'enregistrement du répondeur téléphonique de Joual avant de rentrer chez elle. Pas de gaieté de cœur. La perspective de dîner seule lui donnait le cafard, mais elle n'avait pas plus envie de traîner dans ces bureaux déserts où flottaient des relents de tabac froid. Pour conjurer l'ennui et l'angoisse de la solitude, elle avait décidé d'emporter chez elle une partie du dossier.

À présent, elle se demandait si c'était une bonne idée. Elle se sentait dans le même état que quatre ans auparavant, à l'époque où son mari multipliait les occasions de conflit en restant le plus souvent taciturne et muet jusqu'à ce qu'elle explose et qu'il saisisse ce prétexte pour enfiler son blouson et filer vers son nouvel amour. Seule, elle réinventait les mots qu'elle aurait pu dire, les gestes qu'elle aurait dû faire, autant de justificatifs au chaos qui s'annonçait, sans qu'elle veuille l'admettre.

Benjamin lui avait redonné confiance et, tout de même, il était d'une autre trempe que son mari. De taille à l'assumer, elle, son fichu caractère et son foutu métier. Si elle s'était trompée, les conséquences en seraient plus tragiques encore. Sous ses yeux que d'insidieuses larmes commençaient à brouiller, les photos des trois victimes s'étalaient comme un reproche. Ces femmes avaient été torturées, elles avaient hurlé leur terreur face à un boucher qui pouvait être cet homme en qui elle avait placé tant d'espoir. Malgré les preuves qui s'accumulaient, elle n'arrivait pas à y croire.

Du coup, elle s'égarait, elle ne menait pas son enquête comme elle aurait dû. Elle n'avait parlé de la piste Bellechasse à personne, ni à son directeur ni au juge d'instruction. Elle avait besoin de certitudes avant de les informer, mais elle savait qu'on ne lui pardonnerait pas cette omission si les choses tournaient mal. Et ça commençait à sentir le roussi : l'affaire Joual remuait la PJ. Les journaux locaux avaient fait leur une avec la double découverte des corps du policier et de sa femme. Pour l'heure, ils ignoraient encore les derniers développements de l'affaire. Mais dès que les rapports d'autopsie seraient rédigés, rien ne pourrait plus rester secret. Marion redoutait les commentaires, les explications qu'il faudrait fournir à la hiérarchie qui la sommerait de justifier cette conduite erratique. Si elle tenait à son avenir dans la police, elle devait à tout prix trouver une piste, et la bonne de préférence, avant l'ouverture des hostilités. Confondre Bellechasse ou le mettre hors de cause. Elle avait beau se creuser les méninges, elle ne voyait pas comment faire. Elle avait vérifié auprès des autorités militaires. Ainsi qu'elle s'y attendait, on ne trouvait trace d'aucun Benjamin Bellechasse nulle part. Il n'avait, sauf erreur ou omission, jamais servi dans l'armée française. Alors pourquoi ce mensonge grotesque ? Marion réfléchissait en regardant distraitement les photos des trois victimes alignées devant elle.

— Si encore j'avais ses empreintes quelque part, murmura-t-elle.

Elle mesura aussitôt l'absurdité de sa réflexion : des empreintes de Benjamin, il y en avait partout chez elle ! Mélangées aux siennes, inexploitables. Soudain lasse, elle se leva et arpenta son studio, les mains dans le dos, pieds nus sur la moquette. Elle avait revêtu un pantalon de jogging blanc et un tee-shirt bleu gitane, et une violente envie de fumer la taraudait. Elle résista un moment, entre un grand verre d'eau fraîche et quelques inspirations profondes, sans trouver le moindre apaisement. Alors, sur un coup de tête, elle enfila une paire de baskets et un blouson et descendit les quatre étages à toute vitesse.

À l'angle du boulevard, la brasserie des Négociants était encore ouverte mais déserte. À l'exception de deux prostituées qui bavardaient à voix basse sous l'œil blasé du barman en attente de leur départ pour fermer la boutique. Marion s'assit au comptoir, épinglée par le regard assassin de l'homme. Sans s'en préoccuper, elle commanda un cognac et un paquet de Marlboro. Un exemplaire de *L'Écho*, froissé et maculé de café, se trouvait là. Il avait été plié à la page « spectacles ».

Marion s'en empara, le parcourut distraitement. Un moment plus tard, elle se mit à lire avidement : un court article relatait l'adjudication exceptionnelle à l'hôtel des ventes d'une collection privée d'objets d'art qui avait rapporté plusieurs milliers de dollars. L'article était signé Benjamin Bellechasse. Marion reposa le journal, songeuse. Un sourire flottait sur son visage quand elle quitta la brasserie, sans ses cigarettes et sans toucher au cognac que le barman dépité se résigna finalement à siffler d'un trait.

21

Ben rentra chez lui au petit matin. À 6 h 30 précises, directement de son travail à son domicile. Il n'avait pas envie d'aller boire un petit noir avec les autres au café du coin. Il était trop excité. En ouvrant la porte de sa maison où régnait un ordre impeccable, il eut une bouffée de nostalgie pour le mobile home. Le camion lui manquait, l'abandonner avait été un crève-cœur. Mais cela valait mieux. Il savait par les journaux que les corps avaient été retrouvés très vite et il était content de lui car les commentateurs affirmaient que Joual s'était suicidé après avoir liquidé sa femme. Les pisseurs de copie faisaient des rapprochements avec les autres sœurs que Ben avait sacrifiées à Cora sans étayer leurs hypothèses en aucune manière. Et la PJ pataugeait toujours, ce qui le réjouissait.

— Aucune piste sérieuse, avait déclaré la commissaire Marion.

« Tu m'étonnes », jubilait Ben en l'écoutant pérorer devant les journalistes, l'air sérieux, contente d'elle. « Ben est plus malin que toi, ma pauvre fille. Et Cora, si tu savais, tu ferais dans ton froc ! Chante, chante… tu n'es pas au bout de tes peines. »

Ben en avait déduit que le danger s'éloignait. Du coup, il pourrait peut-être reprendre le camion et retourner au bord de la rivière. Mais dans un autre coin, car il se méfiait des gendarmes qui, sous leurs airs pataud, pouvaient se révéler dangereux. Il les avait assez pratiqués pour le savoir. Ils avaient peut-être relevé les empreintes des roues ou d'autres traces qu'il aurait pu négliger, malgré sa vigilance. Et puis il avait un mauvais pressentiment. Au sortir de sa crise, intervenue après qu'il en eut terminé avec sœur Vipère et son imbécile de mari, il avait relevé sa tête posée sur le volant auquel il s'agrippait comme un forcené pour éviter de hurler de douleur. Il avait senti une présence non loin de lui. Quand il avait été capable de regarder dehors, il n'avait vu personne, mais le doute s'était insinué. Le camion resterait où il était, c'était plus prudent. De toute façon, l'éraflure sur la carrosserie, telle une plaie qui le révulsait, devrait être réparée. Cette sœur Vipère était décidément une erreur. Pire encore l'utilisation du mobil-home qui le privait maintenant des accalmies dont il avait besoin.

Car le problème recommençait avec Cora. Elle était venue plusieurs fois le voir au cours des jours précédents, pendant ses heures de repos, l'empêchant de récupérer. Elle se montrait odieuse, ne compatissait pas le moins du monde à sa souffrance et le rabrouait sans pitié quand il lui disait ne plus vouloir prendre ses médicaments.

— Ça m'est égal que tu souffres ! Mais ne pense pas qu'à toi ! J'existe moi, tu sais ce que tu me dois. Je veux jouir, Ben, des milliards de fois, comme avant...

— Avant quoi ? demandait Ben, hypocrite. Tu ne réponds pas, hein ! Comme avant que tu veuilles partir, c'est ça ? Tu ne partiras plus jamais, n'est-ce pas, Cora ?

Elle s'asseyait près de lui, effleurait son visage de ses lèvres et le corps de Ben se cambrait sous la caresse de ses mains fines, légères comme ces éphémères translucides voletant au-dessus de l'étang les soirs d'été quand l'orage leur mettait les sens en feu. Les yeux clos, il savourait ce moment. Puis Cora riait en s'enfuyant et il n'arrivait pas à la retenir.

— Tu sais ce que je veux, criait-elle, tu le sais, Ben !

Et Ben s'éveillait couvert de sueur dans son lit bordé au carré.

Il soupira en s'asseyant devant le meuble sans style où il tenait enfermés ses *dossiers*. Il prit le papier sur lequel il avait noté le nom de celle qui pourrait être la prochaine offrande à Cora. Perplexe, il hocha la tête en le triturant distraitement. Même ses collègues lui avaient fait remarquer l'extraordinaire coïncidence ! Du moins, ce fouineur de Georges ! Parce que les autres, rien ne les faisait broncher. Mais Georges, c'était normal, il était son chef et celui qui le connaissait le mieux. C'était en tout cas ce qu'il croyait. S'il avait su, ce tocard... Ben avait noté le téléphone et l'adresse de la femme. Il l'appellerait plus tard,

189

dans la journée. Il savait qu'elle serait ravie de lui parler. Comme les autres. Il pressentait pourtant que celle-ci nécessiterait un peu plus que quelques appels pour être à point. Quoique, avec ce genre de femmes, on pouvait s'attendre à tout. Elle était capable de lui sauter dessus le premier soir. Il rêva un moment à ce qu'il ferait si cela se produisait. Il sourit en lissant de la main le papier et prononça à voix basse son nom : Marthe Vilanders.

22

Avec d'infinies précautions, Cabut déposa la Vierge de bois sculpté sur son bureau après en avoir ôté les paperasses qui l'encombraient. Reculant de trois pas pour juger de l'effet, il s'abîma dans une contemplation fervente.

— Magistrale !

Il ponctua son exclamation d'une série d'éternuements.

— Qu'est-ce qui t'arrive, tu t'enrhumes ?

Cabut sursauta. Tout à son excitation, il n'avait pas entendu entrer Talon. Confus, il s'embrouilla dans une explication à laquelle son collègue ne comprit rien sinon qu'il avait passé une partie de la nuit dans un buisson et que Marion souhaitait voir sa prestigieuse acquisition.

— Je ne comprends rien à l'art, regretta le jeune lieutenant. Tu me dis qu'elle est du Moyen Âge, je te crois sur parole, mais tu m'annoncerais qu'elle a été fabriquée hier, ce serait pareil.

Cabut se moucha bruyamment.

— Oh ! s'exclama-t-il, faussement modeste, c'est pourtant simple, il suffit de s'y intéresser un peu...

— Possible, mais moi, l'art, c'est pas mon truc !

Cabut retint une remarque acide à propos de la passion de Talon pour les cadavres et les mouches.

— Je comprends, se contenta-t-il de rétorquer. Pour moi, les objets du passé sont passionnants, ils ont une vie, une histoire, ils ont servi, parfois, ou ils ont décoré une demeure.

Talon s'impatienta :

— D'accord, mais vas-y, explique-moi comment tu peux déterminer l'âge de cette Vierge.

Cabut pencha la tête comme s'il se préparait à se recueillir. Il dit d'une voix passionnée :

— C'est un joyau complexe dans lequel les écoles mosanes et colonaises ont rivalisé de virtuosité avec celle de Limoges. Les orfrois filigranés du manteau cachent le plus élégant cloisonné de l'école mosane, directement inspiré de la tradition ottonienne.

Talon écoutait, bouche bée.

— La tradition ottonienne, enchaîna Cabut, en référence aux successeurs de Charlemagne, Otton et suivants, empereurs du Saint Empire romain germanique, qui favorisèrent depuis le IXe siècle les orfèvres à la cour d'Aix-la-Chapelle. Mais, me diras-tu, quel rapport avec la datation de cette pièce ? J'y viens. D'abord, regarde la qualité des émaux. Ils sont anciens, lumineux, imprégnés de couleurs profondes et comme en suspension. Même en réutilisant les vieilles recettes, les plus habiles faussaires du XIXe siècle n'ont jamais pu en réaliser de tels : les conditions de chauffe n'étaient plus les mêmes. Le piquetage surtout, petites bulles éclatant à la surface et provoquées par les impuretés de la matière, signe le savoir-faire moyenâgeux. Réintroduit plus tard par les faussaires, il apparaît toujours mécanique et volontaire. Regarde, ce n'est pas le cas ici.

Talon se pencha mais ne détecta rien de particulier.

— Faut une loupe pour voir ça, dis donc !

— Mais non ! C'est une question d'habitude. Et il n'y a pas que cela. Observe la dorure, légère, parcimonieuse. L'or est clair, avec des taches champagne que seul l'or soudanais acquiert avec le temps. Aucun or moderne, comme celui du Nouveau Monde utilisé depuis le siècle dernier, gras et rouge, ne vieillit de cette manière. De plus, dans les parties recouvertes par la Vierge, le manque volontaire de dorure est une excellente indication de l'époque moyenâgeuse, pauvre en or. J'ai étudié aussi le montage et l'envers de la pièce, parties que les faussaires négligent souvent : la patine est naturelle, changeante, avec plusieurs notes de couleur en fonction des zones plus ou moins abîmées. L'usure est authentique. De même l'émail n'a sauté qu'aux endroits délicats, exposés.

— Et cet objet qu'elle tient dans les mains, qu'est-ce que c'est ?

— Une châsse, une offrande... On a utilisé pour ce bijou le cobalt le plus pur. Ce minéral provenant du fin fond de l'Orient était devenu très rare depuis que les Mongols avaient coupé la route de la soie. Pour l'économiser, on le mélangeait à l'occidental, plus terne, et on le réservait, comme ici, pour les morceaux de choix, les chefs-d'œuvre... Regarde, il est tellement pur qu'on croirait du saphir ! Cette châsse est une merveille avec ses trois saints byzantins, témoin du travail d'un ciseleur miniaturiste aux yeux de lynx. La petite plaque de devant devait se relever les jours d'ostension pour laisser apparaître une ampoule de cristal de roche contenant la relique, ongle ou cheveux. Dans le reliquaire, derrière le trône, le point d'attache est significatif du Moyen Âge : une goupille en sifflet, sorte de grosse épingle à cheveux comme en utilisaient les vieilles femmes. C'est un élément très important, mais c'est surtout la conjugaison de l'ensemble qui emporte ma conviction.

Talon siffla doucement, mimant des applaudissements. C'est à ce moment que Marion et Lavot firent leur entrée.

— C'est ça ? s'exclama Lavot, déçu. C'est ce truc qui te fait courir comme un fou ?

Cabut toisa son collègue.

— Ce truc, comme tu dis, me rendra riche. Contrairement à toi qui ne penses qu'à la gaudriole…

— Ah ouais ? rétorqua Lavot, et tu l'as payée combien ta vieille chose ? Si elle est si extraordinaire, elle doit être très chère. T'as des revenus cachés, peut-être ?

— D'abord, cela ne te regarde pas, contra Cabut dont le teint virait au rouge brique, et tu sais très bien que depuis dix ans je passe la plupart de mes loisirs à rechercher, acheter et revendre ce genre d'objet. Alors…

— Non, mais combien ? insista l'autre, goguenard.

— Une misère... En France, l'époque du haut Moyen Âge n'intéresse pas les collectionneurs, j'ignore pourquoi. Dans d'autres pays, c'est différent.

Le capitaine hocha la tête d'un air entendu :

— Ouais, je suis sûr que toute ta paye est passée dans cette ruine... Compte pas sur moi pour te payer des casse-croûte ou tes petits chocolats !

— Au fait, rebondit Cabut, merci pour hier soir. J'ai failli attraper la mort et me faire serrer par les collègues de la tenue. La vioque a appelé police secours, figure-toi !

— T'es marrant, toi ! Que voulais-tu que je fasse ? Le laisser filer ?

— Non, mais tu aurais pu revenir me chercher, je me suis tapé trois bornes à pied. J'aurais apprécié au moins un coup de fil...

Lavot affecta un air désinvolte :

— Désolé, mon pote, mais j'ai filoché Bellechasse jusque chez lui et ensuite je suis passé voir un indic.

— Un indic ! Avec une minijupe et des talons aiguilles.

Marion intervint.

— Arrêtez de vous chamailler ! On a mieux à faire ! Cabut, puis-je vous l'emprunter pour ce soir ?

L'interpellé ouvrit la bouche, la referma, pâlit, murmura :

— Pardon ?

— Votre statuette, là, vous pouvez me la prêter pour la soirée ?

Décontenancé, Cabut fit un effort important pour acquiescer, à contrecœur.

— Puis-je savoir ce que vous comptez en faire ?

— Je ne peux rien vous dire, vous devez me faire confiance. Je vous promets d'y faire très attention et de vous la rendre intacte.

Marion se dirigea vers la porte, considérant l'affaire comme réglée. Cabut marmonna entre ses dents qu'il allait, malgré la confiance aveugle qu'il accordait à Marion, souscrire une assurance. Elle fit volte-face. Il rougit et se détourna pour se moucher.

— Au fait, demanda-t-elle, les poings sur les hanches, l'air soudain préoccupé, il faut que vous m'expliquiez à quoi vous voyez qu'elle est du Moyen Âge, votre merveille. Que j'aie l'air d'en savoir un minimum.

Cabut jeta un regard désespéré à Talon qui riait sous cape. Lavot, occupé au téléphone avec son indic de la nuit passée, se désintéressait de la conversation.

— Alors ? insista Marion.

— Mais bien sûr, patron, quand vous voulez. Tout de suite ?

Marion regarda sa montre :

— Je passe un coup de fil et je reviens.

Une heure plus tard, elle savait tout de la Vierge. Cabut lui répéta ce qu'il avait déjà expliqué à Talon avec la même passion et quelques détails supplémentaires. Marion notait mentalement. Quand ce fut terminé, elle prit la Vierge dans ses mains avec délicatesse.

— T'inquiète pas, murmura-t-elle en la portant à hauteur de son visage, je prendrai soin de toi...

Insensible à l'intérêt que pouvait susciter un objet inanimé, même riche de plusieurs siècles d'histoire, Lavot la ramena sur terre :

— Et Bellechasse, on en fait quoi ?

— Rien. Aujourd'hui, il est au journal et j'ai quelqu'un sur place. Il ne bougera pas de la journée.

— Comment vous le savez ?

— Je le sais.

— Et ce soir ?

— Pareil, vous l'oubliez.

Le mercredi était le jour de la conférence de rédaction. Bellechasse ne sortait jamais ce jour-là. Et pour la soirée, Marion avait des projets dont elle n'avait pas envie de parler.

— Contentez-vous de garder un œil sur la villa de la femme au turban, dit-elle simplement.

23

À 11 heures, Marion trouva sur son bureau un message urgent de l'adjudant de gendarmerie de la Valmontine qu'elle rappela aussitôt. Dix minutes plus tard, Lavot et Cabut se mettaient en route pour aller rencontrer un témoin surprise qui s'était manifesté dans la soirée. Un braconnier du village qui passait à bicyclette sur la route, le samedi matin, quelques heures après la mort de l'officier de police et de sa femme. Il allait relever ses collets, ce qui expliquait son hésitation à spontanément livrer son témoignage aux gendarmes. Plusieurs jours après la double découverte des corps, il s'était imprudemment confié à un compagnon de beuverie, au café du village. La patronne avait surpris la conversation et comme elle était la belle-sœur d'un gendarme de la brigade...

Titus était néanmoins un homme dont il fallait prendre les déclarations avec prudence car, outre son penchant marqué pour le vin rouge, il passait pour être un peu simplet et affabulateur. Il prétendait en effet avoir vu, en haut du chemin qui conduisait aux grottes, un « camion où c'est qu'on couche et qu'on mange ». À 6 heures du matin, cela avait de quoi surprendre. Il n'avait remarqué que la couleur, blanche, avec des bandes bleues sur le côté. Il pensait aussi, sans conviction, que le camion était immatriculé dans le département. À vrai dire, il ne savait plus très bien. Ce dont il était sûr, en revanche, c'est que le conducteur était une conductrice, une blonde aux cheveux longs qui paraissait dormir sur son volant en rêvant, car elle se trémoussait d'une drôle de façon.

— Une femme ? s'était exclamée Marion. Vous êtes sûr ?

Titus n'avait pas vu son visage, seulement sa chevelure et ses mains. De grandes mains avec des ongles longs et rouges. L'adjudant était sceptique mais avait rappelé à Marion les observations du légiste lors de l'autopsie de Christine Joual.

En présence des officiers de la PJ qui l'intimidaient moins que les gendarmes, Titus se souvint d'autre chose : le côté gauche du camion était amoché, comme s'il s'était frotté aux énormes blocs de pierre du chemin des grottes. Ils n'eurent aucun mal à situer le lieu du choc où subsistaient des traces de peinture blanche et bleue. Les gendarmes prêtèrent leur matériel pour effectuer les prélèvements qui furent aussitôt déposés au laboratoire.

Dès qu'elle eut connaissance de ces éléments, Marion mit toute l'équipe sur le coup, à l'exception de Talon qui restait branché sur le gynécologue de la clinique des Genêts d'Or. Lavot rouspéta : rechercher un camping-car dans la région sans en connaître la marque ni le numéro, c'était l'enfance de l'art ! Ce travail de fourmi était pourtant la seule manière de procéder. Il établit la liste de tous les terrains de camping-caravaning et se mit au travail.

— Et si c'est un particulier qui a un garage ? objecta Cabut.

Marion haussa les épaules :

— Vous voyez toujours le verre à moitié vide, essayez de le voir à moitié plein pour une fois...

Cabut s'abstint de commenter. Il n'en finissait pas de se demander ce que Marion allait faire de sa Vierge et il avait un mauvais pressentiment.

24

Marion vérifia pour la énième fois que tout était en place : la bouteille et les verres sur la table basse entre les deux fauteuils en cuir fauve. Négligemment posé à côté, le dossier contenant les photos des autopsies, une chemise cartonnée où les planches avaient juste été glissées. Elle se regarda dans le miroir de l'entrée, remit en place une ou deux mèches folles. Son regard noir brillait, éclairé par la lumière tamisée. Elle était vêtue d'un pantalon fluide de soie blanche et d'un blouson assorti, une tenue neutre choisie avec soin afin de ne pas donner à son invité l'impression qu'elle voulait le reconquérir.

À l'heure prévue, le coup de sonnette la fit sursauter. Benjamin Bellechasse hésita une fraction de seconde devant la porte avant d'entrer, les mains enfoncées dans les poches de son imperméable anglais, des questions à peine dissimulées dans ses yeux gris aux longs cils féminins.

— Salut, dit Marion la voix un peu étranglée, merci d'être venu. Entre.

Elle lui prit des mains le vêtement qu'il venait d'enlever, lorgna la silhouette familière. Elle remarqua qu'il avait minci, les traits de son visage s'étaient légèrement creusés et ses cheveux bouclés repoussaient. Dès qu'ils sortent de votre vie, les gens n'ont de cesse de vous échapper, de redevenir des inconnus. Cette pensée lui serra le cœur mais elle refusa de s'y attarder.

Une fois le vêtement accroché à la patère, elle précéda Benjamin dans la pièce, s'approcha de la table basse. Une fausse manœuvre expédia par terre le dossier criminel. Elle marmonna une excuse tandis que Benjamin se penchait pour l'aider à réparer sa maladresse. Les horribles blessures de Jenny, à moins que ce ne fussent celles de Nicole Privat ou de Christine Joual, s'étalaient, impudiques. Impassible, Benjamin remit les clichés dans la chemise cartonnée et tendit le tout à Marion en se redressant. L'explication, du style « je travaillais en t'attendant », arracha au journaliste une moue dubitative. Il lui fit face, de la lassitude dans le regard et une interrogation comme pour dire : « Je suis là, que fait-on ? »

— Viens, Benjamin, s'empressa Marion, assieds-toi. Je voulais te voir pour une raison personnelle mais, rassure-toi, c'est sans rapport avec nous... enfin je veux dire, j'espère que tu ne t'imagines pas...

— Je n'imagine rien, ironisa Benjamin, mais je m'interroge : pourquoi tant de mystères ? Pourquoi te rendre au journal alors qu'il t'aurait suffi de me passer un coup de fil ? Tu as peur que tes collègues de la direction du renseignement ne m'écoutent ?

Marion eut un rire crispé :

— Eux ? Je ne vois pas en quoi un chef de rubrique artistique à *L'Écho* les intéresserait... Non, c'est d'ailleurs à ce titre que j'ai besoin de toi, de tes connaissances et de tes conseils. Voilà, j'ai acquis un objet ancien, rare et précieux, du moins je le crois, et je me demande si je n'ai pas fait une bêtise. Je l'ai payé assez cher et je voudrais être sûre...

Benjamin fronça les sourcils, entoura un genou de ses deux mains réunies en se rejetant en arrière :

— Je suis journaliste, dit-il, pas expert. De quoi s'agit-il ?

Marion contourna l'îlot qui séparait le salon du coin cuisine. Elle se pencha pour prendre des glaçons dans le réfrigérateur.

— Tiens, s'il te plaît, tu veux bien faire le service, j'apporte de la glace.

Benjamin posa le regard sur la bouteille de Lagavulin, son pur malt préféré, et sur les deux verres qui l'encadraient comme s'il se demandait dans quel jeu Marion essayait de l'entraîner.

— C'est gentil de te souvenir que j'aime ce whisky, dit-il, conciliant. Je n'aime vraiment que celui-là d'ailleurs, mais en ce moment j'évite l'alcool. De l'eau, cela m'ira très bien.

— Dommage pour toi, soupira Marion enjouée, mais cela ne te dispense pas de me servir. Je ne suis pas au régime sec, moi !

Benjamin s'exécuta, reposa la bouteille et tendit son verre à Marion qui revenait avec de la glace et une carafe d'eau. Elle ignora le geste, posa les objets sur la table et repartit vers le fond de la pièce. Elle sortit de la penderie la Vierge de Cabut, la présenta à Benjamin qui l'examina en silence :

— De toute beauté, dit-il. Elle est à toi ?

Ce qui semblait l'étonner profondément. Marion acquiesça :

— Je l'ai achetée dans une vente aux enchères, il y a quelques jours. La succession Balanian, tu es au courant tout de même !

— Parfaitement, mais je n'imaginais pas que cela pouvait t'intéresser, surtout une pièce de cette époque et de ce style. Le haut Moyen Âge avec sa richesse mais aussi son extrême rigueur... Tu as assisté à la vente ?

— Non, quelqu'un a fait cet achat pour moi.

— Ah ! je vois ! Ce n'est pas un coup de cœur mais un coup de bourse ! Un investissement. Je me trompe ?

Marion eut une pensée pour Cabut et la ferveur qui l'animait quand il parlait de sa Vierge, la passion dont il enrichissait ses démonstrations.

— Si tu veux, mentit-elle. Alors, qu'en dis-tu ?

— Je la trouve somptueuse et, si j'avais eu une quelconque passion pour ce style et de l'argent superflu, je l'aurais achetée. Pour sa beauté et sa pureté. Encore une fois, je ne suis pas expert en art moyenâgeux. Tout ce que je peux faire, c'est te donner quelques adresses.

Il s'empara de l'objet avec délicatesse et, en quelques phrases presque chuchotées, répéta à peu de chose près tout ce qu'avait exposé Cabut.

Marion buvait ses paroles. Quand il s'arrêta, elle croisa les bras.

— Dis donc, pour quelqu'un qui ne s'y connaît pas...

— J'ai été, très modestement, initié par... une amie. Et ce reliquaire justement...

— Oui ?

— Oh non, rien, ce serait trop long à expliquer et ça ne présente aucun intérêt.

Il la contempla un moment en silence.

— Tu es très belle...

Le ton de sa voix s'était brusquement adouci mais il ne l'avait pas appelée Edwige, c'était déjà ça. Le cœur de Marion se mit à battre plus vite. Il prit une inspiration pour enchaîner.

— Si tu me livrais le fond de ta pensée ? Je ne peux pas croire que ton seul but, en me faisant venir ici, ait été de recueillir mon avis sur cette pièce. Elle est certes remarquable, mais je te fais confiance, tu aurais pu trouver toute seule le moyen de tout savoir à son sujet. Alors ?

Son regard interrogeait, tendre mais aussi tendu, anxieux. Marion faillit craquer et tout lui avouer. Elle se ressaisit à temps, se mit à chercher autour d'elle, tâta machinalement des poches qui n'existaient pas :

— Zut, s'empressa-t-elle, je n'ai plus de cigarettes ! Cela t'ennuie de m'attendre le temps que je descende en chercher ?

— Tu fumes, toi ? C'est nouveau !

Marion eut un geste fataliste et s'enfuit vers la porte. Elle l'ouvrit et la claqua bruyamment tout en restant à l'intérieur. Puis se glissa sans bruit le long du mur, derrière la tenture qui séparait l'entrée minuscule du studio proprement dit. Le cœur cognant à tout rompre, elle observa Benjamin. « Si beau », pensa-t-elle en le voyant jeter autour de lui un regard attendri. Il fit mine de se lever, se ravisa, le regard rivé à la chemise cartonnée. Marion en fut pour ses frais car il ne la toucha pas. Son visage n'exprimait rien tandis qu'il saisissait le verre de whisky auquel Marion n'avait pas touché pour en avaler une longue rasade. Après quoi, il se renversa dans le fauteuil, ferma les yeux et ne bougea plus. Marion calcula mentalement le temps qu'elle aurait dû mettre pour aller au tabac et revenir. Elle attendit encore quelques secondes et fit son entrée en feignant d'être essoufflée. Elle jeta sur la table ses clefs et les cigarettes qu'elle avait achetées le matin en prévision de son petit numéro. Elle en alluma une et, comme Benjamin gardait les yeux clos, elle alla se poster devant la fenêtre, face à la ville. Après quelques instants de silence total, Benjamin se mit à parler d'une façon presque mécanique.

— Pourquoi me joues-tu cette comédie, Marion ? Tu n'as pas acheté cette Vierge, cela te ressemble si peu. Tu n'es pas descendue au tabac, je le sais. Qu'attendais-tu ? Que je regarde ces horribles photos que tu as volontairement fait tomber quand je suis arrivé ? Pourquoi cette mise en scène grotesque ? Si tu crois que je suis concerné en quoi que ce soit par ces photos, il faut m'arrêter. Je ne comprends rien à toutes ces simagrées, mais je sens qu'il se passe des choses intolérables qui vont nous séparer irrémédiablement. Pourquoi tournes-tu autour de la vérité ? Ce que tu crois, c'est que je suis un monstre, avoue-le !

Sa voix s'était resserrée, il semblait au bord des larmes. Il se rapprocha de la jeune femme qui n'avait pas bougé.

— Edwige, reprit-il avec douceur, tu me crois responsable de ces crimes, n'est-ce pas ?

Il était tout près d'elle à présent, elle sentait sa chaleur dans son dos. Elle pensa qu'il allait fatalement se passer quelque chose. Au cinéma, elle aurait compris. À la musique, on sait si c'est la fin, si le monstre va surgir ou si le héros va tomber dans les bras de l'héroïne. Au ralenti, elle se retourna. Benjamin la fixait de ses yeux gris, de ce regard un peu flou qu'elle connaissait bien, celui du désarroi et des grandes tempêtes. Elle dit très vite, la voix cassée :

— Réponds-moi ! Benjamin, est-ce que tu connaissais ces femmes ?

Il hocha la tête sans répondre. Elle n'avait pas prévu que les choses se dérouleraient de cette façon, elle songea qu'elle déviait dangereusement de son plan.

— On t'a vu avec elles. Nicole Privat, Geneviève Delourmel, Christine Joual. Elles sont mortes, Benjamin, mortes après qu'on les a vues avec toi.

Il remua la tête dans tous les sens, porta la main à son front :

— Je ne sais pas, murmura-t-il, je ne me souviens pas. Ni de ces femmes ni de rien les concernant. Mais tu as l'air si sûre de toi... Et puis, la vérité c'est que depuis quelque temps je ne sais plus qui je suis...

Marion s'affola, convaincue qu'il allait lui avouer des horreurs. Elle repoussa cette perspective avec force, tendit la main.

— Je ne suis sûre de rien et je ne t'accuse pas, dit-elle très vite, mais il y a trop de faits troublants, le juge va me demander de t'interroger et... Je t'en prie, Benjamin, connaissais-tu ces femmes ?

Le journaliste semblait tourmenté par des forces qui le dépassaient.

— Je ne sais pas, répéta-t-il mécaniquement. Je ne me souviens pas. Il m'est arrivé quelque chose, Marion, une histoire à laquelle je ne comprends rien. J'ai besoin de temps. Laisse-moi du temps, s'il te plaît. Quarante-huit heures, trois jours tout au plus.

— Tu me demandes l'impossible ! Il y a trop de risques. Si je te laisse partir, une autre femme...

— Tu ne peux pas croire cela ! s'écria Benjamin. Pas toi !

Son regard chavira. Ses lèvres se mirent à trembler. De suppliante, son attitude évoluait vers la colère. Il fit un pas en avant, cette fois ils n'étaient plus qu'à quelques centimètres l'un de l'autre. Il tendit les mains vers le cou de Marion. Elle pensa qu'elle allait peut-être mourir à cause de sa lamentable mise en scène. Mais au moins elle n'aurait pas tout perdu : les empreintes de Bellechasse étaient maintenant sur la bouteille de whisky et le verre.

25

Ben sonna à la grille de Marthe Vilanders vers 22 h 30. Conformément à ce qu'il avait subodoré, le contact n'avait pas été facile. La dame, d'une trempe particulière, s'était fait prier. C'était une première pour lui et il frissonnait d'excitation à la hauteur du défi à relever. Cora aussi, qui était venue lui chuchoter à plusieurs reprises qu'une bourgeoise qui se croyait propriétaire du monde allait terriblement lui plaire. Elle avait, comme lui, trouvé la coïncidence cocasse.

— Ce n'est pas un nom très répandu, Vilanders, elle est peut-être de la famille... susurrait-elle tandis que Ben se préparait.

— De quelle famille ? objectait-il en haussant les épaules. Tu es ma seule famille, tu le sais bien.

Cora riait et se moquait de lui. Comme si elle savait des choses qu'il ignorait. Ben avait pris le bus qui l'avait déposé à quelques centaines de mètres de la villa. Il était venu les bras ballants, avec sur lui l'attirail indispensable qui convenait aux premières rencontres : le revolver sous le bras gauche pour la frime, le cutter – un outil de spécialiste qui sert d'habitude à découper la moquette – dans la poche droite de son pantalon. C'était pure formalité car Ben était fort, très fort. La première rencontre, une fois le contact établi, se passait toujours aux domiciles des « sœurs », c'était une règle immuable. Ensuite, le programme s'ajustait au fait qu'elles voulaient baiser tout de suite ou pas. Ben prévoyait toujours au mieux mais il ne pouvait pas tout calculer et d'ailleurs, après, il ne se souvenait pas de tout non plus.

Il sonna chez Marthe Vilanders sans arrière-pensée et sans remarquer la Renault blanche stationnée un peu plus haut dans la rue avec deux types à son bord. Qui aurait pu, à part Cora, savoir que Marthe Vilanders serait la prochaine sur sa liste ? La voix sèche de la femme demanda dans l'interphone qui était là. Ben se présenta, bien élevé et courtois. Déclic d'ouverture. Il poussa sans bruit le portillon et remonta l'allée de gravier blanc. Il gravit la douzaine de marches en pierre claire, les mains dans les poches de son imper de toile huilée et attendit, sous le porche éclairé par une lanterne en fer forgé. La porte s'ouvrit sur une femme grande et élégante, vêtue de blanc des pieds à la tête. Marthe Vilanders contempla, médusée, le grand gaillard qui lui faisait face, bien campé sur ses jambes, le visage illuminé d'un sourire doux et radieux. Incrédule, elle murmura :

— Benjamin ?

26

Ils avaient garé la voiture de service dans la rue, à cinquante mètres de l'entrée de la villa. Après les exploits de la veille, il n'était pas question de se faire repérer et Marion avait ordonné de faire *soft*. Une enquête rapide leur avait appris l'essentiel sur la femme au turban que fréquentait Bellechasse : elle était divorcée d'un riche Canadien négociant en bois et parcourait le monde à la recherche d'antiquités. Elle avait acheté la villa quelques mois plus tôt mais les raisons de son installation, dans une ville qui lui semblait étrangère, n'avaient pas été éclaircies et rien encore, à ce stade, ne justifiait des recherches approfondies. Elle sortait peu et ne recevait personne, hormis le journaliste qui, manifestement, avait quelques habitudes chez elle.

— On lève la planque à quelle heure ? demanda Cabut qui ne pouvait s'empêcher de ressasser avec irritation ce que Marion pouvait bien trafiquer avec sa statuette.

— Ça dépend. Pour l'instant, la femme est seule, y a pas de problème. La patronne s'occupe de Bellechasse. Vers 23 heures, on l'appelle et si tout baigne, on rentre.

Cabut soupira. Il avait faim et les heures de planque finissaient par lui engourdir les jambes et le moral. Il s'étira en grognant. Dans le mouvement, il accrocha la radio de bord dont la fixation défectueuse aurait dû être réparée depuis longtemps et qui en profita pour lâcher. L'appareil tomba sous les pieds de l'officier avec un grand bruit.

— C'est pas vrai ! gueula Lavot en se penchant vers son collègue pour constater l'étendue des dégâts, t'es vraiment un gland !

Son crâne rencontra celui de Cabut qui se penchait à son tour.

— Aïe ! s'écria-t-il furieux, tu le fais exprès ou quoi ? Je comprends que tu trouves pas de gonzesse, t'es un danger public.

— Oh ! je te prie de te calmer ! protesta le lieutenant. Ce… machin était déjà à moitié déglingué.

— Ce machin ! grommela Lavot. Ça porte un nom. T'as plus qu'à le remettre en place.

Cabut batailla quelques instants avec la radio récalcitrante. Irrité et à la fois amusé, le capitaine finit par le prendre en pitié. Il disparut à son tour sous le tableau de bord. Ils perdirent de vue l'entrée de la villa pendant quelques minutes et durent finalement renoncer à remettre l'appareil en place. Ce qui, constatèrent-ils soulagés, ne l'empêchait pas de fonctionner.

— Qu'est-ce que Marion peut bien faire avec Bellechasse ? dit soudain Cabut.

214

Lavot se releva, rouge de l'effort accompli, jeta un coup d'œil rapide dans le rétroviseur extérieur. Rassuré par le calme de la rue, il souffla.

— Hé hé ! devine, tiens ! ricana-t-il. À mon avis, ils n'enfilent pas des perles.

— Quand même, s'offusqua Cabut, Bellechasse est un suspect ! Elle ne peut pas faire ça !

— Tu parles, elle va se gêner...

— Non, je suis sûr que non ! Elle avait une idée derrière la tête, c'est évident, elle ne va quand même pas prendre ce genre de risque... Tu as remarqué ? Bellechasse et cette Marthe Vilanders ont un point commun.

— Ah ouais ? Lequel ?

— Le Canada.

— Exact, ils ont dû se connaître là-bas. Comme elle est divorcée, elle a peut-être eu envie de le suivre ici. Histoire de se faire un jeune. Les femmes, à cet âge-là...

— Pour moi, ce serait plutôt l'inverse qui s'est produit. Je ne vois pas Bellechasse quitter Paris pour s'enterrer dans ce trou sans une bonne raison.

— Mouais... Je suis sûr que c'est la vioque qui l'a relancé. En tout cas, ça ne nous éclaire pas sur ses mœurs.

— Non, mais comme il n'a pas toujours vécu en France et qu'on ne sait pas trop ce qu'il a fabriqué avant, ça expliquerait le fait qu'on ne trouve pas d'antécédents, ni de crimes du même genre, ici.

Lavot siffla doucement :

— Pas con, pas con... Il faudrait envoyer une demande de renseignements à Interpol...

Il regarda sa montre, bâilla, les bras tendus sur le volant.

— Quand je pense à ce qu'elle est en train de faire, Marion...

Le lieutenant sursauta :

— Elle n'a pas pris ma statuette pour s'envoyer en l'air, quand même !

— Écoute, Cabichou ! s'écria Lavot. Tu nous gonfles avec ta vieillerie délabrée. Je ne sais pas pourquoi elle l'a prise et je m'en fous. Tout ce que je sais, c'est que moi, à l'heure qu'il est, je prendrais bien...

— Chut, intima Cabut, t'as entendu ?

— Quoi ?

— Un cri, j'ai entendu un cri.

— Ça venait d'où ?

— De par là, estima-t-il en désignant la direction de la villa, enfin, je crois.

— Tu crois ou t'es sûr ? Parce que moi j'ai rien entendu. T'as dû rêver !

— Oh merde ! ferme-la à la fin ! Comment peut-on entendre quoi que ce soit, si tu parles sans arrêt !

Le capitaine se tut, vexé. Il abaissa la vitre électrique et passa la tête à l'extérieur. La rue était toujours aussi vide à l'exception des véhicules stationnés d'un seul côté. Il écouta longuement. De la ville montait une rumeur sourde mais le quartier lui-même était d'un calme absolu. Il avait plu le matin, autour d'eux les jardins exhalaient un fort parfum d'humus mouillé. Le second cri retentit au moment où Lavot rentrait la tête dans l'habitacle, avec sur les lèvres le sourire satisfait de celui qui avait raison. Son visage se figea :

— Nom de Dieu, s'écria-t-il, ça vient de la villa !

— Qu'est-ce qu'on fait ?

— On y va ! Amène-toi !

— Mais on n'a vu personne arriver, elle est seule chez elle.

— T'es sûr ? grimaça Lavot en montrant la radio.

— Mais, la radio justement ! s'exclama Cabut. Il faut prévenir l'état-major, demander des renforts...

— Eh ! t'excite pas, ma biche ! On va aller voir. C'est peut-être notre gonzesse qui s'envoie en l'air, on va pas mobiliser toute la police française pour ça !

La façade de la villa était plongée dans l'ombre à l'exception du porche resté éclairé. Les policiers, collés contre la grille, écoutèrent en essayant de respirer le moins possible. Inopinément, l'estomac de Cabut émit un grondement caverneux. La faim le tenaillait depuis le milieu de l'après-midi. Il rêvait d'un repas, un vrai, pas de ces sandwichs caoutchouteux qu'ils avaient avalés entre deux terrains de camping. Et pour rien encore. Pas plus de mobile home blanc et bleu avec une aile amochée que d'eau en plein désert. Demain il faudrait remettre ça, il restait encore quelques sites à visiter, mais d'ici là, Cabut entendait manger autre chose que des barres de chocolat. Des bruits bizarres en provenance de la maison éloignèrent un peu plus encore cette perspective. Un son mat, suivi d'un profond halètement à mi-chemin entre le râle et le cri, un fracas de verre brisé.

— Il faut aller voir, c'est pas clair, chuchota Lavot. Va à la voiture, appelle le PC, demande qu'on nous envoie une patrouille, je passe par-derrière et tu me rejoins. Et traîne pas surtout !

Le lieutenant partit en courant tandis que son collègue s'élançait en direction de la ruelle contiguë à la propriété, permettant l'accès au jardin par une brèche dans la haie d'aubépines. À l'arrière de la maison, une lanterne éclairait le petit perron. Lavot s'avança prudemment, monta en souplesse les quelques marches, regarda à l'intérieur par une porte vitrée à mi-hauteur. Il distingua des appareils ménagers tapis dans l'ombre, des meubles de cuisine modernes, en bois clair. Une vague lueur provenait de ce qui ressemblait à un couloir. Le capitaine eut beau tendre l'oreille, il n'entendit que les battements précipités de son cœur.

« Qu'est-ce qu'il fout ? » pensa-t-il en imaginant Cabut en train de se battre avec la radio.

Une ombre jaillit du hall, se dirigeant vers lui. Elle lui parut gigantesque et il se rejeta vivement en arrière. L'individu dut percevoir son mouvement car il s'arrêta net et reflua à l'intérieur de la maison. Cabut ne se manifestant toujours pas, Lavot extirpa le plus gros de ses revolvers de sa ceinture et ouvrit la porte avec toute la discrétion voulue. Il n'eut pas le temps de faire un pas, une sirène stridente déchira la nuit. Le capitaine sursauta violemment mais n'hésita plus : il pénétra d'un seul coup dans un couloir carrelé de noir et blanc. La silhouette, immense, apparut de nouveau, se jetant vers l'avant de la maison. Lavot se lança à sa poursuite et fut dessus en quelques pas. Il accrocha l'homme par une manche, hurla :

— Police, bouge plus !

L'homme se dégagea, lui fit face. Négligeant l'arme que le capitaine tenait braquée sur lui, il jeta les bras en avant. En quelques gestes, aussi précis qu'efficaces, il réduisit au silence l'officier qui s'effondra sur le carrelage à damiers. En atteignant le sol, le revolver produisit un fracas épouvantable.

Cabut perçut le ramdam au moment où il franchissait la porte. Désemparé, il chercha à se repérer dans la pénombre.

— Lavot ? demanda-t-il d'une voix blanche. T'es où ? Ça va ?

Il n'eut pas le loisir d'insister. L'ombre se jeta sur lui en trois secondes. Il tenta de dégainer son arme de service mais n'y parvint pas : le bouton d'étui était trop dur, il aurait dû le graisser, il le savait, cela devait arriver, il n'était pas fait pour ce métier. L'homme, silencieux, exécuta devant ses yeux un large moulinet qui arracha, dans le contre-jour de la lumière du perron, un scintillement furtif à l'objet qu'il tenait à la main. Cabut se rejeta de toutes ses forces en arrière pour éviter le contact. Sa tête heurta le mur et il se sentit soudain tout mou. Une autre attaque faillit l'atteindre au bas-ventre. Dans un sursaut désespéré, il leva violemment la jambe, portant à son adversaire un coup involontaire qui lui fit lâcher l'objet et le déséquilibra. L'homme partit lourdement en arrière et poussa un grognement de douleur quand sa main heurta le sol. Cabut hésita une seconde de trop avant de se décider à agir.

L'autre s'était redressé, le visage grimaçant. L'officier eut le réflexe de s'accrocher à son imper, la tête en avant, pour tenter un hypothétique coup de boule avant de s'effondrer à son tour, sonné par un choc à la nuque. La sirène de l'alarme beuglait toujours. C'est sans doute ce qui sauva la vie aux deux officiers. Les voisins, inquiets du remue-ménage, avaient déjà appelé police secours. Cabut, pas complètement inconscient, perçut le mugissement des deux tons qui se rapprochaient. Dans un brouillard, il vit la silhouette immense s'échapper par la porte du fond et s'évanouir dans la nuit.

— Mais bordel, où est-ce qu'elle est passée ?

Encore mal remis de ses émotions, Lavot transféra le téléphone de son oreille droite à son oreille gauche.

— Oui, j'attends, qu'est-ce que je peux faire d'autre, mon pote ? T'as essayé la radio de sa bagnole ? Elle répond pas, elle répond pas ! Essaie encore, c'est pas normal, elle répond toujours, Marion ! C'est pas possible qu'on puisse pas la joindre ! Quoi ? Toujours rien ? OK, OK. T'es sûr qu'elle n'a pas dit où elle allait ? Bon d'accord, je te lâche ! Salut.

Lavot rengaina son téléphone et considéra Cabut, assis dans un fauteuil de rotin, occupé à masser son occiput douloureux. Ils se trouvaient dans le bureau de Marthe Vilanders. Piteux et mécontents.

— Nom de Dieu de nom de Dieu ! explosa le capitaine, on est des vrais branques tous les deux ! Jamais j'oserai me représenter devant Marion, jamais. Je suis mort de honte !

— Tu exagères ! protesta Cabut. Tu as vu ce type, c'était le diable. On aurait été dix, il nous séchait tous les dix.

— Dix comme toi, oui...

— Oh, tu peux pavoiser, il t'a sonné comme une midinette !

— C'est bien ce que je dis, j'ai la honte, tu peux pas savoir ! Quand je pense qu'on l'avait là, ce salopard ! J'aurais dû tirer.

— C'est ça, et en ce moment c'est toi qui aurais les pinces ! Il ne perd rien pour attendre, cet enfoiré, on va le sauter dès demain.

Lavot cessa tout mouvement :

— On va sauter qui ?

— Bellechasse, tiens ! Je l'ai reconnu, tu sais.

Lavot remua les épaules, pas convaincu. L'intrus pouvait être Bellechasse comme ne pas être lui. Il ne l'avait pas vu de face. La silhouette et la corpulence y étaient, la coiffure peut-être, mais quelque chose l'empêchait d'être sûr ; un détail qu'il n'identifiait pas pour l'instant.

Un gardien de la paix se présenta à la porte :

— Capitaine, le toubib veut vous voir.

Le médecin du Samu attendait dans le hall, appuyé contre une console de marbre blanc sur laquelle trônait un magnifique bouquet de roses, blanches également. Il suivait d'un air las le ballet des policiers, en tenue et en civil, qui croisaient des infirmiers et des pompiers, les gestes un peu saccadés des professionnels de la nuit. Il se redressa :

— Si vous n'avez plus besoin de moi, capitaine, je rejoins l'hôpital. S'il vous faut un rapport, vous viendrez le chercher là-bas.

— Comment va-t-elle ? interrogea Lavot, la voix cassée par l'un des coups reçus à la base du cou.

Le médecin, un jeune type baraqué au visage carré, stéthoscope en sautoir, agita la main :

— Pas folichonne. Elle a perdu beaucoup de sang. Si elle sort du coma rapidement elle s'en remettra, dans le cas contraire, je ne donne pas cher de sa peau. De toute façon, à première vue, elle est déjà condamnée.

— Comment ça, condamnée ? s'exclama Cabut qui venait de rejoindre les deux hommes.

— Cancer. Ou une saloperie du même genre. À mon avis, à un stade avancé et difficilement curable. Si vous fouillez la baraque vous trouverez sûrement des papiers, un dossier, des médicaments qui vous éclaireront.

Les deux policiers se taisaient, abasourdis. Lavot réagit le premier.

— Il ne recule devant rien, le salaud ! Une malade incurable à présent. Ça explique pourquoi elle portait toujours cette espèce de turban blanc. Elle y a laissé ses cheveux, je suppose ?

Le médecin acquiesça. Les flics de police secours, après s'être assurés que les deux flics de la PJ n'étaient pas sérieusement touchés, avaient investi la maison et découvert Marthe Vilanders, écroulée dans une salle de bains du premier étage, au milieu d'une flaque de sang. Son turban déroulé et maculé de rouge gisait à côté d'elle, son crâne chauve avait heurté violemment le bord de la baignoire. Elle respirait à peine. De ce qu'ils avaient pu constater et que leur confirmait le médecin, les policiers concluaient que le tueur avait agi avec infiniment moins de raffinement que les autres fois et que leur présence dans le secteur avait sans doute sauvé, momentanément, la vie de Marthe Vilanders. La victime avait aussi opposé une énergique résistance à son agresseur, mais Lavot était convaincu que cette nouvelle tentative du tueur ne s'inscrivait pas dans la lignée des autres. Quelque chose d'inhabituel était survenu. Le médecin parti, Cabut sortit sur le perron fumer une cigarette. Le chef d'équipage de police secours, mission terminée, rameutait ses hommes pour rentrer au central et faire son compte rendu.

— C'est marrant, dit-il, je suis déjà venu ici hier soir.

Il attendit en vain une réaction de l'officier. Gêné, Cabut regardait ses chaussures. Le gradé crut bon d'insister.

— Je suis sur ma deuxième nuit et hier soir, la femme en blanc, la victime, a appelé police secours. Il y avait un intrus dans son jardin, alors forcément, elle avait les j'tons. Si ça se trouve, c'est le même qui est revenu pour la trucider ce soir.

— Mais pas du tout ! s'empressa le lieutenant, écarlate.

223

— Quoi ? Ah ! t'es sûrement plus au courant que moi. Moi, j'interviens, je règle le problème si je peux. Ensuite, salut la compagnie.

— Oui, oui, c'est très bien. En somme, tu lui as sauvé la vie deux fois.

— Je crois, oui, se rengorgea le gradé tandis que Cabut rentrait dans la villa où Lavot continuait à vociférer après Marion que l'on ne trouvait nulle part.

— Qu'est-ce que tu dis ? On ne sait pas où elle est ? Mais tu sais bien, pourtant, avec qui elle est ce soir !

Le capitaine avala péniblement sa salive :

— Mais quel con je fais ! Bien sûr, elle est avec Bellechasse ! Tu vois bien que c'est pas lui qui a fait le coup ici...

— Ou alors, murmura Cabut, lugubre, il lui a réglé son compte à elle aussi. Avant de venir essayer de buter l'autre.

Il ferma les yeux, un vertige le saisit. Il vit Marion écartelée, scarifiée dans un bain de sang, la Vierge piétinée à ses côtés dans un rituel sacrificiel et sacrilège.

— Non ! cria-t-il hagard, agité de tremblements.

Un photographe de l'Identité judiciaire qui passait, son matériel à la main, s'arrêta, s'étonna.

— C'est rien... dit Lavot, les séquelles du coup sur la tronche.

— Excuse-moi d'être indiscret, reprit le technicien, mais j'ai entendu que tu cherches la patronne... Elle est passée au service ce soir.

— À quelle heure ?

L'homme réfléchit, regarda sa montre pour se remettre les horaires en perspective.

— 23 heures, à peu près. Elle est venue apporter une bouteille de whisky et un verre.

L'air ahuri de Lavot lui arracha un sourire malgré la fatigue :

— Rassure-toi, pas pour boire un coup avec nous, elle voulait qu'on fasse un relevé d'empreintes pour une comparaison.

— Comme ça, en pleine nuit ?

— N'exagérons rien...

— Et alors ?

— T'as déjà dit non à Marion, toi ? J'ai fait le boulot.

— Et alors ?

— Dis donc, t'as de la conversation, camarade ! Mais ça ne te regarde pas après tout, tu lui demanderas directement à elle. D'ailleurs, elle ne m'a rien dit.

— Sois pas salaud, c'était comment ? Négatif ou positif ?

L'homme se montra intraitable. Tout ce qu'il consentit à dire encore c'est que Marion, pendant son court séjour à l'IJ, avait été « bipée », révélation qui arracha à Lavot une nouvelle bordée de noms d'oiseaux. Il n'avait pas pensé au biper et Cabut encore moins. Sur le point de partir, le technicien se ravisa, posa la main sur l'épaule du capitaine et murmura :

— Le cutter que le cinglé a oublié dans le couloir, il coupe comme un rasoir. Ce pauvre Cabut, il aurait pu être saigné comme un goret...

— Oui, ben tu t'écrases, sinon il va me faire une syncope ! Y a des paluches dessus ?

L'homme hocha la tête :

— Ouais, et des belles... Je pense même qu'il s'est blessé avec car il y avait du sang par terre. J'ai fait un prélèvement, j'expédie tout ça au labo.

27

À 3 heures du matin, les deux policiers regagnèrent le service après de multiples et vaines tentatives pour mettre la main sur Marion. Convaincus d'avoir tout essayé : le bip qui ne déclencha aucun écho, la visite à son domicile où tout était, de l'extérieur en tout cas, parfaitement calme, la recherche de sa voiture par les patrouilles et jusqu'à un coup de fil à Bellechasse – « excusez-moi monsieur, c'est une erreur » – qui, au son de sa voix, devait dormir du sommeil du juste.

— De deux choses l'une, dit Lavot dont les yeux étaient rougis par la fatigue, ou elle est au pieu avec le zigoto qu'on vient d'appeler ou elle est chez elle, morte. Je ne vois pas d'autre solution, on a tout essayé.

— Tu vois que tu y penses aussi ! triompha Cabut. Bellechasse lui a peut-être réglé son compte. On devrait y aller.

— Tu veux qu'on défonce sa porte, à 3 plombes du mat' ? T'es dingue ! Et si elle est avec lui, on aura l'air fin.

— Alors on le rappelle et on lui pose la question.

Lavot prit le téléphone et le tendit à Cabut :

— Tiens, vas-y, te gêne pas ! Tu vois que t'oses pas.

— Bien sûr que si. Mais ce qu'on devrait oser, c'est aller l'arrêter tout de suite, cette ordure...

Lavot retira lentement son blouson, détacha son holster qu'il posa sur son bureau. Il s'assit sur le siège grinçant, allongea les jambes et posa les pieds sur le bois usé par le temps. Il ferma les yeux, bâilla :

— À 6 heures, Cabichou, pas avant...

L'autre le contempla un moment, le menton posé sur ses mains. Il sentit ses yeux se fermer irrésistiblement. Un rêve dans lequel la Vierge jouait le rôle principal l'envahit fugitivement, bercé par le léger ronflement de Lavot. Des pas, des exclamations vinrent se superposer à ces images. Ils sursautèrent quand la porte s'ouvrit à la volée. Marion et Talon s'y encadraient, secoués de rire.

— On l'a eu ! s'exclama Marion les yeux brillants.

Encore engourdi, Lavot se passa la main devant le visage et bafouilla :

— Vous avez eu qui, patron ?

— Le tueur... on l'a ! Il est en bas, dans la cage.

Le fou rire la reprit, contamina Talon qui dut enlever et essuyer ses lunettes. Les deux autres échangèrent un regard agacé. Ils la cherchaient partout depuis des heures, l'imaginaient morte ou presque et elle, pendant ce temps... À présent, voilà qu'elle délirait.

Marion reprit son sérieux :

— Vous avez entendu, les gars ? On a cravaté le tueur. Ça vous rappelle quelque chose au moins ?

— Et c'est qui ? s'enhardit Cabut pour rester poli.

Sans rire cette fois, elle annonça :

— Le gynécologue.

Tout le monde était à présent complètement réveillé. Marion entreprit de raconter comment elle avait été convaincue par Talon que le criminel qu'ils poursuivaient depuis des semaines se trouvait peut-être à quelques mètres d'eux en train d'enfiler une guêpière de cuir rouge et des bas résille. L'officier l'avait appelée vers 22 heures. Benjamin était parti depuis un bon quart d'heure après lui avoir flanqué la frousse de sa vie. Elle avait reculé devant ses mains tendues, pour finir dans ses bras dans un interminable moment de tendresse. Elle lui avait assuré qu'elle ne l'accusait de rien. Son histoire de Vierge moyenâgeuse était un prétexte pour le voir en face et lever ses doutes à propos des femmes assassinées que plusieurs témoins avaient vues en sa compagnie quelques jours ou quelques heures avant leur mort. Benjamin avait juré à son tour qu'il ne savait rien, ne connaissait pas les victimes. En revanche, il avait un énorme problème : il ne savait plus qui il était. Quarante-huit heures, elle lui avait accordé quarante-huit heures pour se retrouver. Après quoi, elle irait le chercher et il se débrouillerait avec le juge ou avec un psychiatre. Il était parti, triste et abattu.

Talon, qui planquait devant la clinique des Genêts d'Or en compagnie du nouveau stagiaire, avait constaté, vers 21 heures, le départ du gynécologue au volant d'une Jaguar. L'homme, grand et sec, ne manquait pas d'allure avec ses cheveux blancs un peu longs dans le cou et ses petites lunettes rondes cerclées d'or. Il paraissait toutefois fort nerveux et avait dû s'y reprendre à trois fois pour faire démarrer son bolide. Milan Jobic s'était rendu directement et à grande vitesse à son domicile, un rez-de-jardin somptueux dans un îlot résidentiel du centre-ville. Dissimulés derrière la haie censée protéger l'appartement des regards indiscrets, les deux policiers avaient failli s'étrangler de rire lorsque, à gestes impatients, le gynécologue s'était défait de son strict costume prince-de-galles, de sa chemise anglaise et de sa cravate Hermès avant de se planter devant un miroir, sa nudité ornée d'un délicat porte-jarretelles de dentelle noire et de bas à coutures qui visiblement ne l'avaient pas quitté de la journée. Après une longue contemplation et un début de masturbation vite interrompu, Milan Jobic, toujours aussi nerveux, s'était métamorphosé. Talon, le regard collé à ses jumelles à infrarouges, avait appelé Marion au moment où le médecin, travesti et maquillé comme une cocotte, enfilait un irréprochable costume d'alpaga gris, un imperméable et un chapeau.

— Suivez-le ! avait ordonné la jeune femme, surtout ne le lâchez pas. Donnez-moi votre position par radio, je vous rejoins.

Talon et son acolyte avaient pisté le médecin au cours d'un vaste périple dans tous les secteurs de prostitution de la ville, y compris ceux des travestis et des homos. Visiblement, Jobic cherchait quelqu'un ou quelque chose et ne parvenait pas à conclure en dépit de tractations parfois longues. Après une heure et demie de prospection, il avait pilé devant un bar à hôtesses et en était ressorti une minute plus tard avec une fille en minijupe, maquillée comme la reine de Saba. La jeune femme était montée dans la Jaguar sans hésiter. Talon aurait même juré que cette situation lui était familière.

— Quand je suis arrivée, dit Marion avec un sourire ironique, Talon et le stagiaire mataient par le trou de la serrure.

— Et vous, patron, vous avez coupé la radio, le téléphone et votre biper, interrompit Lavot sur un ton rancunier.

— Évidemment, objecta Marion, je n'allais pas en plus ameuter le quartier ! Et cessez de m'interrompre quand je parle ! Le toubib a un studio où il emmène ses conquêtes. Il y stocke tout l'attirail du parfait sadomaso : fouets, cordes, menottes, etc. Ils étaient en pleine séance.

Le capitaine croisa ses bras puissants, les joues envahies par une barbe de deux jours. Il grommela :

— C'est pas à moi que ça arriverait, des planques pareilles.

Talon haussa les épaules :

— Voir et entendre un type prendre son pied en guêpière sous les coups d'une pute, moi, ça ne m'excite pas...

— Oui mais, toi, t'es un moine...

Marion reprit :

— Jobic a tout l'air d'être un grand pervers. Il est vraisemblable qu'il procède aux examens gynécologiques avec un porte-jarretelles sous ses costumes. C'est un facteur d'excitation, un fantasme. Après, il va s'éclater avec des prostitués mâles ou femelles, à moins qu'il ne trouve chaussure à son pied parmi sa clientèle.

— Vous ne voulez pas dire...

— Mais si. C'est un homme en apparence irréprochable, marié, des enfants, un chien, bourré de fric... Mais attention, selon lui, il ne s'attaque qu'à des clientes particulières, des volontaires, toujours consentantes.

— Comme Jenny Delourmel !

— Exactement ! Avec elle, pas de problème, en plus il la payait. Par contre, il prétend n'avoir jamais essayé avec Nicole Privat. Elle devait avoir dépassé la date de péremption.

— Et Christine Joual ? interrogea Cabut.

— Inconnue au bataillon, déplora Marion. Elle n'a jamais mis les pieds aux Genêts d'Or, en tout cas c'est ce que prétend Jobic.

— Mais tout ça, il vous l'a avoué quand ? s'exclama le capitaine en colère. Je ne comprends rien !

— Si vous aviez la patience d'écouter ! riposta Marion. En fait, ça fait une heure qu'on discute avec Jobic, au cinquième. On l'a monté directement pour gagner du temps...

— Et pour quel motif ?

— Eh bien, nous avions l'oreille collée à la porte du studio quand, à l'intérieur, les choses se sont gâtées. La fille et le toubib se sont mis à s'engueuler, elle refusait de faire un truc.

— Quel truc ?

— Vous n'aurez qu'à lire les auditions, le coupa Marion sèchement. Un moment plus tard, ça empire. La fille hurle, se jette sur la porte, essaie de sortir. C'est la bagarre, cette fois elle appelle au secours, Jobic semble hors de lui. Bref, on intervient.

— Vous avez défoncé la porte ? s'exclama Cabut.

— Pas besoin, répliqua Talon. On a simplement dit : « Police, ouvrez ! », comme au cinéma. Il y a eu un moment de flottement, puis la fille a ouvert. Voilà !

— Et il a avoué les meurtres ?

— Du calme, dit Marion, chaque chose en son temps ! Nous avons des éléments très importants sur ce personnage. Outre ce que vous savez, il se balade avec un scalpel dans la poche et il connaissait deux des victimes. C'est un bon début. À présent il faut confirmer. L'IJ a ses empreintes et l'outil. On va tous aller dormir un peu et demain matin on reprend les choses où elles en sont restées. Je ne vous cache pas que je suis morte.

Les regards de ses hommes étaient lourds de sous-entendus. Une petite voix têtue leur soufflait qu'après la narration des événements qu'elle ignorait encore, elle verrait s'éloigner pour longtemps la perspective de son lit. Ils avaient la certitude qu'elle allait prendre très mal les nouvelles et qu'ils seraient les premiers à en faire les frais.

Lavot se renfrogna un peu plus. Cabut, mal à l'aise, ne put s'empêcher de penser à sa nouvelle compagne, toujours aussi vierge et toujours aussi vieille, se demandant ce que Marion avait bien pu en faire. Il ne se risqua pourtant pas à poser la question.

28

Benjamin Bellechasse reçut, un peu avant 5 heures, la nouvelle de l'hospitalisation de Marthe Vilanders et de son agression. Le personnel de permanence à l'hôpital se montra plutôt avare de détails quant aux circonstances et à l'état de la victime. On avait seulement trouvé le nom et le téléphone de Benjamin comme étant la personne à prévenir en cas d'accident.

Le journaliste n'hésita pas longtemps. Après s'être longuement observé dans le miroir de la salle de bains, consterné par ce reflet qu'il ne reconnaissait plus, il entassa rapidement dans un sac quelques vêtements et des documents qu'il ne voulait pas laisser traîner. Il sortit sans même penser à fermer la porte à clef. Il tremblait en s'asseyant au volant de sa BMW où il crut sentir, l'espace d'un instant, le parfum de Marion.

29

— Et vous ne pouviez pas le dire plus tôt ? s'écria Marion en arpentant nerveusement la pièce, tremblant comme assaillie par une vague de froid polaire. Vous êtes là à écouter nos élucubrations à propos de ce pauvre Jobic au lieu de me mettre au courant ! Je rêve ! On fait sa petite enquête, on mène sa petite guerre tout seuls ! Bravo, les mecs, bravo !

Cabut baissait la tête sous l'orage. Talon s'était esquivé pour chercher des cafés, pressentant que tout espoir de repos était définitivement fichu.

— Et vous avez prévenu le procureur, au moins ? J'entends d'ici le directeur, sérieux comme un pape : « À quoi jouait le célèbre commissaire Marion pendant que le tueur de femmes nous en trucidait une quatrième ? » Parce que pour lui l'humour c'est comme une maladie, il fait tout pour pas l'attraper. Eh bien, répondez tous les deux !

Le lieutenant sursauta en redressant la tête, sans que Marion puisse analyser s'il se sentait piqué au vif ou s'il s'endormait. Cette dernière hypothèse la fit sortir de ses gonds. Elle en remit une couche, tout en se rendant compte qu'elle était parfaitement odieuse :

— Vous n'avez aucun état d'âme ! Remarquez, pour ça, encore faudrait-il en avoir une !

Jusqu'ici Lavot avait supporté l'engueulade sans broncher. Il se dressa soudain, glacial et tranchant.

— Patron, vous avez le droit de nous engueuler, pas d'être injuste et mesquine ! On vous a cherché une partie de la nuit, tout le monde ici vous le confirmera. L'état-major et le procureur, si vous y tenez. On a fait ce qu'on a pu pour justifier votre absence et le fait que vous ne répondiez pas aux appels. Vous avez reconnu vous-même que vous aviez tout débranché...

Il s'interrompit pour reprendre son souffle dans un silence total. Marion ouvrit la bouche. Il lui coupa la parole :

— Je n'ai pas terminé. Cabut et moi, malgré notre absence d'âme et de conscience, on s'est fait un sang d'encre. Parce qu'on pensait que vous étiez avec Bellechasse et que vous pouviez être en danger. Cabut voulait même aller chez cet enfoiré pour défoncer sa porte et l'amener ici par la peau des couilles. Y en a marre de cette salade avec lui, marre de tourner autour du pot. C'est votre jules, d'accord, on respecte vos sentiments. Mais c'est pas parce que vous avez la rage après lui et que vous savez plus par quel bout attraper ce sac de merde qu'on doit porter le chapeau. D'ailleurs j'en ai ma claque de cette histoire, *je me casse*.

Il se dirigea vers la porte en enfilant son blouson de cuir. Sidérée, Marion le vit faire demi-tour pour récupérer son revolver, toujours posé dans son holster sur le bureau, et repartir d'un pas presque nonchalant, sans la regarder. Il remit ses Ray-Ban en place d'un geste machinal. Ainsi, avec sa barbe envahissante, il avait tout d'un repris de justice. Dans le silence, ses pas et le raclement de la lanière de l'étui qui pendait au bout de son bras ressemblèrent à un vacarme assourdissant. À la porte, il croisa Talon qui arrivait, des gobelets fumants à la main.

— Tiens, grinça-t-il, voilà la bonniche. Madame est servie !

Le lieutenant s'arrêta net, embrassa la scène. Marion stupéfaite, Cabut ratatiné dans son coin, Lavot s'éloignant dans le couloir une main dans une poche de son blouson, l'autre traînant son arme comme un toutou docile. Le café lui brûlait les doigts, le hurlement de Marion faillit lui faire tout lâcher :

— Lavot ! Revenez immédiatement !

Le capitaine ne s'arrêta pas bien que Talon crût percevoir un léger tressaillement dans son attitude.

— Lavot, cria encore Marion, ou vous revenez ou vous quittez le groupe sur-le-champ !

Cette fois, l'officier s'immobilisa et Talon se retint de sourire. Ils savaient tous que le jeu était terminé. Une courte hésitation et le capitaine fit demi-tour, revenant lentement sur ses pas. En passant, il jeta un regard mauvais à son collègue et, pour se venger sur lui, faute de mieux, lança :

— Qu'est-ce que tu maquilles avec tes cafés ? Tu vas prendre racine !

Marion le vit s'encadrer dans la porte. Elle ne lui trouva pas l'air d'un repris de justice. Plutôt celui d'un vieil ami blessé.

— Désolée, s'excusa-t-elle, je ne pensais pas ce que j'ai dit. Vous avez raison, cette histoire me fait perdre les pédales. Mais... j'ai besoin de vous. De vous tous.

Le capitaine haussa les épaules. Marion savait reconnaître l'affectation dans son attitude à présent faussement détachée, mais elle lui fut reconnaissante de ne pas dramatiser davantage. Talon tendit les cafés. Marion but le sien avec une grimace. Elle réfléchissait à toute vitesse, le dos douloureux, les yeux cernés. Elle ferma un œil, visa, jeta le gobelet à deux mètres, pile dans la corbeille à papier et, sans trembler, annonça :

— On le saute à 6 heures.

Personne ne demanda de qui elle parlait, pas même Cabut qui, malgré les événements et la tension du moment, n'avait pu résister à un début de somnolence. Il sursauta lorsque le téléphone sonna et, honteux, se précipita pour répondre.

30

Benjamin Bellechasse arriva à l'hôpital vers 5 h 15. La nuit se terminait, les premiers chariots arpentaient déjà les couloirs encore englués dans les douleurs nocturnes des chambres proches. Marthe Vilanders se trouvait dans la zone de soins intensifs, aux dires d'un infirmier de l'accueil du pavillon des urgences. Bellechasse y accéda sans rencontrer âme qui vive jusqu'à ce qu'il se heurte au policier en faction devant la porte. L'homme avait posé sa casquette par terre et dégrafé sa vareuse. Son estomac rond montait et descendait au rythme de son souffle régulier. L'heure de la relève était proche et l'envie de dormir irrésistible.

Marthe ouvrit les yeux quand Benjamin poussa la porte sans avoir suscité de réaction du vigile. Elle était sortie du coma une heure plus tôt, mais restait branchée à des appareils qui émettaient des sons rassurants. Sur un écran, des courbes s'affichaient en vert fluo. Marthe tourna avec difficulté sa tête bandée vers l'arrivant et sursauta en le reconnaissant. Sa bouche exsangue s'entrouvrit mais elle ne parvint à exhaler qu'un soupir presque inaudible, tandis que sa main se crispait sur le drap où le nom de l'hôpital s'étalait en lettres bleues. Benjamin s'avança, violemment ému. Marthe chuchota quelques mots, le corps agité d'un spasme qui fit cliqueter la potence de sa perfusion. Benjamin lut de la terreur dans son regard et, lorsqu'il fit un pas de plus, elle poussa un cri rauque.

— Marthe, dit-il avec douceur, c'est moi. Benjamin. Tu ne me reconnais pas ?

Elle agita faiblement la tête sans le quitter des yeux. Ses lèvres remuèrent. Benjamin se pencha :

— Qu'est-ce qu'il y a, Marthe chérie ? Dis-moi ! Tu as mal ? C'est ça ?

— Va-t'en !

— Pardon ? bredouilla Benjamin. Tu veux que je parte ? Tu es fatiguée ?

Elle balbutia :

— Tu m'as fait mal...

— Tu as mal ? Mais qui t'a fait ça ? Bon sang !

Marthe, épuisée, avait fermé les yeux. Elle ne résisterait pas davantage. Elle ne le pouvait plus. Une grosse larme coula lentement le long de son nez, glissa sur son menton pour atterrir sur l'oreiller où s'élargit aussitôt une auréole humide. Malgré la tendresse dont il enroba son geste, Benjamin perçut sa crispation quand il lui prit la main. Il fut soudain saisi d'un doute affreux, écarquilla les yeux sur la silhouette allongée devant lui, la vit telle qu'elle était, ratatinée, exténuée et moribonde. Une sorte de cadavre encore chaud. Il déglutit avec peine, marmonna, la voix changée :

— Marthe, c'est moi, ton « petit », tu te rappelles ? Je ne supporte pas que l'on t'ait fait du mal. Que quelqu'un... Marthe, parle-moi. Tu dois le faire, je dois savoir... Je t'en prie !

La femme releva les paupières, posa sur son « petit » un regard éteint dans lequel il lut qu'elle allait bientôt cesser de lutter. D'autres larmes tombèrent, échappées par inadvertance de cette femme si forte.

— Plus tard... Suis fatiguée... Si fatiguée...

— Non, Marthe, insista Benjamin avec fermeté, maintenant. Après je partirai... Je ne reviendrai plus, si tu le veux, mais tu dois m'expliquer. Tout. Je t'en prie.

Alors Marthe parla, d'une voix monocorde et déjà lointaine. Benjamin se garda bien de la moindre réaction bien qu'il fût progressivement gagné par des sentiments violents. Le monde qu'il avait connu basculait, sa vie s'embrouillait, son avenir reculait derrière un mur infranchissable.

Peu avant 6 heures, un nouvel ange gardien rasé de frais vint relever son collègue et l'infirmière de jour, vérifier les appareils. Tout était normal. La femme respirait paisiblement. Personne ne sut dire d'où venait le grand sac de sport abandonné au pied du lit. À tout hasard, l'infirmière le rangea dans le placard.

31

Ben arriva à son travail à 6 h 10 avec dix minutes de retard. Ce n'était pas dans ses habitudes et il en était fort irrité. Mais il avait eu un mal fou à arrêter l'hémorragie de sa main blessée. Et quand il y était parvenu, les élancements étaient tels qu'il avait d'abord pensé à téléphoner pour se faire porter pâle. Mais la perspective de rester cloîtré dans sa chambre sinistre le terrifiait. À bien y regarder, c'était Cora qui le terrifiait. Après la soirée ratée, les événements en cascade et l'affolement qui avait suivi, elle ne s'était pas encore montrée mais il ne perdait rien pour attendre. Il savait qu'il allait passer un sale quart d'heure. Au travail au moins, il avait une paix relative, elle n'était encore jamais venue le relancer là-bas. Au passage, il avait fait un arrêt dans une pharmacie ouverte la nuit pour un pansement correct. Le pharmacien avait froncé les sourcils, la plaie était moche. Il avait conseillé à Ben d'aller à l'hôpital sans attendre.

— Comme ça, tu pourras prendre des nouvelles de la Vilanders, avait murmuré la perfide Cora.

Enfin, c'était ce qu'il avait semblé à Ben ; à présent il n'en était plus du tout sûr. Tout se télescopait : la femme en blanc, le nom de la femme en blanc, cette coïncidence étonnante, la façon dont elle l'avait accueilli. Benjamin. Elle l'avait appelé Benjamin. Sur le moment, ce prénom lui avait paru familier. Il résonnait d'étrange manière au fond de son cerveau fatigué. Mais loin, si loin.

— Tu m'étonnes ! raillait Cora, je comprends que ça te rappelle quelque chose !

Mais il l'entendait à peine, les mots étaient étouffés, se diluaient dans l'averse froide qui lui tombait dessus sans qu'il songe à s'en protéger alors qu'il traversait la rue pour rejoindre son lieu de travail. Il arriva trempé et son chef détailla sa main avec curiosité quand il lui expliqua qu'il s'était brûlé avec le gaz et que ça faisait un mal de chien. Georges se lança dans une longue diatribe sur les accidents domestiques. Il était bien placé pour en parler, depuis le temps qu'il était là.

Penché sur le registre des affaires de la nuit, Ben ne l'écoutait plus. Il parcourut rapidement les différentes rubriques. L'affaire Vilanders occupait une demi-page mais il n'y détecta aucun détail alarmant. Il s'installa à sa place après avoir fermé le grand livre que Georges, de toute manière, ne regardait jamais. Les autres non plus, d'ailleurs, ils préféraient lire les journaux. Et ceux du jour étaient déjà imprimés quand la chose s'était produite. Ben était tranquille. Il cacha sous la table sa main bandée qui tremblait à cause des élancements que rien ne semblait pouvoir calmer et commença sa journée.

32

— Quel gâchis ! rouspéta Marion en passant la main dans ses cheveux en bataille.

Après une nuit blanche, elle avait l'impression de macérer dans les mêmes vêtements depuis une éternité. Elle jeta un coup d'œil à sa montre : elle avait encore deux heures devant elle. À 13 heures, elle se rendrait à l'aéroport avec Cabut pour aller assister aux obsèques des époux Joual, à l'autre bout de la France. L'avion, un « cadeau » du directeur. Cette générosité inhabituelle cachait un double calcul : le coût de l'opération limitait la taille de la délégation policière à l'enterrement et permettait à ladite délégation de rentrer le soir même à la base. Pas de temps perdu, pas de notes de frais... Marion avait protesté mollement. Ses prestations récentes ayant affaibli sa position, elle prenait ce qu'on lui donnait sans la ramener. Le grand patron avait décidé de lui retirer l'affaire du tueur de femmes. Il s'indignait de l'incompétence de Lavot et de Cabut, infoutus d'arrêter un suspect qu'ils avaient sous la main. Il se scandalisait de l'absence inqualifiable de Marion pendant une partie de la nuit, pour ne citer que le plus important.

Après qu'ils s'étaient, au petit matin, cassé le nez au domicile de Bellechasse, à l'évidence parti dans la précipitation et introuvable, Marion avait dû se confesser, dans le détail. Avouer qu'elle avait – à son corps défendant et sans en prendre l'exacte mesure – protégé son amant, tenté de se persuader que ce pauvre Jobic – qu'elle avait dû libérer à l'aube avec un pitoyable procès-verbal d'outrage public à la pudeur tiré par les cheveux – pourrait faire l'affaire. Se rendre chez le juge d'instruction réclamer un mandat d'amener contre Bellechasse, mandat qu'elle exécuterait dès que les recherches aboutiraient. Le directeur n'avait pas envisagé d'autre sanction, eu égard à ses états de service. Lui retirer l'affaire était à ses yeux le minimum, mais Marion le vivait comme un désaveu humiliant. Si encore elle avait pu promettre un dénouement rapide. Mais tant de choses avaient foiré depuis le début qu'elle n'avait pu qu'entériner la décision sans moufter.

Elle réunit les pièces de procédure éparses à l'intention de celui qui en hériterait. Un silence inhabituel régnait dans le bureau des officiers. Lavot était parti dormir quelques heures chez son « indic », Cabut se refaire une beauté pour l'enterrement. Talon avait refusé tout net de rentrer chez lui. Il devait rôder dans les parages. Le bureau de Joual était encore encombré de ces menus riens qui identifient leur propriétaire en marquant son territoire : un tube de colle, un coupe-papier, un cube transparent avec les photos des gosses. Pour quelque raison obscure, personne n'y avait encore touché. Marion se mouvait avec lenteur, chaque geste lui coûtait, associer deux idées l'épuisait. Elle songea qu'elle n'aurait même pas la force d'aller se doucher et dormir un peu. Dans une sorte de brume, elle perçut le bourdonnement du téléphone dans la pièce voisine puis se rendit compte que cela provenait de son propre bureau. Elle se précipita et décrocha juste au moment où Talon, au bout du fil, allait raccrocher.

— Ah, patron, j'avais peur que vous ne soyez partie !

Marion perçut l'excitation dans sa voix. Brusquement, sa fatigue s'envola :

— Que se passe-t-il ? Dites-moi qu'on l'a trouvé !

— Non, non, pas encore ! Mais vous devriez monter à l'IJ...

— Pourquoi ?

— Je préfère que vous veniez. J'attends une communication de New York.

— Quoi ? Vous savez qu'on n'a plus l'affaire... Allô ?

Talon avait coupé la communication.

Quelques instants plus tard, Marion l'observait, étonnée. Après une nuit blanche, la plupart des hommes qu'elle connaissait auraient ressemblé à des ours mal léchés. Talon, lui, avait son air habituel, les cheveux peignés en arrière, ses lunettes rondes bien propres. Pour la première fois, Marion remarqua qu'il était quasiment imberbe, avec la peau veloutée d'un nouveau-né. Il se troubla sous l'insistance de son regard, se détourna :

— J'ai un bouton sur le nez ?

Marion se secoua, ce n'était pas le moment de s'attendrir.

— Alors, ces grandes découvertes ? demanda-t-elle en soupirant comme si elle s'attendait à être déçue.

— Vous avez tort, patron, reprocha Talon qui percevait son découragement, je crois vraiment qu'on avance.

Marion bâilla sans pouvoir se retenir tandis que Talon attaquait :

— D'abord, les empreintes. Celles qu'on a trouvées chez Jenny Delourmel n'appartiennent pas à M. Bellechasse mais cela, je crois que vous le saviez déjà...

Marion adressa un regard à l'agent de l'Identité judiciaire auquel elle avait demandé un travail supplémentaire sur une bouteille de whisky et un verre la veille au soir. Il se tenait un peu en retrait avec quelques autres et détourna les yeux. Marion le rassura d'un geste. La PJ étant une maison de verre, tout ne finissait-il pas par se savoir ? Et quelle importance à présent que l'affaire allait passer dans d'autres mains et que Bellechasse était officiellement recherché ? Elle encouragea Talon à poursuivre.

— Celles qu'on a trouvées cette nuit sur le cutter, chez Mme Vilanders, non plus.

— Marge d'erreur ? s'anima Marion.

— Aucune, affirma Talon. Si les empreintes relevées sur la bouteille et le verre sont bien celles de Bellechasse, ce ne sont pas les mêmes que les autres. J'ajoute qu'on a un bol phénoménal : deux des empreintes recueillies chez Jenny Delourmel et Marthe Vilanders sont des pouces droits. L'homme est droitier et les empreintes correspondent en partie.

— Comment cela ?

— Celle du verre de champagne était incomplète, souvenez-vous, celle du cutter en revanche est parfaite. Cette configuration est...

— Marge d'erreur ?

— 50-50, dit Talon avec une moue, mais c'est l'appréciation la plus pessimiste. Nous n'avons juste pas un nombre suffisant de points de comparaison qui rendrait le rapprochement incontestable. Il en manque deux par rapport au minimum requis.

— Bon, soyons optimistes, pour une fois... Naturellement, vous avez commencé les comparaisons avec les empreintes stockées dans les fichiers...

— C'est en cours, patron... dit Talon.

Marion se pinça le haut du nez :

— Reste à prier pour qu'il ait au moins commis un délit un jour et qu'il se soit fait prendre, cet enfoiré...

Talon restait debout, attendant un encouragement ou un satisfecit. Marion lui adressa un regard perçant :

— Du calme, Talon ! Cela ne met pas encore Bellechasse hors de cause. Il peut y avoir deux hommes, ou davantage. Celui qui a bu du champagne avec Jenny Delourmel n'est pas forcément son assassin. Elle recevait beaucoup, je vous le rappelle...

— Mais c'est quand même le même qui a attaqué Marthe Vilanders.

Elle pointa le doigt sur lui :

— *A priori* ! Mais je vous rappelle que son agression ne s'est pas déroulée exactement comme les autres. Et on ne sait pas pourquoi...

— Ce serait bien le diable si...

Elle l'interrompit sans pitié :

— Vous trouvez qu'on avance beaucoup, Talon ? demanda-t-elle doucement. J'ai plutôt l'impression que ça se complique, non ?

— Vu comme ça, bougonna-t-il, mais je n'ai pas fini.

Marion se rassit, bâilla de nouveau. Talon la considéra avec gravité :

— J'ai reçu une partie des résultats de mes demandes de renseignements sur Bellechasse.

— Alors ?

— Alors rien, justement ! Il est supposé être né à Nantes, mais dans cette ville il n'y a rien à l'état civil.

— Ce qui signifie ?

— Soit il n'y est pas né, soit nous n'avons pas la bonne date de naissance, soit il a changé de nom.

— C'est ça, il a un pseudo, marmonna-t-elle. Manquait plus que ça pour compléter le tableau !

— Oh, il y a sûrement une explication. On gagnerait du temps si l'intéressé pouvait nous la fournir lui-même.

— Oh ! ça va ! grogna Marion, je vous vois venir...

Talon poursuivit sans broncher :

— Ce matin, pendant que vous étiez chez le directeur, j'ai eu une idée. La PJ de Nantes venait de m'appeler et je me suis dit que, au point où j'en étais, je devais tout essayer. Dès le début des meurtres j'avais passé toutes les victimes aux fichiers nationaux, sauf Marthe Vilanders puisque cela venait d'arriver.

— Elle est fichée !

— Non, Marthe Vilanders est inconnue de nos bases de données mais, en revanche, le nom de Vilanders, lui, est connu... à Nantes !

Marion se frappa le front :

— Bellechasse est un nom canadien, Benjamin a pu naître à Nantes et changer de nom au Canada puisqu'il y a vécu...

— Une adoption, peut-être, ou un changement d'état civil après naturalisation là-bas... Pour rappel, Marthe Vilanders a aussi vécu au Canada...

— Intéressant, grogna Marion soudain convaincue que Benjamin avait une double vie qu'il lui avait cachée. Une famille, au loin, une femme, des enfants.

Elle fit bonne figure malgré la rage qu'elle sentait monter :

— Qu'est-ce qu'on a, du coup, à Nantes ?

Talon plongea le nez dans ses papiers :

— Vilanders est un nom relativement répandu dans cette ville mais il n'y a que deux dossiers aux archives régionales. L'un remonte à trente ans : une enquête-décès sur un certain Jean-Baptiste Vilanders, alors âgé de trente-cinq ans. Conclusion de l'enquête : suicide par arme à feu. L'autre concerne la disparition d'une nommée

Corinne Vilanders. Elle était mineure, confiée à la DDASS puis placée dans une famille d'accueil. Conclusion : fugue. Pas de suite connue mais c'est comme ça dans la plupart des cas : les mômes reviennent et on oublie de prévenir la police.

— C'était quand, ça ? s'enquit Marion.

Talon consulta une autre fiche :

— Plus de dix ans après la première affaire.

Marion se mit à marcher de long en large. Elle sentait que Talon avait raison : les nouvelles étaient intéressantes mais elle ne pouvait encore croire qu'elles étaient importantes.

Elle lui fit face :

— Vous savez ce que vous allez faire ?

— Oui. Il y a un avion pour Nantes à 17 heures... J'épluche les dossiers là-bas et, si je rencontre Bellechasse, je lui annonce que vous souhaitez avoir un entretien avec lui dans les meilleurs délais.

Marion lâcha un pauvre sourire. Elle s'abstint de rabâcher à Talon qu'ils étaient officiellement dessaisis de l'affaire, tout comme elle évitait de penser aux zones d'ombre sur le parcours de Benjamin Bellechasse, l'homme de sa vie il y avait encore un mois à peine. Elle frémit, de froid, de fatigue. Comme elle allait sortir, le technicien de l'Identité judiciaire l'apostropha :

— Patron, si vous avez encore cinq minutes, je voudrais vous faire entendre quelque chose.

Elle prit une large inspiration. La vie continuait.

*
* *

L'homme avait branché un magnétophone. Il appuya sur la touche « play ». Marion reconnut aussitôt le contenu de l'enregistrement : c'était le message laissé par Christine Joual à son mari sur leur répondeur. À la fin, après la sonnerie « occupé », un bout de phrase à peine audible dont un seul mot émergeait des parasites : *Lieutenant...*

— Vous vous souvenez ? demanda le technicien.

Marion acquiesça. Elle était fatiguée, pas amnésique.

— J'ai bricolé dessus, poursuivit l'homme en faisant avancer la bande qui émit un long couinement agaçant.

Il manœuvra une commande. Le son éclata dans la pièce. Marion recula en grimaçant. L'homme s'excusa, baissa d'un niveau. Après le mot « lieutenant » un nom : Dranville ou Derville. L'homme au téléphone prononçait faiblement la première syllabe et surtout la communication était fortement polluée par des interférences quasi incompréhensibles.

— Qu'est-ce que c'est, ce bruit de fond ? haleta Marion, toute lassitude envolée.

— Des communications radio ou un captage de radiotéléphones. Comme les échanges entre les stations émettrices sont plutôt brefs, je dirais que l'on est dans une salle de trafic radio.

— Vous voulez dire que le lieutenant Dranville ou machin-chose qui a laissé un message sur le répondeur de Joual captait les émissions d'une salle radio sur son téléphone ?

Le technicien rectifia :

— Non, patron, il *était* dans cette salle radio. En tout cas très près des émetteurs-récepteurs.

Marion laissa retomber le silence. Elle ne connaissait aucun lieutenant du nom de Dranville ou Derville, mais elle ne connaissait pas tous les flics de la ville non plus. Joual pouvait avoir un copain dans un autre service. Le fait que celui-ci se soit trouvé dans une salle de trafic radio ou à côté n'avait rien d'extraordinaire. D'ailleurs, ce serait facile à vérifier, il n'y en avait que deux, celle du commissariat central et celle de la PJ. À moins qu'il ne s'agisse d'une salle de trafic d'une autre ville ou d'un autre service de secours, type Samu, pompiers. Ou encore d'un centre de taxis...

— Vous pouvez affiner ? demanda-t-elle.

— Je vais essayer. Je peux identifier ce qui se dit mais je ne garantis pas le résultat car l'amplification est déjà énorme. Au-delà du seuil actuel, on risque une bouillie totale.

— Pendant que vous y êtes, essayez de trouver ce lieutenant Dranville ou Derville...

Le technicien fut sur le point de répliquer à Marion que cette dernière mission ne relevait pas de ses compétences mais, devant son visage blême et son allure exténuée, il s'abstint. Il refilerait le bébé à Talon.

*
* *

Marsal, le médecin légiste, chercha vainement à joindre Marion une partie de l'après-midi. Il obtint plusieurs réponses fantaisistes avant de comprendre qu'on lui avait retiré l'affaire. Il en fut d'autant plus interloqué qu'il ignorait tout des raisons de cette nouvelle donne. On lui proposa de lui passer le successeur de la commissaire mais il refusa, prétextant qu'il s'agissait d'une communication personnelle. Il finit par laisser un message sur son répondeur privé en la priant de le joindre au plus vite.

33

Marion ne desserra pas les dents dans l'avion qui la ramenait de Lille, aérodrome le plus proche du village où avaient été inhumés Joual et sa femme. L'image des trois enfants du couple alignés devant les deux cercueils l'obsédait. La plus jeune, une figurine blonde et délicate au regard candide, l'avait impressionnée par son calme jusqu'au moment où Marion avait détecté que l'enfant ne comprenait rien à ce qui lui arrivait. Le choc traumatique, sans doute, ou le refus d'intégrer une vérité qui était celle des adultes mais pas la sienne. L'assistance qui entourait les proches était clairsemée et le curé pressé d'en finir. Lisette Lemaire, la mère de Christine Joual, une veuve en mauvaise santé, avait annoncé qu'elle s'occuperait des enfants en attendant leur prise en charge par l'orphelinat de la police. Cette perspective faisait mal à Marion, mais il n'y avait pas d'autre solution. Cabut n'avait pas cherché à dissimuler sa peine et l'attitude fermée de la commissaire l'inclinait à penser qu'elle s'en voulait, à elle-même et à la terre entière, plus qu'à l'assassin responsable de ces meurtres et toujours en liberté.

À l'aller, elle avait gardé le silence, les yeux grands ouverts sur des images qu'elle ne pouvait partager avec personne. Où se télescopaient les moments heureux avec un homme dont aujourd'hui elle paniquait à l'idée qu'il fût cet assassin-là. Cabut savait qu'au retour ce serait la même chose. Et il se garderait bien de la provoquer, même si le sort de sa Vierge, dont elle ne lui parlait plus, ajoutait encore à son angoisse. Pour conjurer le sort et dévier le cours de ses pensées, il avait acheté un livre à l'aéroport. Malgré sa passion pour Baudelaire, il avait du mal à fixer son attention. Au moment où l'avion amorçait sa descente, Marion, qui s'était assoupie, sursauta. Elle posa sur Cabut un regard étonné comme si elle découvrait sa présence à côté d'elle.

— Que lisez-vous ? demanda-t-elle en inclinant la tête.

Il se contenta de montrer la couverture sur laquelle le faciès tourmenté de Charles Baudelaire voisinait avec le titre. *Les Fleurs du mal*.

— On lit encore ce genre de choses à votre âge ?

Cabut se justifia :

— Il n'y avait pas beaucoup de choix à la boutique de l'aéroport.

— Ne vous défendez pas, je trouve cela plutôt rassurant… Quoique Baudelaire ne soit pas le prototype du poète reposant.

Elle prit le livre, le feuilleta et lut à haute voix quelques vers :

— *Je te frapperai sans colère et sans haine,
comme un boucher...* C'est pessimiste, noir, abys-
sal, violent. *Je suis de mon cœur le vampire...* On
se croirait dans un film d'horreur.

Cabut sourit.

— Vous êtes tombée sur le pire, je crois.
L'Héautontimorouménos. Cela signifie le « bourreau de soi-même ».

Il prononça plusieurs fois le mot, à voix basse,
le regard rivé au livre qu'il triturait sans y prendre
garde. Il parut s'abîmer dans ses pensées, les yeux
mi-clos. Marion le ramena sur terre :

— Cabut, incorrigible dormeur, on est arrivés.

Il bredouilla :

— J'ai une impression étrange.

— C'est normal, le rassura Marion en s'enga-
geant sur la passerelle, c'est l'avion, l'enterrement
de Joual, la fatigue...

— Non, non, objecta le lieutenant, la voix lointaine, j'ai une impression de déjà-vu. Le titre de
ce poème...

— Ça arrive... L'impression de déjà-vu survient
quand votre cerveau est en surchauffe. Il y a alors
un infime décalage entre votre perception et la
conscience de ce que vous percevez. En temps
normal, les deux choses sont parfaitement simul-
tanées. Ce minuscule défaut de synchronisation
vous donne l'impression de ne croiser que des
gens que vous croyez connaître. C'est très, très
désagréable.

Cabut marmonna que c'était là, sans doute, la
bonne explication et ravala ses arguments. Après
une bonne nuit de sommeil, il n'y penserait plus.

Lavot les attendait dans le hall de l'aéroport, rasé, en pleine forme et en grande discussion avec une collègue de la PAF, qui l'avait aidé à patienter après qu'il avait déposé Talon, envolé pour Nantes une heure plus tôt. Ils s'abstinrent des banalités d'usage et observèrent un long silence jusqu'au parking. Marion n'osait pas poser de questions. Une fois qu'ils furent installés dans la voiture, le capitaine attaqua :

— Je vous préviens, patron, il est hors de question qu'on laisse tomber l'affaire.

— C'est la décision du directeur et il a l'accord du parquet et du juge d'instruction.

— Le directeur, j'en ai rien à foutre. Et je sais que le proc et le juge l'ont suivi à contrecœur.

— Je vous en prie, ne compliquez pas les choses.

— Non mais je rêve ! Vous aussi vous baissez les bras, alors ? Je le crois pas ! On vous a lobotomisée, patron, c'est pas possible !

Cabut s'était tassé à l'arrière, terrorisé par la conduite de plus en plus rapide et chahutée de son collègue. Ils faillirent s'encastrer sous un poids lourd qui bloquait la voie de gauche de l'autoroute et qui ne céda le terrain que sous la contrainte du deux-tons. Le lieutenant serra les fesses en fermant les yeux, les mains moites.

— Ça va Lavot, on se calme ! tempéra Marion en vérifiant le bouclage de sa ceinture de sécurité. On ne va pas faire un putsch tout de même ! Ça nous mènerait où ?

— Joual était notre copain ! dit le capitaine avec force mais en levant le pied. En ce qui me concerne, c'est tout vu ! S'il le faut, je prends des congés, mais je laisse pas tomber !

Marion sourit dans l'ombre et se redressa sur son siège. La radio de bord émettait en sourdine des messages de routine. Elle actionna machinalement le bouton de sélection des canaux et tomba sur la fréquence du commissariat central. L'opérateur envoyait une patrouille dans un bar, un équipage signalait sa position. Des échanges brefs, précis, entrecoupés de claquements secs et parfois de grésillements. Elle écouta un moment puis revint, songeuse, sur la fréquence PJ avant de se rendre compte que Lavot parlait toujours :

— Je mettrais ma tête à couper que celui qu'on cherche est sur ce terrain-là, justement.

Marion s'excusa :

— Pardon, de qui parlez-vous ? Je n'ai pas entendu le début.

— Ça fait plaisir, railla l'officier. Donc, je répète : j'ai terminé la tournée des campings et caravanings du département. Enfin presque. Il en reste un qui était fermé aujourd'hui pour cause d'obsèques, justement. J'espère que c'était pas celles du propriétaire, sinon on est mal. J'y retourne demain.

Le ton était péremptoire. Marion se rencogna dans le fond de son siège, les bras croisés.

— *Ils* ont installé une souricière chez Bellechasse, reprit Lavot après un silence. S'il tombe dedans, c'est qu'il est très con ou innocent. Vous qui le connaissez un peu, patron ?

— Je croyais le connaître, rectifia Marion. Pour moi, sa vie était simple, à l'image de l'appartement que vous avez vu. Sobre et pudique. Mais je reconnais qu'il est plutôt... secret.

Elle marqua un temps, puis murmura :

— Et je savais qu'il n'était que de passage...

— Son appartement est plutôt impersonnel, en effet. Vous saviez qu'il se faisait adresser son courrier en poste restante ?

— Non, mais cela rejoint ce que je pressentais. Il ne s'installait pas.

— Mais alors, protesta Lavot, qu'est-ce qu'il est venu foutre ici ?

— Je l'ignore. J'étais convaincue jusqu'à ces jours-ci que c'était pour son travail !

— Vous voulez rire ! Qu'est-ce qu'une pointure comme lui serait venue se perdre dans un torchon comme *L'Écho*, après *Libération* et le *New York Times*...

— Pardon ?

— Ah oui, il a pigé aussi pour le *New York Times* ! C'est Talon qui me l'a dit. Bellechasse a de la famille en France ?

Marion écarta les mains en signe d'impuissance :

— Je n'en sais fichtre rien. Il ne parlait jamais de lui. J'ai l'impression d'avoir fréquenté un inconnu, un être totalement cloisonné... Vous qui avez vu Marthe Vilanders, qu'en pensez-vous ?

— Comment ça, patron ? Comment je la trouve ?

— Oui. Quel âge ? Trente-cinq, quarante ?

— Plus la TVA ! s'exclama Lavot. Mais elle est encore très baisable.

— Mais à part ça ? insista Marion.

— Je sais pas trop... Ils donnent l'impression de se connaître intimement mais sans être ensemble. Enfin, amants, si vous me suivez... Ou alors c'est de l'histoire ancienne...

Il avait prononcé les dernières phrases avec sincérité, conscient que Marion penserait qu'il voulait la ménager. Elle garda un silence circonspect.

Une voiture déboîta sans préavis et Lavot freina violemment, projetant en avant Cabut qui rêvassait sur la banquette arrière, déconnecté de la conversation qui se déroulait à l'avant.

— Ahhhh ! hurla-t-il, les yeux hors de la tête.

— C'est rien, le rassura Lavot après un coup d'œil dans le rétroviseur, c'est juste un zozo pressé de rejoindre ses ancêtres au paradis. Rendors-toi, ma poule !

Cabut se rebiffa :

— Je ne dormais pas, je réfléchissais.

— Hou là ! C'est dangereux à ton âge !

— Très drôle... Tu peux me déposer au service ?

— Pourquoi, tu veux faire des heures sup ? T'as pas ton compte de jours de récup ?

— Arrête tes singeries, s'énerva Cabut. On y passe, ou pas, patron ?

— Bien sûr, dit Marion, mais qu'est-ce qui ne va pas ?

— Rien. J'ai un truc à prendre, c'est tout.

Marion se retourna d'un bond :

— Votre antiquité, bien sûr ! Je l'avais oubliée, celle-là. Elle est dans mon bureau. Enfin, si personne ne l'a piquée !

Elle adressa un regard espiègle à Lavot. Leur éclat de rire simultané laissa Cabut de marbre.

Ce qu'il voulait faire au service n'avait rien à voir avec sa Vierge dont il constata au passage, avec consternation, qu'il venait de passer au moins une heure sans lui accorder une seule pensée.

34

Ben s'enferma dans sa chambre après la fin de son service. Il tremblait de plus en plus et avait eu du mal à boucler sa vacation sous l'œil soupçonneux de Georges. Il savait bien que son chef se fichait totalement de son état de santé. Seulement, il devait partir en congé le lendemain et, si Ben était défaillant, il devrait ajourner son départ et cette perspective le révulsait. Toute la matinée, il l'avait chouchouté, lui accordant de longues pauses et des cafés toutes les cinq minutes. Inutilement. Ben, bouillant de fièvre, ne se contrôlait plus que difficilement et Georges paniquait :

— Tu vas pas prendre un ticket maladie, hein ?

Ben s'enfouit sous les couvertures, grelottant. Le sang battait dans sa main blessée. Une fulgurance le traversa et déplaça brutalement son attention. Il songea, terrorisé, qu'il n'était qu'au début de son calvaire. Une nausée le secoua, il vomit les cafés de Georges en se repliant sur sa douleur. Son bas-ventre n'était désormais plus seul concerné, la souffrance semblait dotée de tentacules. Il se mit à gémir sans interruption en poussant de petits cris. Brusquement, il voulut renoncer, reprendre les gélules miraculeuses ou la morphine salvatrice. Mais son cerveau embrouillait les faits, les souvenirs et les images. Il avait oublié qu'il avait tout jeté. Avec peine, il redressa la tête, lançant dans le vide son bras droit en direction de la table de chevet. Sa main blessée heurta violemment le bois. Il poussa un cri sauvage et sombra dans un grand trou noir.

La main fraîche de Cora se posa sur son front, plus légère qu'une luciole. Il trouva instantanément la paix et la douleur s'enfuit comme elle était venue. Cora souriait. Elle laissa glisser sa main sur sa peau lisse, caressa ses pectoraux l'un après l'autre, en excita les tétons. Ben se cambra, heureux. Il tendit vers elle sa main intacte. Cora recula vivement, ricana :

— Alors, Ben chéri, tu veux jouer ? Hein, réponds ! Tu veux jouer ? Jouir aussi ?

Bien sûr que Ben voulait. Il voulait aussi donner la réplique à Cora mais, malgré ses efforts, les mots ne franchissaient pas ses lèvres. Il ne parvint qu'à émettre quelques grognements. Cora l'interpella :

— Tu ne réponds pas ? Tu as raté ton coup avec la Vilanders, on dirait... Vilanders, comme toi, Ben... Étonnant, n'est-ce pas ? Tu l'as reconnue, au moins ?

Elle se fâcha :

— Tu ne l'as pas reconnue et tu l'as ratée. Et moi, hein ? Que fais-tu de moi ? Tu as mal, c'est normal... tu vas mourir. Mais avant, je veux jouir. Il y a longtemps, Ben, si longtemps...

Il tenta de lui expliquer que ce n'était plus possible, que la police viendrait l'arrêter s'il recommençait, s'il cherchait une autre sœur. Mais elle secouait sa jolie tête espiègle.

— Non, non. Ça ne marche pas. Tu as voulu me garder pour toi tout seul, tu connais le prix à payer...

Il voulait lui confier qu'il n'avait plus de sœur sur sa liste, que c'était devenu difficile d'en trouver car Georges le surveillait. Il se contenta de grogner.

— Tu mens, répliqua-t-elle comme si elle lisait dans ses pensées. Tu mens, Georges ne sait rien. Il est trop bête et il ne pense qu'à lui... Il ne te soupçonne pas.

« Comment le savait-elle ? Insensée, Cora, toujours la plus forte. Que disait-elle à présent ? »

— Ma-rion... articulait Cora en détachant les syllabes, il te reste la commissaire Marion. Tu peux l'avoir à présent qu'elle ne va plus être sur ton dos.

Ben remua légèrement. Comment savait-elle que Marion avait été dessaisie de l'enquête sur les sœurs ? Personne n'était au courant, en dehors des initiés et des professionnels. Le journal en parlerait peut-être le lendemain, mais ce n'était même pas sûr.

— Tu peux l'avoir, elle, martelait Cora. Si tu t'y prends bien, pour une fois, tu peux l'avoir... Ce serait tellement bon... Et pour toi... Tu imagines ?

Il revint à lui à cause de la douleur de plus en plus violente. Cora disparut et, s'il avait été capable de la moindre réflexion, Ben aurait eu du mal à choisir entre les deux maux. Il se tordit, poussa des cris inarticulés. Il perçut des pas dans le couloir, des mots, un rire de femme. Cora qui s'enfuyait ? Avec un homme ? Il tenta de se dresser pour la rattraper, voulut l'empêcher de fuir encore. Il se crut parvenu à la porte qu'il entendit claquer avec un son mat contre les os de son crâne lisse comme un galet, tandis qu'il s'effondrait sans connaissance sur le plancher.

35

Contre toute attente, Marthe Vilanders ne mourut pas. Elle sortit même de son coma en début d'après-midi dans un état que le corps médical estima excellent compte tenu du contexte. Ses fonctions affaiblies par la maladie, mises à mal par l'agression et la perte de sang importante, s'étaient stabilisées. Prudent, l'interne, qui connaissait peu la maladie dont était affectée sa patiente, envisagea que ce pouvait être une ultime rémission avant la fin. Mais, conformément à sa promesse, il fit prévenir la PJ qui souhaitait recueillir son témoignage.

Marthe Vilanders reçut le commissaire qui remplaçait Marion dans l'enquête sur le tueur de femmes avec un détachement hautain. Elle n'avait rien à dire. On avait sonné à sa porte vers 22 heures et elle avait ouvert. Pourquoi se serait-elle méfiée, de quoi ou de qui ? Elle répondait brièvement, avec sécheresse et précision. Non, elle ne connaissait pas l'homme qui était venu chez elle et l'avait poursuivie dans la maison avec un cutter. Avant de s'évanouir dans la salle de bains, elle avait pensé qu'il en voulait à son argent. Elle communiqua de son agresseur un signalement qui pouvait être celui de la moitié des hommes de la ville, au point que les policiers se demandèrent si elle l'avait seulement entrevu. Après trois quarts d'heure d'efforts, le commissaire, convaincu que la femme lui cachait l'essentiel, mais impuissant à le lui faire avouer, se résigna à céder la place au médecin qui manifestait son impatience en montrant la pendule. Marthe Vilanders n'avait d'ailleurs plus rien à dire sinon qu'elle avait faim et voulait manger.

36

Ben émergea de son anéantissement dans la soirée, à une heure qu'il aurait été incapable de situer. Il avait vécu une après-midi agitée, entrecoupée d'évanouissements pendant lesquels Cora le visitait. Des crises douloureuses, épuisantes, qui le faisaient se tordre comme un ver. Et là, tout à coup, il n'avait plus mal nulle part sauf à sa main droite qui l'élançait par vagues. La fièvre avait cédé la place à une sensation de faim dont il ne songea pas à s'étonner. Georges allait être content, il pourrait aller travailler comme prévu.

— M'en fous de ce con, marmonna-t-il en enfilant son manteau de toile huilée, après avoir ajusté sur son crâne la perruque bouclée.

Une nouvelle obsession s'était emparée de lui, distillée avec soin par Cora. Avec insistance au début avant que, lors de sa dernière visite, cela ne devienne un ordre.

Marion.

Ben frémit. Approcher Marion n'était pas une mince affaire. L'offrir à Cora en serait une autre. Mais le défi lui plaisait. Il se disait que ce serait le dernier. Une sorte d'apothéose, un feu d'artifice. Il se demanda comment procéder. Elle vivait seule, il le savait, c'était déjà ça. Elle n'était plus chargée de l'enquête sur les « sœurs », mais elle était maligne et elle avait tous ses sbires autour d'elle. Il ricana. Ils ne suffiraient pas à la protéger. Il n'y avait qu'à se rappeler cet imbécile de Joual. La main sur la poignée de la porte, Ben se figea. Une idée encore imprécise l'effleurait. Immobile, il l'analysa en silence, hocha la tête.

— Pourquoi pas ? fit-il en éteignant la lumière.

L'idée lui paraissait bonne mais il ne pouvait la creuser le ventre vide.

37

Marion revint à la PJ vers 22 heures, après avoir
avalé un en-cas au bistrot du coin avec Lavot.
Elle y avait croisé l'équipe qui les avait rempla-
cés, attablée devant un gigantesque couscous qui
avait fait saliver le capitaine. Marion avait d'autant
moins faim qu'elle percevait, avec acuité, la gêne
que son apparition suscitait. Les conversations
avaient cessé dès qu'elle avait poussé la porte. Elle
comprenait, au ton forcé de ses collègues pour
évoquer le prochain match de football de l'équipe
locale, que ce n'était pas le sujet qui les occupait
précédemment.

— Ne faites pas attention à eux, patron, ce sont
des minables et on va tous les niquer.

— C'est pas leur faute, avait-elle protesté, c'est
moi qui les dérange, je le sens bien. Ils pensent
sûrement que je cache des éléments importants
pour protéger Benjamin... Ils ont peut-être raison,
je ne m'en rends sans doute même pas compte...

— On va pas vous placer sous hypnose, hein !
Ou vous piquer au penthotal ! On va utiliser les
moyens traditionnels et on va les niquer...

— C'est le tueur qu'il faut niquer...

Elle consulta les quelques messages reçus dans la journée, trouva son bureau dramatiquement vide sans l'encombrante procédure du tueur de femmes. Elle espérait un signe de Benjamin, tout en sachant qu'il n'y en aurait pas. Elle éteignit la lumière et rejoignit Lavot dans le couloir.

— Avant de rentrer, je vais passer là-haut ! Il y a peut-être du nouveau depuis ce matin !

Le capitaine haussa les épaules. S'il y avait du nouveau, ce n'était pas à elle que les gars de l'IJ l'auraient dit de toute façon.

— Allons-y, souffla-t-il cependant en s'effaçant pour la laisser passer.

En pénétrant dans la grande salle, Marion n'en crut pas ses yeux. Les grands tableaux recouverts des photos des victimes étaient éclairés par des spots violents. Cabut était figé devant. Par moments, il baissait la tête et prenait des notes sur un papier posé devant lui, à côté des *Fleurs du mal* maintenues ouvertes par un cendrier plein de mégots encore chauds. Le lieutenant passait d'une planche à l'autre, tellement passionné par sa tâche qu'il sursauta quand Marion s'adressa à lui.

— Quel progrès ! admira-t-elle. Je pensais que vous ne les regarderiez jamais en face, ces photos.

— C'est la première fois, avoua Cabut, mais il le fallait. Je ne suis pas sûr, mais je crois que j'ai trouvé la signification de ces incisions en apparence anarchiques. Vous aviez raison, ce sont des lettres... Mises bout à bout, ça donne *HEAUTONTIMOROUMENOS*...

— Tu peux répéter ? demanda Lavot en écarquillant ses yeux pour une fois dépourvus des habituelles Ray-Ban, d'un fort beau vert translucide.

Le lieutenant céda la place à Marion qui le poussait avec autorité sur le côté. Elle fixa avidement les photos tour à tour et les lettres que l'officier avait tracées sur son bout de papier.

— Oui, oui, murmura-t-elle, excitée. Ça colle !

Cabut rougit de satisfaction, les yeux modestement baissés :

— C'est quand j'ai vu le titre du poème que vous avez lu dans l'avion, expliqua-t-il, ensuite je me suis fait aider par un collègue de l'IJ. D'ailleurs il doit être par-là, il voulait vous voir.

— Pourquoi moi ?

— Je crois qu'ils n'arrivent pas à se faire à l'autre équipe.

— Bon, râla Lavot, c'est bien joli ton truc en « os », là ! Mais ça signifie quoi au juste ? C'est le nom du tueur ?

Cabut lui jeta un regard plein de dédain :

— Décidément, la culture et toi ! Ce *truc* veut dire « le bourreau de soi-même ». Et je ne l'aurais pas trouvé si je ne lisais que des BD ou des livres pornographiques comme toi !

— T'as raison, mon pote, tu comprendrais pas tout !

— Ça suffit ! coupa Marion. Vous avez une idée de la signification exacte de ce mot ?

— Si on lit le poème en entier, on peut comprendre qu'il est l'auteur d'actes dont il est aussi la victime : *Je suis la plaie et le couteau, je suis le soufflet et la joue, je suis les membres et la roue. Et la victime et le bourreau.*

— Avec ça on est riches, grogna le capitaine décidément de mauvaise humeur. Ce mec est un taré intégral, c'est tout ce qu'il y a à comprendre.

Il ajouta, se payant une petite vacherie :

— Il est fan de Baudelaire ?

— Qui ? demanda-t-elle distraitement.

— Bellechasse !

Elle lui lança un regard étrange dans lequel il lut un reproche chagrin. Il s'excusa :

— Pardon, patron, c'était juste comme ça, pour dire quelque chose...

— Oui eh bien, ferme-la, s'insurgea Cabut. Ça nous fera des vacances !

Lavot se tut, mécontent de lui. Marion lui tourna le dos :

— C'est bien ! dit-elle. Très bien, même. Cela ne nous mène nulle part dans l'immédiat, mais qui sait ? À mon avis c'est une sorte de signature, mais si le tueur est le seul à en détenir la clef... Et, bien sûr, pas un mot à quiconque.

Elle entendit la voix du technicien de l'IJ dans son dos :

— Talon va être vert d'être passé à côté de ça...

Elle ne l'avait pas entendu arriver et se cabra légèrement. L'homme qui avait aidé Cabut à décrypter les signes était aussi celui qui avait bricolé l'enregistrement du répondeur de Joual. Un homme-orchestre.

Marion le félicita :

— Beau travail ! Mais vous êtes injuste avec Talon, je pense qu'il y serait arrivé aussi. Avouez que Cabut a eu un petit coup de chance... Et pour le reste ?

L'homme retint un sourire : même dessaisie, Marion restait égale à elle-même.

— J'ai travaillé sur la bande toute la nuit, dit-il. J'ai acquis une certitude : la communication a été passée de la salle de commandement du commissariat central. Vous voulez entendre ?

Marion acquiesça, écouta attentivement. Les indicatifs radio de l'opérateur, *Lima* et celui d'un mobile, *Métro*, se détachaient nettement.

— Alors ? interrogea Marion en espérant que le technicien allait lui livrer un vrai scoop.

— Rien. J'ai isolé les sons, c'est tout !

Il semblait signifier que le reste n'était pas son affaire. Marion l'amadoua :

— Vous devez bien avoir une petite idée.

— Eh bien... Ça paraît curieux, un officier au commissariat central. Je veux dire dans la salle de trafic. Y a que des gens en tenue d'habitude à ces postes.

— Exact, approuva Marion. Ce lieutenant-là n'en est peut-être pas un. Pas un véritable, autrement dit. Il s'attribue une qualité qu'il n'a pas...

Elle réfléchit, précisa :

— Dranville, c'est ça ?

— Oui, patron, se rengorgea le technicien. Et j'ai vérifié, il n'y a aucun flic de ce nom en ville.

Marion soupira :

— Si ça se trouve, c'était l'amant de Christine Joual. *Lieutenant Dranville*, ça devait être un code entre eux pour tromper, si je puis dire, le mari, au cas où il tomberait sur le message. C'est un cul-de-sac...

Elle faillit ajouter « un de plus », mais se retint de montrer sa déception.

— À moins que cet amant supposé de Christine Joual ne soit aussi son assassin et celui de Joual...

Lavot s'était rapproché, tout sucre tout miel :

— Peut-être, fit Marion en pensant à l'homme qui était venu demander Christine Joual et que le gardien avait identifié sur la photo représentant Benjamin Bellechasse...

Sa gorge se serra. Benjamin, l'amant de Christine Joual, c'était grotesque. Elle se concentra pourtant, cherchant à rattraper une idée qui la fuyait opiniâtrement dès qu'elle s'en approchait. Dans le silence de la grande pièce, elle entendit Cabut s'agiter à quelques mètres. Joual... Cabut... La radio...

— Police secours ! s'exclama-t-elle soudain.

Lavot ouvrit la bouche puis la referma aussitôt : c'était inévitable, Marion perdait la boule.

— Chut ! lança Marion en levant les mains, attendez !

Ils obéirent, impressionnés.

— Cabut, dit-elle les yeux brillants, vous m'avez bien dit que, le soir de votre première planque chez elle, Marthe Vilanders avait appelé police secours ?

Le lieutenant apparut derrière l'un des grands panneaux, rougissant comme un collégien : il n'avait jamais osé raconter à Marion le détail des péripéties qui avaient conduit Marthe Vilanders à appeler la police tandis qu'il squattait son jardin. Il bafouilla :

— Oui, c'est le brigadier de nuit qui l'a... enfin celui qui est intervenu le soir de l'agression. Il était déjà venu la veille et... oui, je pense que c'est elle qui les avait appelés.

Il ajouta, faux jeton :

— Mais je ne sais pas pourquoi...

Marion avait écouté distraitement. Elle le coupa :

— Christine Joual avait aussi appelé police secours, n'est-ce pas ? Et les deux autres ?... Il faut vérifier ! Lavot ?

— Compris, patron... J'y vais de ce pas.

— Non, dit-elle, allez-y demain matin. Si vous vous pointez à cette heure, ils vont paniquer... Je préfère que ça passe pour une visite de routine, dans un premier temps... Et emmenez avec vous le collègue de l'IJ. Dites qu'il s'agit d'une vérification technique pour une commission rogatoire. J'ignore ce qu'il y a à gratter là-bas, mais qui sait ! Et je ne crois pas aux coïncidences...

*
* *

Devant son immeuble, Marion hésita à descendre de la voiture. Lavot se tourna vers elle :

— Encore une idée, patron ?

Marion secoua lentement la tête. Elle murmura :

— Je vous aime...

L'intéressé tressaillit, n'en croyant pas ses oreilles. Marion le coupa dans son élan :

— Je vous aime, vous, Cabut, Talon... J'aime ce que vous êtes, votre loyauté, votre fidélité.

Elle lui fit face, détecta son regard troublé, comprit la méprise. Elle éclata d'un rire spontané :

— Vous avez cru que je vous faisais une déclaration d'amour !

— Ben... ouais. J'aurais bien aimé.

— Cabut a raison, dit-elle en cessant de rire. Vous êtes obsédé. C'est une monomanie inquiétante, la drague à tout prix, vous savez ?

Le capitaine se redressa, posa les mains sur le volant, contemplant intensément les rares mouvements de la rue. Comme s'il avait peur, soudain, du jugement de Marion.

— Je me demande, poursuivit-elle, si vous ne vous donnez pas un genre, au fond. Si vous en faites autant que vous le prétendez. Je suis sûre que vous ne couchez pas avec toutes ces femmes, ainsi que vous aimeriez nous le faire croire...

— Oh si ! Répliqua-t-il sur un ton sérieux, presque triste. Vous ne pouvez pas savoir comme c'est facile. Parfois, il suffit de les regarder, pas besoin de dire un mot, elles sont au lit avant même que j'aie retiré mon holster.

— C'est ça qui les excite ?

— Oui, tout l'attirail : la carte bleu-blanc-rouge, les calibres, la bagnole, le gyrophare... Plus la qualité de flic. Mais ça, c'est à cause de la télé. Elles nous voient comme des héros.

— Et après ?

— Je me barre en courant. Et c'est rare que je récidive avec la même !

Lavot parlait d'un ton monocorde, loin de ses fanfaronnades habituelles. Marion se sentait complètement vidée mais elle devinait qu'il avait besoin de mettre des mots sur ce qui fondait ce que tous les autres prenaient pour une compulsion sexuelle ingouvernable.

— Vous n'avez jamais eu de relation durable ?

Il hésita, le regard toujours au loin. Puis, comme une bonde qui se libère, il lâcha dans un souffle :

— J'ai été marié, pendant cinq ans. C'était une amie d'enfance, on avait fait les quatre cents coups ensemble et on ne s'était jamais quittés. Elle a été ma première copine et moi, son premier mec. Le mariage était tout naturel. On a eu un gosse, il aurait douze ans.

Marion pressentit le pire. Elle pivota complètement vers le capitaine qui gardait les mains crispées sur le volant.

— Je la trompais, reprit-il. Je l'aimais comme un fou mais je la trompais. Le boulot favorise les rencontres et c'est un bon alibi... Elle s'en rendait compte, je crois, mais elle faisait semblant de rien. J'avais été affecté à Dijon en sortant de l'école de police, on était près de nos familles. Elle travaillait, elle avait des copines. Quand j'étais de repos, je gardais le petit. Un jour, alors qu'il faisait la sieste, je suis allé voir la voisine. Elle me tournait autour depuis des mois et... voilà quoi ! Je me suis attardé. Ma femme est rentrée avant moi, le gosse s'était étouffé dans son lit avec un morceau de jouet qu'il avait réussi à démonter...

Un petit instrument de musique que ma mère lui avait offert pour pouvoir l'entendre quand elle le gardait. Il avait deux ans.

— Quelle horreur ! murmura Marion. Mais vous n'avez jamais parlé de ça à personne !

— Pourquoi ? Me faire plaindre ? Pour qu'on me regarde comme je suis ? Comme le dernier des cons... J'ai honte, vous savez. J'aurais voulu gommer le temps, les événements, tout reprendre de zéro.

— Et votre femme ?

— Elle ne m'a jamais pardonné. Elle a tout su, naturellement, elle savait déjà tout d'ailleurs, depuis le début, je suis tellement prévisible... Elle ne m'a jamais plus parlé, sauf pour la paperasse au moment du divorce. Elle est partie en Amérique du Sud avec une association qui s'occupe d'adoptions d'enfants déshérités. Je crois qu'elle en a adopté elle-même. Une façon d'effacer l'histoire, sans doute.

— Je n'arrive pas à le croire, dit Marion, vous avez l'air tellement...

— Insouciant ? Vous voyez, patron, les apparences ! C'est tellement facile de tricher. Et ça fait dix ans de ça. Je ne dis pas que j'ai oublié, j'en rêve encore souvent. De mon gamin, d'elle... Si un jour, elle revenait... Enfin j'attends, quoi, si vous comprenez. Je l'attends.

— Elle reviendra peut-être, affirma Marion. Mais peut-être pas. Vous devriez essayer avec une autre femme, qui sait ? Histoire de forcer le destin. Mais une vraie histoire avec une vraie femme...

Lavot lança une moue dubitative et garda le silence quelques instants. Il reprit, un peu gêné :

— Vous êtes la seule dans le service à connaître cette histoire, patron. Je compte sur vous, je n'ai pas envie que les autres soient au courant.

— Bien sûr, acquiesça Marion. N'ayez crainte. Vous êtes un mec bien, croyez-moi.

Dans un élan, elle lui planta un baiser léger sur une joue où la barbe revenait à l'assaut. Ce contact rugueux lui fut plaisant, n'eût été la terrible histoire qu'il venait de lui raconter. Elle ressentait une forme d'apaisement, une vague allégresse, depuis que son intuition lui soufflait que Benjamin n'était peut-être pas le tueur.

38

Elle coupa brusquement son téléphone et couvrit d'un regard circulaire son studio en désordre. Des vêtements pas rangés depuis une bonne semaine, de la poussière et des factures en tas à côté du téléphone. Elle haussa les épaules, agacée à l'idée de ces tâches sans intérêt en formulant tout haut qu'un jour ou l'autre, elle devrait se décider à les déléguer à des gens dont c'était le métier.

Sa voix résonna dans l'espace limité de l'entrée minuscule où elle se trouvait. Elle reprit la tasse qu'elle avait posée sur la console et fit la grimace : le café, déjà pas terrible, était froid. La journée commençait mal. Depuis une heure, elle essayait de joindre le docteur Marsal. D'abord il n'était pas encore arrivé, puis il était en conférence, puis en salle d'autopsie avec des étudiants.

— En conférence ! râlait Marion. Avec qui ? Ses clients, peut-être !

En rentrant hier soir, elle avait découvert les deux messages du médecin légiste et appelé son bureau à tout hasard. Il arrivait à Marsal de passer une partie de la nuit au milieu des cadavres, mais la sonnerie avait retenti longtemps dans les salles vides.

Elle soupira, s'étira. Elle était encore en tenue de jogging et ne parvenait pas à se décider à s'habiller pour se rendre à la PJ.

« Pourquoi faire ? » songea-t-elle en regardant son visage chiffonné dans le miroir de l'entrée. Elle avait mal dormi, beaucoup rêvé. La petite fille de Joual, Cabut et sa Vierge avaient tenu le devant de la scène dans des séquences décousues qui lui laissaient un sentiment de malaise persistant. Et sur le matin, un songe à la limite du cauchemar l'avait réveillée en sursaut : elle devait rejoindre Benjamin qu'elle apercevait, torse nu, dans un jardin magnifique. Pour l'atteindre, elle devait emprunter un escalier de ciment. Mais à peine posait-elle le pied sur la première marche qu'elle s'enfonçait dans un matériau tout frais, tout mou, tandis que l'escalier se délitait inexorablement. La sonnerie du téléphone interrompit son examen de conscience. Elle se précipita, sûre qu'il s'agissait du légiste.

— Allô, vous êtes bien la commissaire Marion ?

La voix n'était pas celle de Marsal. Déçue, elle répondit avec brusquerie. L'homme ne se découragea pas. Il reprit, aimablement :

— Excusez-moi de vous déranger, j'ai pris la liberté de vous appeler car il me semble qu'il était de mon devoir de le faire...

La voix était agréable, jeune. Marion eut l'impression qu'elle la connaissait. Le timbre lui était familier, quelque chose d'autre aussi, de moins définissable.

— Qui êtes-vous ?

— Mon nom ne vous dirait rien mais j'étais un ami du lieutenant Joual... Je pense qu'il est de mon devoir de vous dire certaines choses...

Elle songea : « Mon devoir, mon devoir, il m'agace avec son devoir... »

— M. Joual et son épouse ont été enterrés hier, répondit-elle, abrupte.

— Je sais, je sais, s'empressa l'homme. Justement. Je connaissais Joual et sa femme et j'ai quelques renseignements au sujet de leur mort.

— Eh bien, allez-y, je vous écoute.

— Non, je regrette, il faut que je vous voie, je ne peux rien vous dire par téléphone.

— Très bien, venez me voir à mon bureau dans ce cas, à la PJ. Disons dans une heure... Vous savez où c'est ?

L'homme hésita. Marion perçut son embarras. Elle-même se sentait étrangement déroutée.

— Je préférerais ne pas aller là-bas...

— Pourquoi ?

— Ce que j'ai à vous dire est très confidentiel et je ne veux en parler qu'à vous, seul à seul...

Marion ne comprenait pas bien mais son malaise s'accentuait.

— Que proposez-vous ?

— Chez moi, si vous voulez.

Marion réfléchit à toute allure. Ce type, cette voix... La proposition était alléchante. Savoir, comprendre enfin ! Elle se sentit anormalement excitée. Elle s'entendit répondre, d'une voix qui lui parut appartenir à quelqu'un d'autre :

— Chez moi plutôt.

— Si vous voulez, s'empressa l'homme. Où habitez-vous ?

Sans hésiter, incapable de maîtriser une pulsion qu'elle sentait venir du fond d'elle-même, Marion énonça son adresse à l'homme invisible avec le sentiment qu'il la connaissait déjà.

— Maintenant ?

L'homme se récria :

— Non, pas maintenant. Je... ne suis pas... libre. Ce soir plutôt. Vers 20 heures ?

Marion acquiesça. L'homme allait raccrocher, elle l'interpella *in extremis* :

— Eh ! donnez-moi votre nom au moins !

— Dranville, Benoît Dranville...

Marion faillit tomber à la renverse. Elle s'exclama :

— Le lieutenant Dranville ?

Ce fut au tour de l'homme d'accuser le coup.

— Vous faites partie de quel service ?

Il hésita, chercha ses mots, puis :

— Euh, eh bien, je suis en instance de mutation. J'étais en poste à Paris jusqu'à présent et je n'ai pas encore connaissance de ma nouvelle affectation... Désolé, mais je dois raccrocher. À ce soir !

Marion répéta tout bas « à ce soir », bien après que le nommé Dranville eut disparu des ondes.

— D'où il sort, ce Dranville ? émit-elle tout haut un peu plus tard en se frictionnant sous la douche.

Elle avait beau se traiter de « stupide inconsciente », elle ne parvenait pas à s'en vouloir d'avoir donné rendez-vous chez elle à cet inconnu. D'ailleurs, était-il *vraiment* un inconnu ? Une voix intime lui soufflait que non. Elle ne l'écouta pas.

Pas davantage lorsqu'elle lui susurra qu'elle aurait pu lui demander comment il s'était procuré son numéro de téléphone. Question idiote ! Un flic arrive toujours à ses fins quand il le veut.

Elle s'habilla. Tenue immuable : jean noir, tee-shirt noir. Se coiffa rapidement, oublia le maquillage, constata que son arme était restée à la PJ.

« Ce soir, tu n'auras pas intérêt à l'oublier », martela la voix agaçante.

Au moment de sortir, Marion se ravisa et appela le service avant que Lavot ne se rende au commissariat central. Cabut lui apprit que son collègue venait de partir avec le technicien de l'IJ visiter le terrain de camping qui avait échappé à leurs investigations. Le responsable avait appelé une heure plus tôt : le camping-car recherché était bien là-bas et le capitaine, fidèle à sa promesse de ne pas laisser tomber l'affaire, avait filé sur place avant que la nouvelle ne parvînt aux oreilles de l'autre équipe. Marion frémit.

— Cabut, haleta-t-elle, si vous le joignez avant moi, dites-lui d'être discret et de faire gaffe à ses os... Et filez au commissariat central à sa place, d'accord ? Je suis attendue par le docteur Marsal, à l'IML.

Elle omit de lui parler de son rendez-vous avec Dranville. Elle n'avait pas envie de l'évoquer maintenant, pas davantage la force d'expliquer que, sous la douche, elle avait eu la quasi-certitude que la voix du pseudo-Dranville était celle, un peu déguisée et l'accent canadien en moins, de Benjamin Bellechasse.

39

Ben tourna longuement en ville avant de se décider à rentrer. Quelque chose foirait avec Marion. À cause de lui. D'une soudaine et stupide assurance qui lui avait fait sous-estimer la commissaire et sa bande de rigolos. Il ignorait comment elle avait pu tomber sur le nom qu'il utilisait pour capturer les sœurs, mais une chose était sûre, elle le connaissait. Le lieutenant Dranville !

« Mais quel con ! se hurlait-il en silence en arpentant d'un pas agité les rues qui le séparaient de son domicile. Il y a des milliers de noms et il a fallu que tu lui donnes celui-là. Et qu'elle le connaisse ! »

Il essaya de réfléchir : il existe sûrement un Dranville à qui elle a eu à faire. À Paris ou ailleurs. Et si elle l'appelle pour vérifier le rendez-vous ? Mais non, Dranville est un nom courant, sans doute n'y en a-t-il pas qu'un dans l'institution policière. Il connaissait l'incurie chronique du service du personnel de la police de Paris. Et le temps qu'elle fasse le tour des services... Il se rassura : il n'y avait aucun danger immédiat. Mais il devait quand même se méfier.

Il avait bien fait de choisir le lieu et l'heure de la rencontre. Il sourit enfin, de nouveau content de lui et de sa stratégie toute militaire.

Il s'attarda longuement sur les risques qu'il prenait, essayant de les éliminer sans y parvenir tout à fait. S'il renonçait, il savait que Cora allait le traquer impitoyablement. Il ne pouvait pas reculer. Il imagina Marion, nue, écartelée. Son excitation grandit en une seconde. Elle s'amplifierait jusqu'à l'explosion finale. C'était trop beau pour Cora, une occasion pareille. Il décida de prendre quelques précautions, comme d'aller s'assurer que rien ne clochait autour du domicile de la commissaire bien avant l'heure du rendez-vous. Qu'elle ne lui tendait pas un piège.

« Mais non, se dit-il, c'est moi qui mène le jeu ! Elle est à point, la commissaire... Tu es contente, Cora ? »

Cora ne répondit pas. Où était-elle donc, celle-là ? Il se rendit à son travail un peu en avance sur l'horaire. Dans l'escalier, il croisa quelqu'un qu'il avait vu plusieurs fois avec Marion. Un officier chauve et un peu enrobé dont il ne se rappelait pas le nom. Il se demanda ce qu'il venait faire en ce lieu où on croisait rarement les as de la PJ. Il trouva la coïncidence – une de plus – étonnante, mais, au lieu de s'en inquiéter, s'en amusa.

40

Le docteur Marsal se lava longuement, méticuleusement, les mains et les avant-bras jusqu'au-dessus des coudes, avec une minutie à laquelle Marion était habituée mais qui la divertissait toujours. Il y mettait tant de concentration que les verres de ses lunettes s'embuaient tandis que son crâne dégarni luisait sous les néons. Ils se trouvaient dans une pièce qui jouxtait la salle d'autopsie et qui tenait lieu au légiste de bureau et de cabinet de toilette tout à la fois. La porte était ouverte et Marion entendait les commentaires à voix basse de Louis s'affairant à réparer les dégâts de la dernière autopsie. Le légiste s'essuya les mains avec autant de soin, les sourcils froncés de concentration :

— Vous savez, dit-il en captant le regard ironique de Marion, c'est plein de saletés, un cadavre. Une petite coupure, un bouton, et hop, vous chopez une infection, la gangrène !

— À votre place, dit Marion mi-figue mi-raisin, c'est la mort que j'aurais peur d'attraper ici. Je ne sais pas comment vous faites, mais moi, je n'arrive pas à m'habituer.

Marsal se fendit d'un geste désabusé :

— Je n'y prête plus attention.

Il se dirigea à pas lents vers un bureau surchargé de paperasses, contourna le meuble et désigna le tas de dossiers avec un soupir :

— Un de ces jours, je vais faire venir une benne pour déblayer tout ça !

Marion hocha la tête avec une petite moue impatiente. Le légiste ne l'avait pas invitée à venir le voir avec cette insistance pour qu'elle l'aide à ranger son bureau, tout de même ! Elle se contint en se souvenant de la propension de Marsal à l'irritabilité. Il souleva quelques papiers, se saisit d'un mince dossier à la couverture d'un beau rouge vermillon. Il s'assit, l'ouvrit, ajusta ses lunettes, posa sur Marion un regard aigu :

— Marthe Vilanders, dit-il par un souffle.

Marion retint le sien en se penchant en avant.

Louis passa sa tête chafouine par la porte entrebâillée :

— J'l'ai recousue, docteur, j'en fais quoi ?

— Au frigo, imbécile ! glapit Marsal, tu veux l'emmener au bal peut-être ?

Le garçon de morgue battit en retraite en gratifiant Marion d'un regard ambigu que Marsal surprit. Il dit à la jeune femme :

— Vous lui faites de l'effet, à mon aide ! Remarquez, je le comprends. Il est plutôt frustré au milieu de toute cette viande froide.

Marion ne tourna pas la tête pour voir celle de Louis. Elle croisa les bras, et dit sur un ton de reproche :

— Docteur, je vous en prie ! Vous voulez me parler de Marthe Vilanders ou de Louis ?

— En effet, grinça Marsal, mais je vous ferai remarquer que je vous cherche depuis hier pour cela, alors une minute de plus ou de moins, n'est-ce pas ? Voyez-vous, j'ai beaucoup réfléchi à tous ces meurtres... et... Au fait, avez-vous vu Mme Vilanders ? Une bien belle femme en vérité... enchaîna-t-il sans attendre la réponse de Marion, se contentant de son geste de dénégation. Malade, mais encore très belle...

— Malade ? Je la croyais mourante !

— Pensez-vous ! Elle a été tailladée au cutter sur plusieurs parties du corps, elle a perdu pas mal de sang et était très affaiblie. Personne n'aurait parié sur ses chances de survie...

— Et voilà qu'elle est ressuscitée, un vrai miracle !

— Vous vous moquez ! Mais en médecine il n'y a pas de miracle... Ce qui me fait dire que ce cas ne ressemble pas aux autres. L'agresseur a commis ses blessures notamment sur le buste et les membres supérieurs, de manière très anarchique. Rien de commun avec les autres victimes, du travail bâclé, pourrait-on dire... Bien qu'elle ne soit pas morte, cette patiente m'a intrigué, et sans vouloir faire votre boulot...

Il avait pris un air sournois. Marion soupira :

— Je n'ai jamais fait de commentaires sur vos talents de découpeur, il me semble !

— C'est exact, mais il y a des choses que vous auriez dû faire !

— Par exemple ?

— Aller voir cette femme à l'hôpital !

— Mes collègues y sont allés, répondit Marion, fermée.

— Pas vous !

— Je suis dessaisie de l'enquête.

— Et alors ?

— Comment, et alors ? Vous n'allez pas opérer les malades de vos confrères ou donner des consultations à leur place !

— J'ai dit la voir, pas l'interroger !

— Docteur, soupira Marion, si vous m'expliquiez où vous voulez en venir au lieu de tourner autour du pot ?

— Si vous aviez vu cette femme, s'obstina Marsal, vous auriez remarqué un élément déterminant...

Marion avait envie de lui voler dans les plumes, de lui arracher le carton rouge des mains. Des mains d'enfant, disait-elle souvent, de petits doigts. Elle se souvenait d'avoir lu que les adultes aux petites mains étaient, dans une vie antérieure, des individus morts dans l'enfance.

— Cette femme est totalement dépourvue de cheveux et de poils, reprit Marsal.

Marion le dévisagea sans comprendre. Il s'impatienta :

— Votre tueur ne laisse aucun poil, ni aucun cheveu, n'est-ce pas ? En dehors d'un cheveu synthétique, de faux cils et autres artifices ?

— Vous êtes en train de suggérer que Marthe Vilanders serait le tueur ?

Marsal gloussa en renversant la tête en arrière :

— Je n'en sais foutre rien ! Ce détail m'a « interpellé », comme on dit dans vos milieux. Et j'ai mené ma petite enquête !

— Et ?

Marsal prit un air lointain :

— Figurez-vous que j'ai fait mes études de médecine ici, à Lyon. Mon meilleur copain à la fac s'appelait Maxime Simon. Cela vous dit quelque chose ?

— Oui, tout le monde connaît le professeur Simon. Mais je ne vois pas...

— Bon, coupa Marsal, vous connaissez, comme tout le monde, le professeur Simon. Moi, au contraire, si vous ne faisiez pas ce métier, vous n'auriez jamais entendu parler de moi... Nous étions pourtant, Maxime et moi, à peu près de niveau égal. La seule différence entre nous était mon obstination indécrottable : je voulais faire médecine légale. Point à la ligne. Résultat : je suis un obscur, je vis presque dans la misère alors que mes parents étaient aisés et rêvaient pour moi de bien autre chose. Maxime, sa passion, c'était la recherche. Un rêve quasi impossible car lui était pauvre. Il a trimé comme un fou, il bossait le jour et la nuit. Jamais de sorties, jamais de filles. Vous allez me dire que, depuis, il a rattrapé le temps perdu... C'est vrai. Mais il est devenu ce qu'il est, célèbre, riche, entouré de femmes, adulé des foules grâce à un travail acharné. Un as de la médecine biologique, reconnu dans le monde entier. Pour lui, la consécration suprême serait un prix Nobel dont il rêve en cachette...

Il marqua une pause nostalgique. Marion, immobile, contemplait le petit homme ratatiné sur sa chaise, se disant qu'en effet il ne ressemblait pas à grand-chose comparé à Maxime Simon dont la silhouette avantageuse faisait souvent la une des journaux.

— ... Pour ses travaux sur les maladies génétiques, relança Marsal, un domaine insondable où la recherche avance encore souvent à l'aveugle. Je ne suis pas jaloux, vous savez, au contraire, je suis pas à pas et passionnément ses avancées, ses publications. Lorsque le temps, déjà considérable, que je consacre à mes « chers disparus » m'en donne le loisir, je rejoins Maxime dans son antre et je m'abreuve de son immense savoir... Cela meuble ma solitude.

Il s'arrêta le temps de savourer un apitoiement attendu. Marion réprima un bâillement qui n'échappa pas au légiste :

— Je sais que je vous barbe avec mes histoires de vieux garçon, mais je pense que cela vous aidera à comprendre... Maxime Simon travaille depuis des années sur une forme rare de maladie génétique, héréditaire, qui affecte aussi bien les hommes que les femmes. Je vous en épargne les détails car la description est complexe. Ses travaux sur cette maladie sont uniques et déjà anciens. Il a répertorié ainsi des familles entières qui développaient cette « anomalie » et, à force de chercher, il a découvert une médication qui, hélas, ne les guérit pas mais ralentit le processus de dégradation et calme le malade tout en lui laissant l'intégralité de ses facultés.

« Cette maladie, entre autres subtilités, détériore de nombreuses fonctions et aggrave des pathologies déjà installées, notamment neuropsychiques. Comme il est le seul spécialiste au monde de cette maladie à laquelle son nom est désormais attaché, il est consulté par des confrères de tous horizons. Pour l'heure, il n'a pas réussi à inverser le processus, mais il persévère sans se lasser. Ses patients sont donc aussi des terrains d'expérience, mais, n'est-ce pas, il en va ainsi de la recherche...

Marion écoutait, à présent morte d'impatience. Quel rapport avec les crimes ? Avec Marthe Vilanders, elle voyait assez bien. Elle était atteinte de la maladie de Simon et le professeur la soignait.

— Quand j'ai vu cette femme, dit Marsal en croisant ses petites mains, mon subconscient a travaillé comme il l'avait déjà fait une fois, ici même.

Marion avait gardé en mémoire le jour où Marsal, devant la dépouille de Joual, avait commencé une démonstration sur l'état de santé mentale du tueur.

— Oh ! ce n'était alors qu'une vague idée ! Un petit bout de ficelle qui dépasse de la pelote... Mme Vilanders m'a, si je puis me permettre cette audace de style, sauté à la mémoire. Je l'avais déjà vue quelque part. Elle était inconsciente quand je l'ai visitée après son agression et ne pouvait donc pas répondre à mes questions. J'ai vérifié les quelques éléments disponibles sur sa fiche et procédé moi-même à des examens sommaires. J'ai très vite retrouvé où je l'avais repérée : dans un dossier de Maxime. Cette femme est l'une de ses patientes.

Le silence retomba. Marsal fixait Marion l'air de dire « qu'est-ce que vous dites de ça ? ».

Elle attendait, perplexe. « Et alors ? pensa-t-elle, je l'avais deviné toute seule. Mais quel rapport ? » Elle ne voyait pas, mais pas du tout, en quoi le fait que Marthe Vilanders fût atteinte d'une maladie génétique rare pouvait faire avancer une enquête aussi complexe.

Elle s'éclaircit la voix avec effort :

— Quelle est l'évolution de cette maladie ?

— La mort, énonça Marsal sèchement. Mais au terme d'un processus lent et douloureux. Le patient souffre d'abord de légers troubles qui le gênent sans le perturber vraiment : vertiges, pertes d'équilibre, troubles de la mémoire. Puis les symptômes s'aggravent en se multipliant. Le malade est atteint de polyendocrinopathie, ou d'hypercalcémie, ou de diabète aigu ou de l'ensemble. Il perd ses cheveux et ses poils. Les ovaires des femmes se ratatinent, les hommes deviennent impuissants et stériles en souffrant le martyre. Tout cela ne se fait pas en un jour, il faut des années, et en général il se développe une psychopathie associée. Des chutes brutales d'insuline peuvent conduire le patient à des crises de démence graves et, pour peu qu'il y ait un terrain propice – comme une schizophrénie –, on peut se retrouver un beau matin face à un grand psychopathe. J'ajoute que ces crises sont ponctuelles, ce qui signifie que le sujet peut vivre normalement, au moins jusqu'à un certain stade de la maladie et s'il est traité convenablement.

Marion sentit des picotements assaillir le dessus de ses mains. Elle n'arrivait pas à croire ce qu'elle entendait.

— Ce n'est pas possible, une histoire pareille !... Le tueur et l'une de ses victimes atteints de la même maladie ? Et comme par hasard, ils se rencontrent et vous allez m'apprendre qu'ils ont le même médecin !

Elle secoua ses mèches en désordre :

— Moi qui vous prenais pour un scientifique !

— Oh ! Je me doutais bien que vous réagiriez ainsi, dit Marsal, d'ailleurs je ne cherche nullement à vous convaincre. Je termine, vous jugerez ensuite si cela présente pour vous le moindre intérêt !

Il tapota le dossier rouge :

— J'ai ça pour vous.

Il se laissa aller en arrière, s'adossa. Il retira ses lunettes qu'il se mit à tripoter distraitement pour continuer, avec une lenteur exaspérante.

— J'ai passé une soirée à convaincre Maxime de me laisser consulter les dossiers de ses patients, ceux qu'il traite pour cette maladie, précisément. Il a refusé, et c'est bien normal. Il a fallu que je lui raconte l'état des femmes que votre tueur a expédiées sur mes tables d'autopsie et que je lui parle de vous. J'avais décelé toute l'importance que vous accordez à cette affaire, à titre... personnel, il me semble. Pour le convaincre de vous recevoir, j'ai dû lui dire... j'ai dû lui dire que vous êtes exceptionnelle, aussi bien au physique qu'au...

— Ne vous gênez pas, rétorqua la commissaire, j'imagine la suite mais vous pouvez toujours courir.

— Vous êtes soupe au lait, soupira Marsal. Je lui ai seulement promis de vous le faire rencontrer, professionnellement. Ce n'est pas la mer à boire, tout de même.

— C'est ça... et en échange il vous a ouvert ses fichiers !

— Exactement !

Marion ravala sa colère, bluffée.

— J'y ai trouvé, bien sûr, Marthe Vilanders, poursuivit Marsal. Je me suis souvenu de l'avoir croisée un jour dans le cabinet de Maxime. On ne peut pas la rater ! Elle a une stature, une présence... Bref ! Elle porte cette anomalie génétique mais n'est vraiment malade, de manière visible, que depuis deux ans environ. Elle a consulté Maxime voici un an et, récemment, s'est installée dans notre ville. Il lui a proposé de tester un nouveau traitement et elle a accepté. C'est une maîtresse femme, elle a un caractère infernal mais elle se bat, et Maxime a besoin d'un tel tempérament pour avancer dans ses travaux.

Marion s'assit à son tour, saisit un crayon sur le bureau et sortit un calepin de la poche de son blouson. Marsal lui lança un regard surpris.

— Eh bien quoi ? dit-elle calmement, j'attends. Vous allez me donner le nom du tueur, non ?

— En effet, déclara-t-il avec un sang-froid un rien emphatique. Mais j'ai un engagement vis-à-vis de Maxime, rappelez-vous.

— Bravo, doc ! fit mine de s'offusquer Marion à présent dévorée du besoin de savoir. Je vais réfléchir mais j'y mets deux conditions !

— Je ne suis pas certain qu'il en accepte une seule. Il est plutôt teigneux.

Marion affronta le regard perçant de Marsal.

— OK ! dit-elle longtemps après.

Le légiste se remit debout, posa les deux mains sur le bord du bureau en se penchant :

— La plus incroyable coïncidence qui soit : Maxime a parmi ses malades un homme atteint du même mal génétique que Marthe Vilanders. Ce mal héréditaire qui se transmet dans des familles entières pendant plusieurs générations...

— Oui, vous me l'avez déjà dit, mais je suppose qu'il n'est pas le seul. Qu'a-t-il d'extraordinaire celui-là ?

— Son nom !

— Son nom ? murmura Marion, la bouche sèche.

— Il s'appelle Vilanders.

Elle prononça faiblement :

— Je ne comprends pas...

— L'homme s'appelle Vilanders. Benoît Vilanders.

Marion inspira. Elle prit le temps de digérer le nom et tenta de comprendre ce que cela signifiait. Une petite voix revint la perturber, elle avait la tonalité de celle de Talon : « Il n'y a pas de Benjamin Bellechasse à l'état civil de Nantes, à la date de naissance que vous dites... » Benoît, Ben... comme celui du calepin de Jenny Delourmel. Ben... Comme Benoît ou... Benjamin.

— Docteur, questionna Marion fermement, comment est-il, ce deuxième Vilanders ? Est-il parent avec Marthe ? Où peut-on le trouver ? Quel âge a-t-il ?

— Eh là, eh là ! s'exclama Marsal, si je vous dis tout, que restera-t-il à mon vieux camarade Maxime ? D'ailleurs je ne le connais pas, ce Vilanders. Maxime n'a rien voulu me communiquer de plus sur une parenté éventuelle entre les deux, mais elle est probable. D'après sa fiche, il a trente-cinq ans et il est né à Nantes.

Le cœur de Marion bondit dans sa poitrine. Elle se pencha :

— Son adresse, docteur !

— Alors là, commissaire, ricana Marsal, vous n'êtes pas au bout de vos peines ! Maxime ne l'a pas vu depuis deux mois !

— Je vous en prie...

Marsal s'aperçut qu'elle était sur le point de craquer. Il lâcha :

— Pas d'adresse. Maxime lui envoie son courrier en poste restante. Pas de téléphone non plus.

Marion eut l'impression de prendre un coup sur la tête : « Je ne veux pas m'installer », disait Benjamin pour justifier toutes ces précautions que décrivait Marsal.

— Ça va ? s'inquiéta le médecin qui l'avait vue pâlir. Vous savez, je ne me suis pas contenté de constater cette coïncidence. Je suis quand même un scientifique, ne vous en déplaise !

Il désigna la salle d'autopsie d'un geste vague :

— J'ai appris ici même que l'agresseur de Mme Vilanders s'était blessé chez elle au cours d'une bagarre avec vos hommes et que son sang avait été recueilli et porté au laboratoire. Je me suis renseigné et je puis vous affirmer que ce sang est du même groupe que celui de Benoît Vilanders. AB négatif. Un groupe assez rare. J'ai mis Maxime sur le coup, il est en train de faire quelques tests pour s'assurer qu'il s'agit bien du sang de Vilanders.

— Je veux le voir !

Marsal leva les bras au ciel tandis que Louis repassait une nouvelle fois la tête par la porte :

— Docteur, minauda-t-il en louchant sur Marion, j'ai préparé le « suicidé au gaz » d'hier matin. On y va quand vous voulez ! Et votre secrétaire demande si elle peut vous passer des communications. Y a une liste d'attente longue comme ça !

— Fous-moi la paix, aboya Marsal, et dis à Bernadette qu'elle m'emmerde !

Il se tourna vers Marion :

— Vous voulez le voir ! Vous en avez de bonnes, commissaire ! Je viens de vous dire que, d'après Maxime, il a disparu !

— Je parlais de votre ami, le professeur Simon. C'est lui que je veux voir. Où puis-je le trouver ?

Marsal hocha la tête, un sourire condescendant sur son visage fatigué.

41

Marion détaillait le professeur Simon tout en écoutant d'une oreille distraite son exposé sur les maladies génétiques. Il lui parut moins bien au naturel qu'en photo. Les traits marqués, le regard bleu, la chevelure poivre et sel impeccablement coupée dégageaient une impression rassurante mais, ce matin, il ressemblait plutôt à un vieux beau fatigué. Marion ne doutait pas qu'il fût une pointure dans sa spécialité mais sa façon de s'adresser à elle comme à une gamine attardée l'irrita d'emblée. À l'évidence, Marsal était son souffre-douleur, l'exécuteur de ses basses œuvres. Celui qui portait son cartable quand ils étaient gamins, qui prenait les cours en double à la fac tandis que le grand Maxime batifolait Dieu savait où, et qui, demeuré célibataire par manque de temps ou par absence de vocation pour le mariage, servait d'alibi à l'incorrigible dragueur dont elle sentait sur elle le regard inquisiteur.

— Les maladies humaines sont le résultat d'une interaction entre une constitution génétique individuelle et l'environnement. Dans les maladies génétiques, la composante génétique est prédominante et s'exprime d'elle-même de manière prévisible sans intervention de l'environnement.

Simon lui faisait la cour. Marion essayait de suivre en feignant d'être subjuguée par le sujet, mais elle était certaine que le professeur percevait l'agacement qu'elle dissimulait mal. Après s'être un peu fait tirer l'oreille – il n'avait visiblement pas envisagé la rencontre avec Marion dans ces conditions et surtout en présence de Marsal –, il en avait fixé le lieu : son laboratoire, à l'hôpital. À mi-chemin entre la zone de soins où Marthe Vilanders reprenait le dessus et la morgue où elle avait failli échouer.

Qui était l'autre Vilanders ? Marion se sentait mal de nouveau. Tout ce qu'avait dit Marsal recollait avec Benjamin. Excepté le nom.

— Ces maladies…

— Professeur, l'interrompit Marion, vous êtes passionnant mais j'ai peur de ne pas tout comprendre et de vous faire perdre votre temps… Je dois mettre la main d'urgence sur un tueur. Je ne sais pas s'il y a le moindre rapport entre lui et votre recherche sur cette maladie…

— Pardonnez-moi ! s'excusa Simon, je me laisse emporter. Mais c'est vous qui avez insisté pour me voir.

— Oui, oui, s'empressa Marion, se demandant comment elle devait s'y prendre pour obtenir les informations dont elle avait un besoin urgent. Est-ce que cette maladie entraîne des accès de folie qui peuvent conduire au meurtre ?

— Pas nécessairement jusqu'au meurtre, dit Simon, mais cela peut être le cas si l'on est en présence d'une personnalité très déstructurée.

— C'est le cas de Marthe Vilanders ?

— Non, Marthe Vilanders n'en est pas là mais c'est en partie grâce à ce qu'elle est fondamentalement, une personne saine et équilibrée. C'est aussi grâce au traitement auquel elle se soumet avec beaucoup de courage.

— Ma question est indiscrète, mais combien soignez-vous de patients atteints de la maladie de Simon ?

Il réfléchit :

— Une trentaine de façon très régulière, mais c'est en réalité plus étendu car je surveille également l'état des parents de ces malades. L'origine d'une maladie génétique est à rechercher dans l'histoire de la famille et plusieurs générations peuvent en être atteintes. L'étiologie d'une mutation génétique se découvre parfois dans un mariage consanguin et affecte, selon le principe de transmission mendélienne, plusieurs générations successives. Il arrive aussi que le gène mutant disparaisse comme il était venu. Des confrères du monde entier me consultent également lorsqu'ils ont des doutes à propos d'un patient.

— Vous voulez bien me parler de l'autre Vilanders ? Benoît, c'est cela ?

Simon approuva et proféra d'une voix ferme :

— Je vais être clair, mademoiselle. Je ne vous fournirai aucune information médicale. J'ai été, comme mon confrère Marsal, troublé par ces meurtres et il se trouve que la dernière victime est l'une de mes patientes. Autre coïncidence, l'un de mes patients porte le même patronyme qu'elle. Marthe Vilanders ne m'a jamais confirmé qu'il pouvait y avoir le moindre lien de parenté entre eux. Elle a un fils qui doit venir se soumettre à un dépistage et que je recevrai prochainement. Il est, à juste titre, inquiet de ses responsabilités quant à une possible descendance et il a raison : la recherche est complexe et longue. Benoît Vilanders, lui…

Il marqua une pause, hésitant à poursuivre. Son attitude avait changé imperceptiblement. Marion le sentit ennuyé, tiraillé entre l'envie de se retrancher derrière sa déontologie et celle de se libérer d'un poids. Marion le rassura d'un geste :

— Professeur, ceci est une conversation à bâtons rompus. Je ne suis plus officiellement saisie de cette enquête et rien ne sera consigné par procès-verbal. Mais vous avez le droit de vous taire. Je…

Elle hésita, décida de jouer son va-tout :

— Je suis concernée par cette affaire. Mon… ami, ou mon fiancé, comme vous voulez, pourrait être soupçonné de ces actes barbares. Certains éléments de l'enquête le désignent, d'autres le disculpent. J'ai besoin de savoir s'il est le tueur.

— Ce n'est pas moi qui pourrai vous le dire, protesta Simon, mais je pense, et je pèse mes mots, que Benoît Vilanders est très gravement atteint. Que vous dire de plus ? Qu'il n'est plus sous mon contrôle depuis deux mois. Que sans traitement, tout est possible. Je ne sais rien d'autre au sujet de cet homme. Je le soigne depuis un an, il est à un stade très avancé de la maladie et présente en outre une psychopathie associée grave qui trouve ses origines dans l'enfance.

— Vous connaissez sa profession ?

— Non, dit Simon, il est très... secret. Il a un passé mystérieux et un présent très flou. Il semble muré dans une solitude qu'il cultive : pas d'adresse, pas de téléphone, pas de réponse à des questions précises. Quelques obsessions diffuses qu'il tire d'une histoire personnelle. Enfin, je le suppose. Fortement dissimulées cependant. Si je devais le situer, je dirais qu'il est, ou a été, militaire.

« Militaire, pensa Marion, saisie d'angoisse. Benjamin, sa période militaire... »

— Intelligent mais peu cultivé, continuait Simon, d'une sensibilité artificielle, pétrie de bonnes manières, superficiel.

« Ça, ça ne peut pas être Benjamin », se dit cette fois Marion tandis que le professeur Simon se tournait ostensiblement vers la porte, signifiant qu'il avait autre chose à faire.

— Et le sang que l'on a recueilli chez Marthe Vilanders, êtes-vous sûr que c'est celui de votre patient ?

Maxime Simon adressa à Marsal un regard chargé de rancune. Comme s'il lui reprochait de lui avoir coupé son effet en divulguant, avant lui, cet élément à la commissaire Marion :

— En effet, répondit-il, il n'y a aucun doute. Les premiers tests sont formels.

« AB négatif, songea-t-elle atterrée. Je ne connais même pas le groupe sanguin de Benjamin. Pourquoi le connaîtrais-je, d'ailleurs ? »

Elle se força à sourire :

— Pensez-vous, professeur, que Marthe Vilanders pourrait en savoir plus qu'elle ne vous en a révélé et qu'il serait d'un quelconque intérêt que je puisse lui parler ?

— J'en doute, mais vous pouvez toujours essayer. À présent, commissaire, je...

— Oui, l'interrompit Marion, je vous laisse. Je suis désolée de vous avoir importuné.

Elle avait employé un ton mi-ironique mi-navré. Simon ramassa la balle au bond :

— J'en ai été ravi, commissaire, mais je préférerais vous parler de cela plus tranquillement, autour d'un verre ou d'une bonne table.

Marion se dirigea vers la porte, suivie de près par Marsal. Elle se retourna. Simon remarqua son air désemparé. Elle fit une moue comme pour exprimer « pourquoi pas », puis se ressaisit, frappée d'une idée subite. Simon, intrigué, la vit fouiller ses poches, en sortir un morceau de papier cartonné et refaire le chemin jusqu'à lui. Elle lui tendit la photo sur laquelle Benjamin arborait son air doux et tendre, sa petite couette attendrissante sur la nuque. Simon prit le document, l'examina brièvement, le lui rendit, l'air pincé :

— Si c'est une confirmation que vous vouliez, c'est gagné.

— Vous êtes sûr, professeur ?

— Si je fais abstraction de détails de présentation, la coiffure notamment – Benoît Vilanders est totalement chauve mais porte une perruque –, c'est lui.

42

Ben se repassa mentalement tout ce qu'il avait à faire au cours des prochaines heures. Il devait s'organiser comme pour une opération commando, ne rien laisser au hasard.

Marion. Il sortit son dossier d'un tiroir. Il en savait assez sur elle. Il ricana. Pas difficile, une vraie vedette avec sa vie en technicolor dans les journaux dès qu'elle arrêtait un truand de seconde zone. Son rictus s'accentua : il allait vivre une première avec elle. La donner à Cora, lui offrir son corps de sportive, sans préparation. Sans les préalables de séduction qu'il réservait aux autres. Il le savait : avec Marion, ça ne marcherait pas. Il devrait donc être très bon pour arriver vite à ses fins et satisfaire Cora. Il s'allongea un moment avant de passer à la phase finale. Il s'assoupit sans s'en rendre compte. Sa main blessée le laissait en paix et il n'avait pas eu de nouvelle crise.

— Tu ne vas pas en avoir ce soir, j'espère, dit Cora de sa voix suave.

Il ne l'avait pas entendue arriver. Assise au pied du lit, dans sa posture familière, elle le contemplait sous la frange encadrée de ses longs cheveux blonds.

— Tu es sûr d'y arriver ? demanda-t-elle. N'oublie pas, Ben, la plus belle jouissance pour moi. Tu te souviens ?

Mais oui, il se souvenait. Pourquoi s'inquiétait-elle ? Elle savait qu'il était le plus fort. Elle le lui disait assez autrefois. Le plus fort pour la faire crier, hurler.

— Eh, Ben, tu m'écoutes ? Et ce gros lieutenant, qu'est-ce qu'il voulait ? Tu es sûr que Marion ne sait rien ?

Ben crânait. Oui, il était sûr. L'officier un peu enveloppé, un certain Cabut, était venu pour une recherche de routine sur les enregistrements des appels au 17. La PJ faisait parfois ce genre de choses. Ça concernait des hold-up, c'est le remplaçant de Georges qui le lui avait appris.

— Bon, dit Cora, ne rate pas ton coup, c'est tout… Comment on l'appelle, Marion ?

C'était le point épineux. Ben n'avait pas trouvé de nom de sœur pour Marion. Pas encore. Rien ne lui allait vraiment, mais d'ici ce soir, il allait bien en dénicher un. Ben dormit profondément. Cora le laissa en paix. Heureusement pour lui, elle ne savait pas que Cabut avait posé une autre question concernant un certain Dranville. Le lieutenant Dranville. Le remplaçant de Georges n'en avait rien dit à Ben car, ne connaissant pas de Dranville, il n'avait aucune raison de lui en parler. Et puis, il n'était pas comme Georges. Il n'aimait pas Ben et lui adressait la parole le moins possible.

43

Ainsi que l'avait prédit le professeur Simon, Marion ne tira rien de Marthe Vilanders. Elle découvrit avec curiosité la femme en blanc assoupie dans son lit d'hôpital, reliée à une perfusion et à un moniteur qui surveillait son cœur. Un léger malaise cardiaque et une crise d'hypoglycémie avaient fatigué Marthe Vilanders, mais elle n'avait pas perdu toute vigilance puisqu'elle finit par ouvrir les yeux sous le regard insistant de Marion. Des yeux sans cils et sans sourcils qui la faisaient ressembler à une espèce de batracien mutant.

Quand Marion se présenta, la femme eut un léger sursaut d'intérêt. Elle murmura quelques mots. Marion aurait juré qu'elle avait dit « je vous connais » mais elle n'osa pas la faire répéter. Peut-être Benjamin lui avait-il parlé d'elle, pendant la soirée dans la grande villa illuminée. Ou à un autre moment. Marthe Vilanders se maintint dans une réserve froide, refusant de développer une autre version que celle donnée aux enquêteurs venus l'interroger. Elle ne connaissait personne et se souvenait à peine de ce qui était arrivé. Marion dévia la conversation sur le Canada dont, à l'évidence, Marthe n'était pas originaire.

— Je suis française, née à Paris, dit-elle en effet, j'ai épousé un Canadien, c'est tout simple. Je suis divorcée, je vis en France et mon ex-mari au Canada.

— Et votre fils ?

Marthe Vilanders s'agita légèrement tandis qu'une pâleur soudaine envahissait ses joues. Mais le timbre de sa voix était toujours aussi glacial, presque métallique.

— Il vit au Canada, il vient me voir parfois ou c'est moi qui y vais.

Elle se ferma. Le sujet était clos. Marion pressentait de curieuses relations familiales. Cette femme devait être exigeante et autoritaire. Pas le style à composer. Elle changea de tactique et l'entraîna doucement sur le terrain de sa maladie. Marthe Vilanders affecta un air las qui ne présageait rien de bon. Elle déclara cependant, d'une voix faible mais au timbre ferme et net :

— Ces maladies sont des cochonneries que nous lèguent des ancêtres inconscients de leurs actes. Dans mon cas, mes grands-parents étaient cousins, peut-être même plus proches si l'on en croit le qu'en-dira-t-on. Ils ont obtenu une dispense et se sont mariés. Tous leurs enfants sont mort-nés sauf un, mon père. Apparemment normal et bien constitué. En fait porteur d'un gène mutant. À cette époque, la science génétique en était à l'âge de pierre. Il est mort fou, dans des

318

souffrances atroces. Mon frère et moi avons hérité du petit animal qui ronge. Voilà.

Marion voulut insister mais le regard impérieux de Marthe Vilanders l'en dissuada.

— Mon frère est mort, ajouta-t-elle comme à regret, à cause de cela.

— A-t-il laissé une descendance ?

Marthe Vilanders fit non de sa tête bandée en fermant les yeux pour éviter le regard de Marion qui en déduisit aussitôt qu'elle lui mentait.

Elle revint à la charge :

— Vous connaissez quelqu'un dans cette ville qui s'appelle Vilanders ? Benoît Vilanders ?

La femme en blanc murmura un « non » presque inaudible et ne bougea pas davantage quand Marion lui demanda, le cœur battant, quelles relations elle avait avec Benjamin Bellechasse. Elle se contenta de congédier la commissaire d'un geste lent mais sans appel :

— Laissez-moi, je suis fatiguée à présent.

Une infirmière entra, annonçant l'heure des soins et la fin de la visite. Marthe Vilanders la suivit du regard, comme pour éviter d'avoir à croiser de nouveau celui de Marion. L'infirmière ouvrit un placard d'où elle sortit un appareil.

— Vous avez besoin de ce gros sac, madame Vilanders ? demanda-t-elle à la blessée.

Marthe Vilanders vit le sac dans le placard et Marion qui le regardait aussi. Elle se troubla avant de se retrancher derrière son attitude autoritaire pour demander à Marion de sortir. Celle-ci en fut tout à fait sûre : cette femme avait sur le cœur beaucoup de secrets à protéger et, malgré son

aplomb, elle paraissait ne plus très bien dominer la situation. Elle eut une autre impression :
celle d'avoir déjà vu ce grand sac de sport. Pour
l'heure, ce souvenir lui échappait mais elle savait
qu'il reviendrait.

44

Lavot remonta ses Ray-Ban sur son nez et les manches de son blouson sur ses avant-bras. Deux tics qui n'échappèrent pas à Cabut :

— Tu dors avec ?

— Tu me demandes avec qui je dors ? Qu'est-ce que ça peut te foutre ?

— Non, tes lunettes, je te demande si tu dors avec, tu les as toujours sur le nez !

— Eh ben, je vais te dire, riposta Lavot, c'est encore la meilleure place pour des lunettes. Et toi, tu ferais bien d'en mettre. T'as vu ce que j'ai ramené de ma balade ?

— Je n'ai rien vu du tout. J'ai cherché à joindre la patronne et comme je ne la trouvais pas, je me suis absenté un moment.

Il rougit légèrement.

— Quoi ! s'exclama Lavot. Ne me dis pas que tu étais encore occupé avec ta vieille relique !

— Pléonasme !

— Hein ?

— Vieille relique : pléonasme.

— Ça change rien au fait que tu nous les casses avec ton vestige !

— Salut tout le monde ! s'exclama Marion en poussant la porte.

Elle ôta son blouson qu'elle secoua vigoureusement. Des gouttes d'eau voltigèrent autour d'elle. Quand elle avait quitté l'hôpital, le ciel dégringolait sur le capot de la voiture. Un mélange de pluie et de grêle qui l'avait trempée en une minute, le temps de traverser la cour de l'hôtel de police. Elle passa une main impatiente dans ses cheveux humides. Lavot sourit :

— Les coiffeurs doivent pas faire fortune avec vous, patron !

Elle se moqua :

— J'ai le même que le vôtre...

— Celui qui est en taule ! approuva le capitaine.

— Ton coiffeur est en prison ? s'inquiéta Cabut.

Marion et Lavot éclatèrent de rire et Cabut piqua son quarante-deuxième fard de la journée quand il comprit le sens de la plaisanterie. Puis Marion revint aux choses sérieuses. Elle leur raconta sa journée sans entrer dans les détails. Ce qui lui évitait de s'appesantir sur le cas de Benjamin.

— On n'a toujours pas de nouvelles de ce zigoto ? demanda Lavot.

— Négatif, répondit Cabut, qui depuis sa visite au commissariat central parlait couramment le langage radio.

— À mon avis, dit le capitaine, Bellechasse et Vilanders, c'est le même homme. Là où je pige mal, c'est qu'il y ait une victime et un auteur présumé qui portent le même nom. Vous trouvez pas ça gros, patron ?

— Vous connaissez la théorie des probabilités ? Quand le docteur Marsal a fait ses recherches à propos de Marthe Vilanders, il est tombé sur ce deuxième Vilanders. Benoît. À première vue sans rapport avec elle. Je vous accorde que cette coïncidence est assez troublante pour qu'on s'y attarde. Il faut au moins lever le doute.

— Pour ça, il faudrait mettre la main sur ce Benoît Vilanders.

Ils pensaient la même chose. Bellechasse introuvable, Vilanders introuvable. Curieux concours de circonstances, en vérité.

— Il y a autant de points de convergence entre Bellechasse et Vilanders que de points de divergence, murmura Marion. Récapitulons !

Elle s'aida d'un *paper board* et examina le résultat. Le seul truc qui ne collait pas c'étaient les empreintes digitales. Sauf erreur grossière de l'IJ, les empreintes relevées sur deux des scènes de crime n'étaient pas celles de Bellechasse.

— Ils sont peut-être deux, émit Cabut. Les sosies, ça existe...

— C'est ça ! ironisa Lavot.

— Ce n'est peut-être pas si bête, murmura Marion pensive. La réalité se permet parfois des fantaisies qu'un esprit normalement constitué n'oserait même pas concevoir. En tout cas, ça nous arrangerait bien.

Elle enchaîna sur d'autres sujets. Il fallait laisser reposer l'idée du sosie. Pas raisonnable comme hypothèse mais bigrement tentante. Lavot bondit :

— Ah oui, au fait, patron, « mon » camping-car !
J'y suis allé avec Trudeau, de l'IJ... C'est bien le
camion que le biturin de la Valmontine, Titus,
a vu le jour où on a retrouvé Joual. Trudeau a
prélevé des traces de matériaux géologiques et il
va se rapprocher des gendarmes pour les comparaisons d'usage. Il a aussi raclé le fond des sculp-
tures des pneus pour y trouver des résidus. Dans
le camion, il est visible que le grand ménage a été
fait. C'est le désert de Gobi : plus de meubles, plus
de traces de passage en dehors des équipements
de base. Trudeau a passé trois plombes à chercher
des « paluches ». Rien. Enfin, des bricoles, mais je
doute qu'il en obtienne des miracles. Par contre,
dans le « poste de pilotage », jackpot !

Lavot se dirigea vers un bureau sur lequel
étaient disposés deux objets. Il brandit une perruque de longs cheveux blonds.

— Waouh ! s'exclama Marion, les yeux brillants.

— Attendez, ce n'est qu'un début. Matez ça,
patron !

Il lui tendit un très vieux livre à couverture de
cuir brun patiné par le temps et ravagé par des
manipulations fréquentes. Le titre s'étalait sur le
dos nervuré, en lettres d'or fané : *Les Fleurs du
mal* par Charles Baudelaire. Marion l'entrouvrit
avec précaution, du bout des ongles. L'ouvrage
était constellé de notes au crayon, rédigées d'une
écriture fine et irrégulière. Des mots illisibles, des
phrases surchargées. Partout, comme un leitmotiv,
de la couverture à la dernière page, deux prénoms
entrecroisés, calligraphiés dans des styles variés à
l'infini. Toujours les deux mêmes prénoms : Ben

et Cora. Cora et Ben. Un renflement au milieu du livre attira l'attention de Marion. La page 293 était celle de *L'Héontautimonrouménos*. Une feuille de papier pliée en quatre la marquait comme un signet. Des noms et prénoms de femmes, des numéros de téléphone en regard. Nicole Privat, Jenny Delourmel, Christine Joual... et d'autres aussi dont elle n'avait jamais entendu parler : Alice Desbonds, Catherine William, Maguy Vermorel...

— Formidable ! murmura Marion prise de vertige. Mais vous auriez pu en parler avant que je vous déballe ma petite histoire. Ce bouquin est une découverte primordiale !

Lavot s'excusa d'un geste qui signifiait que, au stade où ils en étaient, tout devenait primordial.

— À mon avis, dit-il, il a dû l'oublier dans son sac plastique car tout le reste était nickel. Même le volant et le rétroviseur sont vierges de traces. Une vraie fée du logis !

— L'IJ a travaillé dessus ? demanda Marion en désignant le vieux livre qui semblait la fasciner.

— Pas encore, je voulais que vous le voyiez avant. Je vais le porter là-haut en essayant de pas me faire repérer par les blaireaux de l'autre équipe. Évidemment, je ne leur ai rien dit.

Marion décida d'éluder ce problème. Elle aurait des histoires avec son collègue et le directeur, tant pis.

Lavot enchaîna :

— L'immatriculation du camping-car m'a amené au domicile d'un certain Antonio Pereira. Pas très à l'aise dans ses baskets, le Portugais...

— Genre ?

— Petits trafics, travail au noir... Il y a trois mois, il a eu un accrochage avec son camping-car et les flicards en ont profité pour l'enchrister. On lui a notifié une convocation au tribunal et il a été remis en liberté. Le lendemain, il a reçu une visite, un flic muni de la procédure et qui lui a proposé de la lui échanger contre le camping-car.

— C'est dingue ! Il a accepté ? Et pourquoi ?

— Le gars lui a fait croire qu'il serait expulsé du territoire, en plus d'être condamné... On est tellement bien en France... Au Portugal, c'est moins bien, faut croire. Bref, Pereira a accepté. Le flic, vrai ou faux, est parti avec le camion, et lui il a gardé la procédure. Pereira a vu son avocat par précaution... Bien sûr, l'affaire suit son cours. Il s'est fait rouler, quoi.

Marion écarta les bras :

— Mais c'est insensé ! Et qui est ce policier ?

— Ah ça ! J'aimerais bien le savoir et lui aussi. Le type lui a fait signer les papiers sans lui donner de nom. Et bien entendu, le changement de propriétaire n'a pas été fait puisque la carte grise est toujours au nom de Pereira !

— Et ledit Pereira n'a pas signalé la chose, compléta Cabut. Quel con !

— Eh ben dis donc, Cabichou, ricana Lavot, tu te dessales, on dirait. Tu vas bientôt pouvoir aller aux putes.

Le lieutenant rougit de colère. Marion paraissait très loin.

Elle murmura :

— Ce n'est pas un militaire, c'est un policier.

— Pardon ?

Elle frissonna :

— Le professeur Simon pense que son patient, Benoît Vilanders, est un ancien militaire. Je pense que c'est un flic.

— Ou quelqu'un qui se fait passer pour un flic, corrigea Cabut. Vous pensez à Dranville, peut-être ?

— Je ne pense à personne, surtout que Dranville est sûrement un faux nom. Ah ! au fait !

Elle se frappa le front :

— Je l'avais oublié, celui-là !

Elle leur rapporta le coup de fil de Dranville et son insistance à la rencontrer pour lui parler de Joual. Elle regarda sa montre. Il était grand temps de réfléchir à cette rencontre et de la préparer. Marion sentait que cette soirée allait être déterminante. Rien ne serait plus pareil après. Surtout si Bellechasse, Vilanders et Dranville n'étaient qu'un seul et même homme...

— Je suppose, dit-elle en se tournant vers Cabut, que Dranville est inconnu au commissariat central ?

— Bien entendu, d'ailleurs ça les a fait rire car il n'y a aucun officier qui travaille aux transmissions radio. Ce sont des gardiens ou des opérateurs du civil employés comme vacataires au titre de certains emplois réservés.

— D'anciens militaires, par exemple ?

— Entre autres, acquiesça Cabut. J'ai retrouvé trace de l'appel de Marthe Vilanders le soir où nous planquions devant chez elle. La salle avait envoyé une patrouille sur place. RAS dans le rapport d'intervention. Je n'ai pas pu en savoir plus, l'équipe que j'ai vue ce matin n'est pas celle qui opérait ce soir-là.

— Et les autres ? s'impatienta Marion.

Cabut se troubla :

— Comment ça, les autres ? Vous voulez dire les autres opérateurs ?

— Non, je veux dire les autres victimes. Christine Joual avait, elle aussi, appelé police secours, vous avez trouvé trace de cet appel ? Et Nicole Privat, Jenny Delourmel ?

— J'ai, je n'ai, enfin... bafouilla le lieutenant, vous ne m'aviez pas demandé d'effectuer ces recherches.

— Mais qu'est-ce que vous avez foutu de votre journée, alors ? Il faut tout vous dire ou quoi ?

Elle s'énervait. Elle déstabilisait Cabut dont elle comprenait qu'il n'avait pas approfondi ses recherches simplement parce qu'il n'y avait pas pensé. Malgré l'air peu aimable de la patronne, il réagit :

— Ça va prendre beaucoup de temps ! Et on n'a aucune date précise !

— Eh oui ! ça prend du temps aussi pour devenir un bon flic ! Faites marcher votre matière grise, Cabut, nom de Dieu ! Vous avez les dates des meurtres, si tout cela a un quelconque rapport, vous devez trouver des traces d'appels dans les jours ou les semaines qui précèdent. Et en attendant, vous allez au trot me chercher la liste des gars qui travaillent à la salle radio avec leur pedigree complet. On appelle ça une levée de doute... ou une vérif... si vous préférez ! Et pendant que vous y êtes, appelez les trois femmes qui figurent sur la liste du bouquin à côté des trois victimes connues. J'espère qu'elles sont encore vivantes, celles-là. Demandez-leur de passer demain matin et, d'ici là, de n'ouvrir leur porte à personne.

L'officier s'en fut la tête basse, avec du travail pour trois semaines au moins. À la porte, il jura : il avait encore oublié quelque chose. Il se retourna :

— Patron, dit-il la voix étranglée par la honte, Talon a appelé. Il a trouvé des choses très intéressantes, paraît-il, mais il a fait son important avec moi. Il arrive dans une heure à l'aéroport. Le temps de venir jusqu'ici.

— Il sera trop tard. J'ai un rendez-vous, moi. Dites-lui que je le verrai plus tard dans la soirée.

Dire qu'elle appréhendait le retour de Talon aurait été un euphémisme. Elle sentit une migraine monter tandis que l'angoisse l'envahissait de nouveau. La soirée allait être rude. Rude et décisive. Elle massa ses tempes, se retourna.

— Présent, patron, dit Lavot. Je vous accompagne !

45

Ben se contempla sans complaisance dans le miroir piqué de sa chambre minable, mais impeccablement rangée.

— Pas mal, murmura-t-il.

Lui-même avait du mal à se reconnaître. Il avait mis toutes les chances de son côté. À présent il était presque prêt. Il refit en silence la check-list de ce qu'il avait prévu d'emporter : son sac avec la caméra, le pied de celle-ci, les vêtements de rechange. Ce soir, il accomplirait le rituel sans attendre et il savait comment s'y prendre. Frapper à l'improviste, vite et bien. Choisir son heure et son terrain, notion fondamentale de la stratégie d'un bon militaire. Il ne restait qu'une formalité à accomplir : relire la formule et baptiser la nouvelle sœur pour Cora. En ouvrant le tiroir de l'affreux meuble où il rangeait ses dossiers, il se demanda fugitivement si Marion avait une cicatrice. Au moins l'appendicite.

Un moment après, son cœur s'emballa : le vieux bouquin n'était plus là ! Ses mains furent prises d'un tremblement violent tandis que son corps se couvrait de sueur. Il fit alors une chose impensable pour lui : fébrilement, il vida tous les tiroirs, l'armoire-penderie, les quelques sacs de toile kaki soigneusement alignés sur l'étagère du haut. Quand il eut tout retourné, il dut se rendre à l'évidence : *Les Fleurs du mal* avaient disparu ! Deux heures plus tôt déjà, il avait constaté l'absence de la perruque de Cora. Mais cela ne l'avait pas inquiété : dans son agitation à brûler tous les effets souillés du camping-car, il avait dû la détruire sans y prendre garde. Il en avait été quitte pour aller en acheter une autre. Cela ne lui avait pris qu'un quart d'heure. Le vieux bouquin, c'était autre chose. Ben s'assit sur le bord du lit étroit, les coudes sur les genoux et la tête entre les mains. Il réfléchit avec application, tentant de se souvenir de ses gestes au moment où il avait vidé, nettoyé et finalement fermé et abandonné le camion. Il répéta tous ses mouvements, un à un, et revit le sac de plastique bleu, le soin amoureux qu'il avait apporté en emballant le livre avec la perruque ! Et voilà ! Il avait oublié son bien le plus précieux, son souvenir le plus merveilleux, le seul lien charnel qu'il conservait de Cora. Il gémit.

— Trop tard, dit Cora avec dureté, tu n'as pas le temps d'aller le chercher. Et puis c'est dangereux. Si les flics retrouvent le camion, t'es fichu !

— Non, gémit Ben à voix basse, on ne me retrouvera pas, ni toi, par le Baudelaire. Mais il me manque, il me le faut !

— Trop tard, répéta Cora, tu ne peux pas, tu dois aller chez Marion. Il est hors de question que j'attende un jour de plus.

Ben se lamenta encore un peu sur son sort, sans succès. Puis il se ressaisit, exécuta un long exercice de concentration pour se retrouver dans l'état d'avant ce coup de panique. Tant pis, Marion ne serait pas baptisée et il saurait retrouver la formule bien que, il dut en convenir, sa mémoire lui jouât de plus en plus de mauvais tours. Ensuite il partirait. Il arriverait tôt pour s'assurer que Marion ne lui avait pas prévu un comité d'accueil. Il ne put se départir cependant d'un malaise totalement nouveau. Il sentait que les choses se gâtaient, qu'il n'y aurait pas de prochaine fois. Plus d'autre chance. Raison de plus pour réussir ce soir.

46

— Le sac ! hurla Marion.

Lavot sursauta, la voiture fit une embardée, partit en dérapage sur la chaussée mouillée, s'arrêta à trois millimètres d'un scooter qui se mit à hurler à l'attentat. Le capitaine souffla en se cramponnant des deux mains au volant, tandis que Marion ouvrait la vitre. Elle invectiva le conducteur du scooter :

— Vous êtes vivant, estimez-vous heureux, cet homme est dangereusement névropathe au volant.

— Ça va pas, non ? Bande d'assassins !

— Allez, circulez !

Elle se tourna vers Lavot sur le point de protester :

— Ne vous en faites pas, je dis ça pour le calmer. Demi-tour, on va à l'hôpital !

— Quoi ! Vous avez oublié votre sac à l'hôpital ?

Marion ne répondit pas. Il savait bien qu'elle ne portait jamais de sac.

*
* *

Cabut se figea sur la liste, tétanisé. Le chef de salle avait un peu rechigné pour lui donner ce qu'il demandait : la salle de commandement radio croulait sous les appels à cause du déluge. Comme dans toutes les villes du monde, les automobilistes ne savaient plus conduire dès qu'il tombait deux gouttes. Sous des trombes d'eau, Lyon s'était paralysé en quelques minutes.

Cabut héla l'homme qui affichait une cinquantaine empâtée et une bonhomie qui disparaissait lorsqu'il donnait ses ordres à la radio ou aux autres opérateurs de la salle.

— Ce fonctionnaire, dit Cabut la voix frémissante, je peux avoir son dossier ?

Le brigadier se pencha, se dévissant la tête pour lire le nom sur la liste :

— Vilanders ? Qu'est-ce qu'il a fait ?

*
* *

Il était presque 19 heures quand Marion se retrouva une fois de plus au chevet de Marthe Vilanders. Elle avait dû insister pour obtenir l'autorisation de lui parler car les malades étaient déjà prêts pour la nuit, l'hôpital s'assoupissait lentement, loin des rumeurs de la ville et de son agitation. Il avait fallu le sourire irrésistible de Lavot pour faire fléchir l'infirmière, une petite brune qui n'avait pas les yeux dans sa poche. Marion pénétra seule dans la chambre, l'officier ayant préféré la laisser opérer et garder la brunette sous contrôle, des fois qu'elle changerait d'avis.

Marthe Vilanders somnolait, vaguement éclairée par les lampes témoins des appareils électroniques dont la majeure partie avait été débranchée. Demain, elle serait installée dans une chambre normale, avait dit l'infirmière. Elle sentit la présence de Marion au pied du lit. Celle-ci lut de la contrariété, teintée de lassitude, dans ses yeux sans cils et une question : « Quoi encore ? »

— Madame Vilanders, dit Marion d'une voix douce, j'imagine les souffrances que vous endurez. J'ai l'impression que vous voulez protéger quelqu'un, mais ce faisant vous condamnez d'autres femmes à subir ce que vous avez subi. Et encore, vous êtes vivante, j'en ai vu trois sur les tables d'autopsie, plus un de mes officiers. Il faut arrêter cela.

Elle eut un mouvement de la tête en direction du placard et raffermit sa voix :

— Le sac qui se trouve dans votre placard, je le connais, il appartient à Benjamin Bellechasse. Et cet homme qui est mon... ami depuis un an, vous le connaissez aussi. Qui est-il ? Quels sont ses rapports avec vous ?

Marthe garda un silence prudent, parfaitement immobile. D'un pas décidé, Marion se dirigea vers le placard qu'elle ouvrit d'un geste assuré. Marthe Vilanders ne bougea pas : l'emplacement était vide.

— Madame Vilanders, gronda Marion, si vous n'étiez pas dans l'état où vous êtes, je vous arrêterais pour complicité. Benjamin Bellechasse est le suspect numéro un pour ces crimes. Je sais que vous le protégez de même que vous protégez Benoît Vilanders en prétendant ne pas le connaître. Vous savez ce que je pense : ces deux personnes n'en font qu'une. Un fou qui tue. Je vous en prie. Qui est Benjamin ?

Marthe Vilanders soupira profondément et Marion crut percevoir une larme au bord de ses paupières. Elle murmura :

— Mon fils...

Marion pensa avoir mal entendu. Son fils ! Benjamin, le fils de cette femme qui devait avoir dix ans, au pire quinze de plus que lui ?

— Benjamin est mon fils adoptif, reprit Marthe Vilanders qui s'était rendu compte de la surprise de son interlocutrice, mais il n'est pour rien dans tout cela.

— Qui alors ? Qui est l'homme qui tue ? Qui est l'autre Vilanders ?

— Je ne sais pas, dit Marthe d'une voix ferme. Comment le saurais-je ? Je ne connais personne ici... Laissez-moi tranquille !

— Où est Benjamin ?

— Parti en voyage pour quelques jours.

— Comment le savez-vous ?

— C'était prévu depuis longtemps.

— Le sac, c'est lui qui vous l'a confié ?

— Non, mentit la femme en blanc, je ne sais pas à qui appartient ce sac. J'ai demandé à l'infirmière de m'en débarrasser. Elle l'a emporté.

Marion soupira. Tout aurait pu être si simple mais cette femme avait un cran étonnant, malgré sa maladie, ses blessures, et une peur aussi, qu'elle dissimulait tant bien que mal.

— C'est lui qui vous a agressée, n'est-ce pas ? demanda Marion.

Marthe Vilanders eut une sorte de hoquet. Des larmes coulèrent lentement de ses yeux fatigués. Marion perçut le combat qu'elle livrait contre elle-même pour se libérer de son secret et remettre son sort entre des mains plus solides que les siennes. Mais ce devait être plus fort qu'elle.

— Non, dit-elle lentement, ce n'est pas lui.

— C'est incroyable, s'insurgea Marion, cette femme est indémontable. Je suis certaine que, si elle parlait, tout deviendrait transparent. Elle a un réflexe de protection totalement animal.

Lavot hocha la tête tandis qu'il suivait des yeux les mouvements de l'infirmière, occupée à chercher le sac de Benjamin que sa collègue de jour avait rangé.

— Je ne sais pas où elle l'a fourré, déclara la jeune femme après quelques minutes de recherches. Je le lui demanderai demain matin à la relève.

— Vous ne pouvez pas le faire maintenant ?

— Je peux l'appeler chez elle, admit la jeune femme en regardant la pendule accrochée au mur entre deux affiches publicitaires, mais elle habite au diable vauvert et elle n'est pas encore arrivée à l'heure qu'il est...

Elle lorgna le capitaine, l'air intéressé :

— Si vous pouvez attendre encore une petite demi-heure...

— On n'a plus le temps, coupa Marion en consultant sa montre. Lavot, vous reviendrez demain.

— Bien entendu, patron, s'empressa l'intéressé.

Il se tourna vers l'infirmière :

— Elle est aussi jolie que vous, votre collègue ?

La petite brune sourit avec espièglerie :

— Beaucoup plus. Mais je vous préviens, elle est déjà grand-mère.

47

Cabut lut avidement les indications contenues dans le dossier de Benoît Vilanders. Quand il eut terminé, il transpirait abondamment. D'excitation. Il prit encore le temps de fouiller dans le grand registre où étaient consignés les appels à police secours.

« Un jour, il faudra informatiser tout cela », songea-t-il en tournant les pages. Il s'arrêta sur la date de leur première planque devant le domicile de Marthe Vilanders, le soir où ils suivaient Benjamin Bellechasse. Il parcourut d'un doigt la longue liste des interventions consignées chronologiquement et s'arrêta pile. À 23 h 40, une main avait noté, d'une écriture soignée et méthodique, un appel provenant d'une villa des beaux quartiers pour une présence insolite dans le jardin de Mme Marthe Vilanders. La mention était signée : Benoît Vilanders.

— Personne n'a relevé la coïncidence ? questionna Cabut sans s'arrêter au fait qu'à sa première visite il n'avait pas, lui non plus, prêté attention à cette homonymie.

Le brigadier leva les yeux au ciel :

— Vous avez vu le nombre d'appels ? C'est Vilanders qui aurait pu réagir, mais vous savez il est bizarre. Plutôt mystérieux, comme mec. Il fréquente personne ici...

Cabut demanda s'il pouvait écouter l'enregistrement. Le brigadier soupira :

— Il faudra un peu de temps, ce que vous cherchez est déjà classé.

Le lieutenant montra la liste des femmes découvertes dans *Les Fleurs du mal* :

— Il faut que je détermine si celles-là ont aussi appelé et que j'écoute les enregistrements, s'il y en a.

— Eh ben bonne nuit, ironisa le brigadier. Je vais vous chercher les autres mains courantes.

En attendant son retour, Cabut commença à appeler les femmes dont les noms figuraient sur la liste. Les deux premières ne répondaient pas, la troisième était chez elle. Bien vivante. Elle fut néanmoins surprise par les questions, assurant que jamais elle n'avait appelé police secours. « Zut, grommela l'officier, zut et zut. »

Au moment de raccrocher, il fut pris d'une inspiration. Il avait réfléchi et il avait une théorie : les victimes du tueur étaient des femmes seules. Il n'en avait pas encore parlé à Marion car son postulat ne s'appliquait pas à une des victimes : Christine Joual.

— Est-ce que vous vivez seule, madame Vermorel ?

— Mais non, quelle question !

« Zut, râla-t-il encore, zut et re-zut. »

— J'ai mon chat ! reprit la femme en riant.

Sa voix était jeune, pleine d'entrain et de dynamisme. Cabut insista auprès de Maguy Vermorel. Après une pause de quelques secondes, elle admit qu'elle avait eu un « contact » avec la police. Elle était tombée dans un escalier du métro et s'était cassé la jambe : les pompiers et la police étaient intervenus mais elle ne voyait pas…

— Moi je vois très bien, exulta le lieutenant. Il s'est passé quelque chose après ?

— Comment cela ?

— Quelqu'un vous a rappelée ? Quelqu'un de la police ?

La femme ne se souvenait pas et en plus elle était restée trois semaines hospitalisée, la fracture était mauvaise. Un policier était venu pour l'interroger, le deuxième jour.

— Un policier ? Qu'est-ce qu'il voulait ?

— Oh ! il m'a posé un tas de questions, je ne me souviens plus, ça fait plusieurs mois et j'étais… dans les vapes.

Elle rit encore, d'un rire jeune et frais.

— Vous ne l'avez pas revu ?

— Non, répondit la femme, mais après l'hôpital, je suis partie chez ma sœur. Je ne suis rentrée que depuis une semaine.

— Vous pourriez passer demain à l'hôtel de police ?

— Bien sûr, assura-t-elle, mais que se passe-t-il ? Je vais démasquer un dangereux malfaiteur ? Vous allez me demander de faire un portrait-robot ?

Cabut éluda les questions précipitées de Maguy Vermorel :

— Ça ne vous gêne pas de venir, rapport à votre travail ?

Cette fois, la femme éclata carrément de rire :

— Non, vous savez j'ai soixante-dix ans !

En raccrochant, Cabut tremblait. Il était sûr maintenant d'être sur la bonne voie : les femmes appelaient police secours ou étaient confrontées à la police d'une autre manière. Accident, comme Maguy Vermorel, ou tout autre incident de la vie courante.

« C'est fou ce que police secours intervient », se dit-il en feuilletant les registres. Il pouvait parier, les yeux fermés, que chaque fois l'opérateur était Benoît Vilanders. Que le lendemain, il relançait ces femmes en inventant les nécessités d'une enquête, sélectionnait celles qui lui convenaient : les femmes seules. Maguy Vermorel avait peut-être été sauvée par son âge ou par son séjour chez sa sœur. Quand il recontactait ses victimes, Vilanders se faisait passer pour un flic...

— Bon Dieu, bondit Cabut. Le lieutenant Dranville !

Et Marion qui lui avait donné rendez-vous chez elle ! Fébrilement, il s'activa, appela le domicile de sa patronne, tomba sur le répondeur :

— Merde ! s'exclama-t-il au comble du désarroi.

Elle n'était pas encore arrivée ou elle n'avait pas désactivé l'appareil. Il la bipa, essaya la voiture. Sans succès. Finalement, il lui laissa un message et demanda au brigadier de lancer un appel radio. En urgence et toutes affaires cessantes.

48

Ben observa la rue, le regard aigu. Il était à son poste depuis vingt-cinq minutes et tout paraissait normal. Personne dans les voitures en stationnement des deux côtés de la rue, aucun passant à l'attitude suspecte. Quand il était arrivé, une camionnette était garée devant l'immeuble voisin de celui de Marion. Ben avait pu en distinguer l'intérieur vide et d'ailleurs elle était partie quelques minutes après. Pas de faux balayeurs, pas de zonard effondré dans un coin, pas de prostituée sans clients. La rue était une artère modeste et calme, dépourvue de commerces. Seule la brasserie des Négociants, à cent mètres, drainait quelques mouvements et la pluie semblait dissuader les riverains de toute sortie.

Ben avait inspecté l'immeuble de fond en comble. Une maison vétuste avec un escalier de bois grinçant au charme désuet. À travers les portes, Ben avait perçu le son de quelques télés et des cris d'enfants en train de jouer en se chamaillant. La porte de Marion était peinte en bleu, ne comportait qu'une serrure classique et pas de judas.

Puis il vit arriver la Renault de Marion. Le capitaine beau mec, toujours mal rasé et affublé de lunettes de soleil, était au volant. Marion descendit, vêtue comme d'habitude d'un jean et de son perfecto noir. Ben essaya de deviner si elle portait une arme dessous. C'était probable, il faudrait qu'il y pense là-haut. Elle claqua la portière et s'avança dans la rue d'un pas nerveux. Elle jeta un regard insistant autour d'elle mais elle ne pouvait pas voir Ben, dissimulé dans le renfoncement d'une entrée voisine. La Renault démarra et disparut au coin de la rue.

19 h 45. Ben attendrait qu'il soit l'heure pour monter. Ben arrivait toujours à l'heure pile.

Marion grimpa l'escalier sans hâte, observant chaque recoin comme si elle pensait en voir surgir quelque diable mal intentionné. Elle ouvrit sa porte tout aussi lentement et pénétra dans son studio. Dans la pénombre, elle ressentit une angoisse soudaine et injustifiée. Elle se rabroua : la porte était fermée normalement, il ne pouvait rien arriver. Pourtant la petite voix obstinée lui soufflait que Benjamin avait conservé un jeu de clefs... Comme quand elle était enfant et qu'elle ne pouvait s'endormir sans avoir exploré sa chambre avec une anxiété maladive, elle alluma toutes les lampes et examina toutes les cachettes possibles. Étant donné la taille du logement, elle en eut vite fait le tour. Elle se reprocha cet excès de crainte.

« Pauvre Benjamin, murmura-t-elle, je n'ai décidément plus confiance en toi. »

Elle se rendit dans la salle de bains, se lava les mains et le visage, recoiffa ses cheveux ébouriffés. Puis elle enleva son blouson et se débarrassa de son holster. Elle chercha des yeux un endroit pour poser son arme, à portée de main. Elle n'en trouva pas de satisfaisant et décida de la glisser dans sa ceinture en faisant blouser son pull par-dessus. Elle toucha au passage le biper que lui avait confié le responsable des transmissions. En cas de danger, elle n'avait qu'à pousser un bouton et Lavot recevrait le signal sur le même appareil. Ce truc était censé la rassurer. Mais Marion se méfiait. Trop de technique peut se révéler pire que pas de technique du tout.

Elle regarda autour d'elle. Son studio était toujours aussi désordonné et le lit défait. Machinalement, elle se mit à ranger quelques vêtements épars. Ces gestes simples lui permirent de se calmer. Sous un fauteuil, elle retrouva le carton contenant les photos des victimes du tueur. Elle les regarda rapidement, les mit à l'abri avant de s'apercevoir que le voyant rouge du répondeur clignotait.

— Patron, c'est Cabut... Vous êtes là ?

Un silence. La voix était tendue, entre l'excitation et l'angoisse.

— Bon, vous n'êtes pas là ! Je voulais vous dire... J'ai trouvé, enfin je crois, des choses importantes. Il y a un Benoît Vilanders qui travaille au commissariat central, à la salle de commandement. Il est opérateur radio. Ancien militaire. De la Légion étrangère... Comme quoi vous aviez raison et le toubib aussi...

Un nouveau silence, ponctué de communications radio hachées. Cabut reprit, désolé :

— Il correspond au signalement de Bellechasse. Et ce n'est pas tout. Je pense qu'il a à voir avec le lieutenant Dranville. C'est sûrement le même homme. J'aimerais vous en parler avant que vous... avant votre rendez-vous, quoi ! Vous pouvez me rappeler, je suis au central ! Faites attention, patron !

Pétrifiée, Marion entendit à peine le déclic de la fin du message. Le voile se déchirait. Enfin. Elle sursauta : la sonnette de la porte retentissait à un mètre d'elle. Elle n'avait plus le temps de faire quoi que ce soit. Dranville, Vilanders, Bellechasse ou les trois en un, était à l'heure. Le cœur battant, elle ouvrit la porte.

Lavot attendit le temps indiqué par Marion. Puis il ferma la voiture et marcha, tâtant au fond de sa poche la clef qu'elle lui avait confiée.

— Pour une fois, vous avez le droit d'écouter à la porte ! avait-elle dit.

Pas plus rassurée que ça, aurait juré le capitaine, mais crâneuse, comme d'habitude. Il tourna avec précaution le coin de la rue et se posta de manière à avoir l'entrée de l'immeuble en ligne de mire. Il était obligé de se tenir loin mais la rue était dégagée. Il lui sembla percevoir un mouvement devant la porte de la construction voisine et il craignit que ce ne fût Cabut.

« Pourvu qu'il se pointe pas trop tôt, ce gland ! » songea-t-il en rajustant ses Ray-Ban. Quand son collègue l'avait contacté pour lui faire part de ses craintes, il n'avait pas hésité :

— Rapplique, Cabichou ! On sera pas trop de deux pour la surveiller !

Malgré la sérénité du lieu, la rue lui sembla hostile, comme habitée par un esprit malfaisant. La pluie avait cessé, le jour déclinait, bientôt on n'y verrait plus très clair. Cabut voulait amener des renforts. Lavot avait refusé, sûr que cela agacerait Marion, mais à présent il se demandait s'il n'avait pas eu tort. Un nouveau mouvement l'alerta, quelqu'un bougeait dans son champ de vision. Il regarda sa montre : 19 h 58. Il vit la haute silhouette traverser la rue et s'engager d'un pas rapide et souple dans le hall de l'immeuble. Une silhouette qu'il reconnaissait et avec laquelle il avait un vieux contentieux. L'humiliation subie chez Marthe Vilanders, il n'était pas près de l'oublier. L'autre allait lui payer ça, avec arriérés et intérêts. Le capitaine se força à attendre un peu, des fois que l'autre mariole reviendrait sur ses pas. Puis il s'avança à son tour, de sa démarche nonchalante.

Effectivement, Ben fit ce que Lavot avait supposé qu'il ferait. Il s'arrêta dans le hall vieillot où un antique miroir lui renvoya son image. Il revint sur ses pas sans faire plus de bruit que s'il avait porté des chaussons, sortit vivement la tête, regarda des deux côtés de la rue. Rassuré, il attaqua son ascension avec prudence. À 20 heures précises, il sonna à la porte de Marion.

La commissaire ouvrit, plus troublée qu'elle ne l'aurait voulu. Ses mains tremblaient légèrement et elle se sentait envahie d'une étrange sensation de chaleur. Elle observa avec curiosité et appréhension l'homme qui se tenait devant elle, dans la pénombre du palier. Elle avait vu cent fois Benjamin s'encadrer dans cette porte. Le haut de son crâne touchait presque le haut du chambranle, comme celui de son visiteur.

— Bonsoir, prononça l'homme d'une voix douce qui la fit chavirer.

Benjamin disait toujours cela quand il arrivait, même le matin ou au milieu de la journée. Un tic de langage canadien.

— Je suis le lieutenant Dranville, insista l'homme alors qu'elle ne se décidait pas à l'inviter à entrer.

La voix de Benjamin. L'accent du Québec en moins. Elle essaya de deviner derrière l'homme la présence de Lavot mais n'eut que le sentiment angoissant de sa solitude.

— Entrez, proposa-t-elle à contrecœur.

L'homme envahit l'entrée, un sac à dos accroché par une bretelle à l'épaule. En pleine lumière, il paraissait tout aussi immense. Marion le détailla du coin de l'œil en l'invitant à la précéder dans le studio. Elle vit le bonnet de laine fine et sombre enfoncé jusqu'aux yeux, les lunettes d'écaille à verres teintés qui estompaient le regard. Elle distinguait mal l'expression des yeux mi-clos enfouis derrière des cils fournis, mais elle la soupçonnait glaciale. Une grosse moustache châtain barrait le bas du visage, envahissant la lèvre supérieure.

Dranville portait un Barbour ou une imitation. Comme Benjamin.

Le bas de son pantalon de toile kaki disparaissait dans des rangers de cuir noir. Des rangers ! Benjamin n'avait jamais porté ce genre de chaussures. Enfin, l'homme arborait des gants, de cuir noir également. Ce déguisement sembla familier à Marion. L'image lui vint d'un rapace guettant sa proie. L'homme ne regardait pas autour de lui mais elle savait qu'il avait saisi les moindres détails de son environnement. La sensation de le connaître et celle de se trouver en face d'un redoutable ennemi se mêlaient intimement.

Dranville s'arrêta pour laisser passer Marion. Galant et poli. Elle eut l'intuition aiguë qu'il faisait quelque chose dans son dos mais, quand elle se retourna, elle le vit derrière elle, calme et souriant. Elle l'invita à s'asseoir, il refusa. Ils restèrent ainsi, face à face, se mesurant du regard. Lui colosse athlétique, elle minuscule à côté, tous deux tendus à l'extrême. Marion attaqua :

— Ainsi, vous connaissiez Joual ?

Dranville élargit son sourire, découvrant des dents bien rangées – comme celles de Benjamin – en laissant glisser la bretelle de son sac sur son bras.

— Oui, j'ai travaillé avec lui à Paris.

— Dans quel service ?

— BSP.

Il parlait d'une voix brève, contenue.

— À quelle époque ?

— 85-87.

— Il buvait déjà ?

Marion avait lancé sa question sans préavis. Désarçonner l'adversaire, une tactique d'interrogatoire que l'on apprenait à l'école... Elle vit Dranville hésiter.

— Je ne crois pas, non, répondit-il, enfin... pas plus que les autres.

Une contraction du visage de l'homme indiqua à Marion qu'elle avait fait mouche. Il avait répondu au hasard et elle sentit à quel point ce constat le contrariait. Marion avait relu l'essentiel du dossier de Joual. Il avait bien fait un court passage à la Brigade des stupéfiants et du proxénétisme mais pas à ce moment-là et il en avait été viré pour intempérance. Sa première cure était, elle aussi, antérieure à cet épisode... Marion ressentit sur les mains des picotements désagréables et se demanda si elle devait continuer, appuyer sur le bip ou se précipiter à la porte pour appeler à la rescousse. Elle s'obstina pourtant :

— Où travaillez-vous ?

L'homme feignit la surprise :

— Mais au 36, la BSP a toujours été au 36 quai des Orfèvres...

Il ajouta, un reproche dans la voix :

— Je suis venu pour vous donner des informations sur la mort de Joual.

« Bon, se dit Marion, t'es contente de toi ? Ce type n'a jamais travaillé à Paris ni même dans la police et tu le sais depuis le début... »

Ben dissimulait mal des tressaillements de contrariété. Marion était là, à portée de main, magnifique. Elle devait se soumettre à lui. Au lieu de cela, elle le provoquait. Elle lui tendait piège sur piège et lui, Ben, ne cessait de tomber dedans.

« Ne te laisse pas faire ! le lancina Cora. Allez, Ben, grouille-toi sinon tu vas te faire avoir. Si ça se trouve, l'immeuble est cerné ! »

Il sursauta, un frisson bref et violent le secoua de la tête aux pieds. Il fixa Marion d'un regard aigu qui signifiait que le moment était venu.

L'attitude de Dranville avait changé. Il avait perdu sa placidité polie. Marion le sentit se ramasser sur lui-même, alors qu'elle cherchait désespérément à savoir s'il s'agissait bien de Benjamin. Ses capteurs intimes lui disaient que ce n'était pas lui mais il y avait tant de similitudes ! Il fit un pas en avant. Marion croisa les bras, prête à presser le bouton du bip. Mais Dranville se contenta de déposer son sac par terre d'un air parfaitement naturel.

— Joual a eu une fin tragique, dit-il la voix rauque, d'autres aussi avant lui. C'est la vie.

Il ajouta plus bas, pour lui-même :

— Il ne faut pas toucher à Cora.

Il entendit ses propres paroles mais ne sut pas qui avait parlé. Cora ou Marion. Il s'écria :

— Ne touchez pas à Cora ! Elle est à moi !

Le cœur de Marion s'emballa. Cora ! le prénom qui revenait sans cesse dans le volume *des Fleurs du mal*. Elle énonça doucement :

— Vous êtes Ben, n'est-ce pas ? Vous ne voulez pas tout me dire, pour en finir ?

Il ricana :

— En finir ! Bonne idée, commissaire !

Tous deux se figèrent : le téléphone sonnait.

— Répondez, commissaire ! intima Ben. Mais attention, ne parlez pas de Cora, ne dites pas que Cora est là, sinon...

Il pointa le doigt vers sa ceinture d'où dépassait la crosse du revolver de Georges.

« Mon Dieu, songea Marion en s'avançant vers le téléphone, pourquoi j'ai fait ça ? Pourquoi j'ai laissé entrer ce fou chez moi ? »

Surtout, ne pas lui tourner le dos mais le garder dans son champ de vision, les yeux rivés aux siens. Essayer, le plus naturellement du monde, de sortir son arme. En espérant que son petit Smith 2 pouces serait plus rapide et plus efficace que le gros .357 Magnum...

Elle pensa à Lavot. S'il était sur le palier, il devrait l'entendre... Elle se trouvait à présent tout près de la porte. Son cœur bondit dans sa poitrine : le verrou intérieur était fermé ! Voilà ce que le cinglé avait trafiqué dans son dos ! Lavot ne pourrait pas ouvrir la porte. Sortir. Sans attendre. Mais elle repéra Dranville, tout près, la main sur la crosse de son revolver. Elle perçut l'odeur de la peur à travers la sueur qui inondait son propre corps. C'est pourtant d'une voix ferme qu'elle répondit au téléphone.

— Ah, patron, dit Talon, je désespérais de vous parler un jour...

— Salut, tu vas bien ?

Talon marqua un temps, interloqué. Jamais Marion ne le tutoyait, ni lui ni personne du groupe. Il poursuivit pourtant :

— Je rentre de Nantes. Ce que j'ai découvert là-bas éclaire pas mal de choses. D'abord, rassurez-vous, votre Benjamin est bien né à Nantes. Il s'appelait alors Vilanders et pas Bellechasse...

— Non, pas ce soir, je ne suis pas libre, répondit-elle tandis que les murs vacillaient autour d'elle.

— Quelque chose ne va pas, patron ? demanda Talon de plus en plus perplexe, je peux vous rappeler plus tard...

— Non, ça va très bien, je n'ai pas envie de sortir, c'est tout.

Dranville s'était interposé entre la porte et Marion qu'il observait avec acuité. La voix de Talon reprit :

— Le père de Benjamin Vilanders s'est tiré une balle dans la tête devant sa famille réunie, sa femme et ses trois enfants – Benjamin et Benoît, des jumeaux, et Corinne, leur sœur aînée. La mère n'a pas supporté le choc, elle a abandonné les mômes pour s'enfermer dans un couvent. Benjamin a été emmené tout de suite au Canada par Marthe, la sœur de Jean-Baptiste Vilanders, qui était mariée là-bas et l'a adopté. Vous voulez des détails, patron ?

— Fous-moi la paix, je ne veux plus te voir, glapit Marion, d'ailleurs je suis avec un homme...

Lequel avança d'un pas, menaçant. Il lui arracha le combiné des mains, raccrocha. Elle chancela, au bord de la nausée. Pourvu que Talon ait compris. Pourvu que Lavot ait entendu derrière la porte. Elle chercha par quel moyen elle pourrait actionner ce maudit bip sans attirer l'attention du fou qui ne la lâchait pas. Des jumeaux ! Lequel des deux Marion avait-elle en face d'elle à présent ? Benjamin ou Benoît ? Ben...

— Vous avez tout compris, n'est-ce pas ? dit Ben d'une voix douce. Il faut en finir. Cora a besoin de vous, jolie commissaire. Elle va se régaler, Cora, elle aime tellement le plaisir...

Marion tenta de se jeter sur la porte, pressa à l'aveugle le bouton du bip, sentit le contact tiède du canon de son revolver contre son ventre. Une seule idée en tête : sortir de là. Vite.

Ben la devança. Il occupait tout l'espace. Il leva le bras sans se presser et le détendit presque par mégarde. Son poing cueillit Marion à la tempe. C'est avec une immense joie et un profond soulagement qu'il la reçut dans ses bras.

— Elle a pas bipé ! chuchota Lavot.

— Je te dis que ça tourne pas rond, là-dedans ! souffla Talon avec difficulté.

Il venait d'arriver, hors d'haleine, les cheveux décoiffés et les lunettes en bataille.

— Qu'est-ce qu'on fait ? demanda Cabut, anxieux. Moi je serais d'avis d'appeler des renforts.

— On n'a plus le temps, elle est en danger, il faut entrer.

— Mais je les entends discuter ! Je l'ai entendue répondre au téléphone ! protesta Lavot.

— C'est à moi qu'elle parlait ! Elle m'a tenu des propos incohérents, elle me tutoyait !

Ils s'appuyèrent contre le mur de part et d'autre de la porte, tandis que le capitaine y collait son oreille. Il capta la voix de l'homme qui marmonnait des mots incompréhensibles.

— Ma parole, il lui raconte sa vie, elle a même pas le temps d'en placer une...

À cet instant, Lavot entendit du bruit derrière lui. Il se redressa lentement, aperçut l'air hagard de ses collègues et suivit leurs regards. Benjamin Bellechasse se tenait en haut de l'escalier, les mains dans les poches de son Barbour, le visage fatigué mais serein.

— Vous écoutez aux portes maintenant ? dit-il avec une ébauche de sourire.

Il n'avait pas de sympathie affichée pour la corporation policière avec laquelle il n'entretenait que des rapports forcés à cause de sa relation avec Marion. Lavot le fixa, stupide :

— Mais qui est à l'intérieur avec elle ?

Le visage de Benjamin changea de couleur. Il s'avança résolument :

— Il faut ouvrir cette porte tout de suite.

Comme pour appuyer ses dires, le premier gémissement de Marion leur parvint.

Ben s'agenouilla au-dessus de la commissaire ligotée et bâillonnée. Il avait été contrarié car elle avait un lit sans montant et il avait dû se contenter de lui lier les poignets ensemble sans pouvoir lui écarter les bras. Ça ne le gênait pas encore mais tout à l'heure, quand Cora arriverait, il devrait trouver une solution. Par précaution, il lui avait placé sur la bouche un gros morceau de sparadrap, et bien lui en avait pris car elle avait récupéré très vite. Elle avait les yeux ouverts et ne bronchait pas. Ben n'était pas opposé à ce qu'elle voie ce qu'il lui faisait. Mais à la première alerte, il devrait l'assommer une nouvelle fois. Il avait installé sa caméra au pied du lit, légèrement de biais pour ne rien perdre du spectacle. Il était à moitié dénudé, son sac ouvert à portée de main. Il chuchota à l'oreille de Marion :

— Vous allez être bien sage, Edwige. Je vais aller chercher Cora et elle va jouir de votre joli corps.

Le corps de Marion se révulsa. Elle était toujours habillée mais le fou avait déjà plusieurs fois joué de son cutter pour entailler son jean en divers endroits, sans toutefois la blesser. Il avait découvert le bip et le revolver et les avait posés sur la table, pile sur les photos de ses précédentes victimes. Le spectacle de ses propres crimes l'avait laissé indifférent.

Marion avait noté qu'il ne prenait pas de précautions, s'activant à mains nues, au mépris des règles élémentaires qu'il avait observées jusqu'ici. Vu de près, l'homme qu'elle avait en face d'elle n'était pas le Benjamin qu'elle connaissait. Celui-là était affublé de faux cils, dépourvu de sourcils. Débarrassé de son bonnet et de sa fausse moustache, il ressemblait à une grenouille tant sa peau était lisse et froide. Mais il avait tout de Benjamin, les traits, la stature, jusqu'à la corpulence qu'elle détaillait tandis qu'il se dévêtait. Des jumeaux.

Ben avait disparu dans la salle de bains. Marion se tortilla pour soulager ses pieds et ses mains entravés par des menottes qui lui faisaient horriblement mal. Avec la conviction que si ses gars ne se pressaient pas d'intervenir, elle allait y passer. Ben allait la sacrifier à cette Cora dont il parlait sans cesse et dont elle ne voyait pas encore très bien qui elle pouvait être.

« Mais qu'est-ce qu'ils foutent ? » s'insurgea-t-elle en silence.

La porte de la salle de bains s'ouvrit sur une apparition cauchemardesque. Une femme immense en équilibre instable sur des talons hauts, des bas noirs moulant ses longues jambes jusqu'à une bande de tissu rouge qui parvenait mal à dissimuler un appareil génital masculin. Le haut du corps était resté nu, caressé par les longues mèches blondes d'une perruque synthétique. Le visage maquillé était presque beau, malgré une couche grotesque de rouge à lèvres mal posé.

La créature contempla Marion avec gourmandise. Elle avait enfilé des gants en plastique souple et tenait dans la main droite un objet qui scintilla quand elle étendit le bras pour mettre la caméra en route. La gorge nouée, Marion vit le cutter aiguisé comme un rasoir, et se remémora en un éclair les corps des femmes suppliciées. Elle voulut crier sous son bâillon, mais ne parvint qu'à émettre un son dont la force désespérée retentit douloureusement dans sa tête en lui brûlant la gorge. Le regard de la créature noircit sous l'effet de la colère. Son bras se détendit pour frapper de nouveau. Marion s'enfonça dans une eau trouble et tiède.

Lavot glissa dans la serrure la clef que lui avait donnée Marion, la fit tourner sans bruit vers la gauche. La porte n'avait pas de poignée, un quart de tour devait libérer le pêne, c'est ce que lui avait expliqué la patronne. L'officier donna le quart de tour, poussa le battant. Sans résultat.

Il jura :

— Merde, y a un lézard. Pas moyen d'ouvrir.

Talon essaya à son tour, sans plus de succès.

— Il y a un verrou intérieur, dit Benjamin.

— Oh ! Seigneur ! gémit Cabut. Comment on va faire ?

— Arrête de nous les briser, le rabroua Lavot. Il faut enfoncer la porte, on n'a pas le temps d'appeler SOS dépannage.

Il se tourna vers Bellechasse :

— Il est gros, le verrou ?

— Non, c'est un vieux truc. Écartez-vous !

Ben perçut les coups contre la porte alors que Cora finissait de mettre Marion à nu. Le corps de la jeune femme inconsciente apparaissait entre les lambeaux de ses vêtements déchiquetés par le cutter. Un corps harmonieux, lisse et musclé, sans la moindre petite cicatrice, hélas !

Il se redressa, les sens en alerte, le sang bouillant dans les artères. Les coups redoublèrent, assourdissants comme le tonnerre. Ben posa son cutter et chercha son sac des yeux. Avant de se changer, il y avait rangé le Manurhin de Georges. Celui qu'il lui avait volé un jour puisque, en tant que vacataire, il n'avait pas droit au port d'arme... Lui, le meilleur tireur de la Légion ! Il se saisit du revolver, vérifia que le barillet était bien chargé, s'installa jambes écartées en position de tir. Il prit conscience que Cora lui parlait mais il ne pouvait comprendre un traître mot de ce qu'elle disait.

La douleur fulgurante le faucha en même temps que cédait le verrou. Il se plia en deux, tentant de viser les assaillants. Mais la douleur montait comme une lame de fond, elle lui brouillait la vue, le submergeait. Le premier impact lui fracassa la main, le deuxième le frappa en pleine poitrine, le troisième se logea dans son cou. Il tomba à la renverse, sa tête heurta un objet dur et il perdit à moitié conscience. Il vit, comme dans un rêve, une haute silhouette se pencher sur lui et ce fut comme s'il voyait sa propre image.

Il voulait parler, dire à Benjamin qu'il le connaissait, prononcer son nom. Benjamin... petit frère, comme tu m'as manqué ! C'est moi, Benoît, ne me quitte pas, reste avec moi. Ne me repousse pas, ne fais pas comme les autres...

Dire son nom malgré le sang qui emplissait sa bouche, qui l'étouffait comme le chagrin soudain et le grand froid qui submergeait son corps.

Mais ce fut le nom de Cora qu'il prononça en expirant. Cora dont la main fraîche se posa un instant sur son front pour faire cesser la douleur et lui apporter la paix.

Lavot fixait son arme, incrédule. Il avait tiré ! Appuyé sur la queue de détente, trois fois, pour tuer cette créature qui menaçait Marion. Pas question, cette fois, de se faire avoir. Chamboulé, il se laissa aller contre l'épaule de Cabut qui tremblait encore, tandis que Talon, pratique et maître de lui, appelait des renforts.

Marion reprit connaissance dans les bras de Benjamin qui l'avait libérée de ses liens en l'enveloppant dans un grand châle de cachemire, avec d'infinies précautions, comme s'il manipulait un objet précieux. Elle ne prit pas tout de suite conscience de la situation mais quand elle vit le grand corps de la créature blonde allongée au pied du lit, la réalité la rattrapa brutalement. Elle s'offrit une petite crise de nerfs dont tous firent semblant de ne pas s'apercevoir.

49

Marion remontait lentement la grande allée de l'orphelinat de la police, la main dans celle de Benjamin. Les arbres majestueux du parc d'Osmoy bruissaient dans l'air de printemps qui annonçait doucement l'été. Silencieuse, elle s'abandonnait au bien-être de cette grande main qui, à chaque instant, serrait la sienne comme pour s'assurer de sa présence et de son existence. Benjamin avait tenu à l'accompagner à Osmoy, le village du Cher où vivaient les enfants des policiers morts en service et où les trois petits de Joual avaient été recueillis, faute de pouvoir rester auprès de leur grand-mère malade. Marion admettait mal leur sort et, si les deux aînés paraissaient s'en accommoder tant bien que mal, la petite blonde fragile traînait dans le regard une tristesse qui faisait peine à voir. Elle se nourrissait peu, dormait mal. Elle avait mis du temps à admettre l'horreur de sa situation, avant que la réalité ne lui tombe dessus, avec une violence sans nuance.

Ils parvinrent à un plan d'eau où s'ébattaient quelques canards à la tête d'un vert profond et lustré. Benjamin les contempla, dit sans regarder Marion :

— Je pars demain...

— Je sais.

Il se tourna vers elle, les yeux brillants :

— Ma mère... enfin Marthe... tenait à être inhumée au Canada...

— Je sais.

Marthe Vilanders était morte trois jours plus tôt à l'hôpital, qu'elle n'avait plus quitté après son agression. Plus encore que la terrible maladie et les blessures infligées par Ben, elle avait mal vécu de s'être crue attaquée par son propre fils. Même adoptif, Benjamin était son enfant, son petit. Elle n'en avait jamais eu d'autres. Quand elle l'avait vu débarquer ce soir-là, prêt à l'égorger sans paraître se rappeler qui elle était, elle avait pensé que la maladie l'avait, lui aussi, rattrapé. Elle avait cru revoir son propre frère, Jean-Baptiste Vilanders, le père biologique de Benjamin, en proie à des crises de démence au cours desquelles il ne reconnaissait plus ses propres enfants. Marthe n'avait pas pu survivre à cela, cette fois, et, malgré sa force de caractère légendaire, son cœur avait fini par lâcher.

Grâce à Marthe, à Benjamin, à Talon, Cabut et Lavot qui, comme elle, voulaient comprendre, Marion avait réussi à démêler l'écheveau complexe de cette saga familiale placée sous le signe d'une malédiction qu'une sommité de la médecine s'était appropriée en lui donnant son nom : la maladie de Simon.

Grâce aussi au vieux livre usé, sorte de journal déboussolé d'un jeune homme qui l'était tout autant.

Jean-Baptiste Vilanders avait hérité du gène mutant comme Marthe, née quinze ans après lui et quelques années avant la mort de leur père dans un asile. Marthe avait vingt ans quand son frère, malade depuis plusieurs années, sombra de plus en plus souvent dans la démence. On le soignait pour plusieurs maladies qui n'étaient que des symptômes de celle qu'aucun médecin ne semblait capable de diagnostiquer. Pas plus qu'ils ne comprenaient ces crises qui le poussaient sur les routes pour de longues fugues. Il abandonnait alors les siens, commettait des actes insensés dont il oubliait tout, sitôt la crise passée. Par un médecin un peu plus curieux ou mieux informé, il avait appris qu'il pouvait être porteur d'une maladie dont sans doute avaient hérité ses enfants ou qu'en tout cas ils transmettraient, d'une façon ou d'une autre, à leur descendance.

Un soir de décembre, peu avant Noël, il avait réuni sa famille pour lui expliquer ce terrible héritage. Les enfants étaient jeunes, ils ne comprenaient pas ce que leur père disait. Tout ce que Jean-Baptiste aimait était là devant lui. Ses enfants, si jeunes et si beaux, et sa femme, en pleurs, qui priait. Jean-Baptiste Vilanders n'avait pu supporter l'idée de les faire souffrir davantage et était allé chercher une arme pour les tuer et éradiquer définitivement la malédiction. Au dernier moment, il avait eu un sursaut de bon sens et avait retourné l'arme contre lui.

Benjamin et Benoît, les jumeaux, avaient cinq ans, Corinne sept ans. Leur mère n'avait pas supporté le choc. Déjà portée au mysticisme, elle y avait sombré tout à fait pour s'enfermer dans un couvent, sans un regret pour ses enfants qu'elle abandonnait. Benjamin fut emmené au Canada par sa tante, Marthe, qui venait d'y épouser un gros négociant en bois, beaucoup plus âgé qu'elle. Marthe avait voué à l'enfant un amour exclusif et obtenu l'autorisation de l'adopter. Il avait connu une évolution harmonieuse, dans une ambiance aisée. Curieusement, les souvenirs de l'enfant s'étaient bloqués au jour de la mort du père. Comme s'il n'avait pas eu de petite enfance, ni de frère ni de sœur. D'ailleurs, il n'en parlait jamais et Marthe se gardait bien d'y faire allusion. Elle avait éduqué Benjamin dans l'idée qu'il était un enfant unique, le sien.

Corinne avait été placée dans une famille de braves gens très frustes. Après une adolescence tourmentée, cette jolie fille se fit vite remarquer par son grand appétit des hommes, ce qui, dans un premier temps, l'avait obligée à quitter sa famille d'accueil où les femmes n'appréciaient guère sa trop grande disponibilité. Elle avait rejoint la DDASS et ses foyers impersonnels, erré de fugue en débauche, comme pour se punir d'un péché qu'elle n'avait pas commis. Elle avait dix-huit ans quand sa mère, prise d'un improbable remords maternel, avait voulu revoir ses enfants. Corinne ignorait alors tout du sort de cette femme qu'elle avait quasiment effacée de sa mémoire. Elle avait accepté la rencontre par curiosité et c'est auprès de cette quasi inconnue, religieuse desséchée, qu'elle fut mise en présence de Benoît. Elle se souvenait vaguement de ses frères, ils lui avaient un peu manqué, au début. Sa mère lui avait appris que l'autre jumeau, Benjamin, avait été emmené au Canada où il était mort. En réalité, Marthe s'était opposée farouchement à la demande de sa belle-sœur religieuse qu'elle estimait déplacée et propice à bouleverser des adolescents qui menaient leurs vies et s'étaient mutuellement oubliés. En inventant la mort de Benjamin, elle le mettait à l'abri de tourments inutiles. Elle ne savait pas alors à quel point elle avait raison.

Benoît, beau jeune homme tourmenté, était tombé fou amoureux de sa sœur. Il avait oublié la petite fille qu'elle était pour retrouver une femme, belle et attirante, sauvage et rebelle. En revanche, il n'avait éprouvé que répulsion pour sa mère. Il venait de passer dix ans dans un institut catholique et ne pouvait plus supporter la vue des religieuses.

Corinne, troublée par ce garçon qui n'était son frère que sur le papier, se laissa submerger par la passion qu'elle lui inspirait. Leur fugue romantique dura plusieurs mois. Ils furent repris, séparés, se retrouvèrent pour de longues cavales passionnées. Vols, agressions, mendicité, tout était bon pour les faire vivre. Corinne devint Cora. Benoît devint Ben. Ils nourrissaient une ferveur commune pour Baudelaire. Une passion aussi torride, obsessionnelle et morbide que l'aventure qu'ils vivaient ensemble.

Le vieux livre témoignait de leurs amours inter-
dites. Cora ayant subi plusieurs opérations après
un accident, Ben s'extasiait devant ses longues
cicatrices sinueuses. Il racontait comment il en
dessinait amoureusement les contours sur le corps
de sa sœur. Au pinceau. À la peinture rouge ou
avec son propre sang. Cora aimait le plaisir charnel au-delà de tout. Elle en réclamait toujours
plus, Ben en rendait compte de son écriture fine
et nerveuse. Certaines pages indiquaient le désarroi croissant du garçon devant certaines exigences
de Cora : elle demandait à être attachée, ou c'était
lui qui devait se soumettre à des jeux pervers. Elle
semblait exiger toujours plus de raffinement pour
parvenir à la jouissance. Ben devait écrire, sur son
corps, des mots toujours plus compliqués, comme
HEAUTONTIMOROUMENOS... Le bourreau de
soi-même.

Un jour, elle lui avait demandé de suivre les
lettres tracées au crayon rouge de la pointe d'un
couteau. Ben s'était exécuté, arrachant ici et là
quelques gouttes de sang au corps aimé dont les
hurlements extasiés provoquaient chez lui une
extraordinaire jouissance. Le temps passe vite à
s'aimer. Si aimer était toujours vrai pour Ben,
pour Cora, torturer serait plus juste. Ben perdait
pied, il avait peur de ne plus lui suffire. Affolé à
l'idée qu'elle puisse le quitter, il avait noté dans
le livre, en marge du bourreau de soi-même, que
Cora était venue avec un autre homme, qu'elle
« l'avait fait devant lui ». Heureusement, l'homme
était parti. « Il ne reviendra plus », avait écrit

Ben... La sentence était claire et c'était sans doute là le premier meurtre du jeune homme.

Un beau jour, ils avaient disparu, tous les deux. Corinne Vilanders n'était jamais plus réapparue nulle part. Quelques mois plus tard, Benoît avait ressurgi, dans la peau d'un légionnaire. Un bon soldat, un peu tête brûlée mais efficace, soigneux et courageux. La maladie de Simon l'avait chassé de l'armée au bout de douze années au cours desquelles jamais il n'avait touché une femme. Ses rêves semblaient habités par la seule et unique passion de sa vie : Cora. Quand le médecin de l'armée l'avait adressé au professeur Maxime Simon, Benoît avait déjà gravi la plus haute marche de son calvaire. De son enfance, il avait conservé des traces indélébiles. La mort de son père, sa rencontre incestueuse avec sa sœur avaient favorisé une psychopathie sans retour que la maladie exacerbait. Il s'était installé à Lyon, où le professeur Simon officiait, et avait obtenu un poste d'opérateur radio dans la police qui recrutait des techniciens, anciens militaires de préférence.

C'est à ce moment-là qu'il avait commencé à tuer des femmes. À la grande satisfaction du professeur Simon, Marion était revenue le voir plusieurs fois pour évoquer Ben et sa maladie. Maxime Simon avait admis que Benoît était la proie de délires obsessionnels dans lesquels Cora jouait le rôle principal. Sa personnalité se dédoublait sous l'effet de chocs émotionnels – comme la douleur ou la colère – et son impuissance sexuelle, amplifiée par l'évolution de la maladie, le conduisait à rechercher un assouvissement autrement que par l'acte sexuel qu'il ne pouvait plus accomplir. Cora était devenue l'instrument de son plaisir et c'était là une juste revanche après ce qu'elle-même avait fini par exiger de lui pour se satisfaire.

Marion avait consigné toutes les particularités de cette affaire dans un rapport qu'elle remettrait bientôt au juge chargé de l'instruction du dossier. Elle y avait adjoint un rapport complet du professeur Simon qui expliquait en détail pourquoi et comment la maladie dégénérative qui portait son nom avait attiré Benoît Vilanders dans une spirale meurtrière. Mais elle avait beau faire, elle n'arrivait pas à y croire complètement. La maladie n'était qu'une partie d'un puzzle tragique dont les pièces maîtresses avaient pour noms abandon, manque d'amour, détresse, désespoir. Le volumineux document ne faisait que peu allusion, sinon pour des éléments strictement liés à l'enquête, à l'autre jumeau, Benjamin. Par pudeur ou par respect pour l'homme qu'elle aimait, Marion s'était abstenue de décortiquer sa vie. Lui-même avait gardé le silence mais, à présent qu'il allait partir, Marion voulait savoir.

Elle l'examina alors qu'il se trouvait légèrement en retrait. Les mains dans les poches, il observait les canards, avec dans le regard une petite lueur plus nostalgique que triste. Le vent léger décoiffait ses boucles brunes qui avaient retrouvé une longueur plus familière et gagné quelques cheveux blancs épars.

— Benjamin ?

Marion avait parlé avec mesure comme si elle craignait de l'éveiller. Il se retourna à demi, les yeux toujours fixés sur l'eau.

— Benjamin... Je me pose plusieurs questions et avant que tu partes... Enfin, je pense que tu peux me dire...

Benjamin esquissa un sourire attendri :

— Ma période militaire, c'est ça ?

— Pas seulement ! se récria Marion. Tout le reste aussi. Tes absences, tes silences, ta fuite. Ce grand chambardement que je sentais en toi, tes doutes quand tu as compris que je te soupçonnais.

— Mets-toi à ma place ! objecta Benjamin. Il y avait de quoi être ébranlé.

Il lui fit face, solennel et grave :

— Tu as raison, Edwige, je n'ai guère envie de parler de tout cela. J'ai besoin de temps pour me remettre mais je pense que je te dois la vérité, « ma vérité »... Si tu l'acceptes...

Marion hocha la tête. Benjamin s'assit, adossé à un arbre au tronc imposant. Il attira Marion près de lui :

— Quand Marthe a décidé de venir en France pour consulter le professeur Simon, j'ignorais tout de sa maladie et de mes antécédents familiaux. Je ne me souvenais de rien, ni de mon père, ni de ma mère, ni de ma sœur, ni même de mon frère. Mon frère jumeau, tu te rends compte, mon double ! Pour un enfant de cinq ans, c'est insensé ! J'avais dû être sacrément choqué pour faire un tel blocage. J'étais heureux avec mes parents adoptifs, choyé, trop peut-être, par ma... par Marthe. À vingt ans, je suis parti vivre à New York. Je voulais être journaliste et Marthe souhaitait pour moi ce qu'il y avait de mieux. Je revenais régulièrement à Montréal mais je ne me rendais pas compte de ce qui se passait avec Marthe. Ma vie était facile, j'avais de l'argent, des petites amies. Ma mère ne m'avait jamais parlé de sa maladie mais je sentais que nos rapports avaient changé. Elle m'observait parfois avec acuité lorsqu'elle pensait que je ne m'en apercevais pas. Avec le recul, je sais ce qu'elle faisait : elle cherchait les signes du mal sur moi. Elle essayait de les déceler sans oser m'en parler. Elle s'ingéniait aussi à pourrir ma vie privée. J'ai failli me marier à deux reprises : chaque fois, mes fiancées ont pris peur. Peur de Marthe, de sa possessivité, de son autoritarisme. C'est en tout cas ce que je croyais. À présent, j'ai compris : j'ai le sentiment qu'elle les mettait en garde contre cette maladie dont elle me croyait atteint, la malédiction familiale. Je suis resté célibataire, près d'elle, ainsi qu'elle le voulait.

« Son état s'est progressivement dégradé. Un jour, sans préavis, elle a quitté son mari et demandé le divorce. Elle a annoncé qu'elle venait vivre en France et qu'elle ne changerait pas d'avis. J'étais abasourdi d'autant qu'elle me demandait de l'accompagner et que cela n'entrait pas du tout dans mes projets. Finalement j'ai accepté, que pouvais-je refuser à cette mère qui m'avait toujours donné tant d'amour ? Le jour de mon arrivée ici, je t'ai rencontrée. À cause de cela et malgré l'insistance de ma mère, j'ai refusé de m'installer chez elle, dans une maison bien trop grande, bien trop luxueuse. Je ne voulais pas qu'elle te connaisse, elle aurait été infernale et sans doute t'aurait-elle fait peur à toi aussi. *L'Écho* me proposait une place, modeste, mais qui me permettait de rester auprès de Marthe et, surtout, de toi.

Marion écoutait, fascinée par une histoire dont elle n'avait pas soupçonné le moindre mot.

— J'ai vécu un enchantement pendant quelques mois, grâce à toi. Je sais que tu t'es posé des questions : pourquoi je ne m'installais pas, pourquoi je vivais de façon précaire. C'était à cause d'elle, en partie. Elle avait trop l'habitude de se mêler de ma vie, je ne voulais plus qu'elle me tienne en laisse. Je voyais bien qu'elle était malade mais elle n'en disait rien, se contentant de m'interroger ici et là pour se rassurer. J'ai découvert un jour par hasard le nom du professeur Simon sur un bloc-notes de Marthe et je l'ai contacté. J'avoue que je n'ai pas été particulièrement inquiet après qu'il m'eut révélé les origines de la maladie. En réalité, à ce moment-là, je n'imaginais pas un instant que cette saleté pouvait m'avoir été transmise. Il m'a proposé des tests, mais sans insister, aussi ai-je décliné l'offre. Tu me rendais invincible, je crois...

Il pressa l'épaule de Marion et soupira.

— C'est alors que tout s'est détraqué. Quelques jours après cet entretien avec Simon, j'ai reçu une lettre, une lettre de France qui avait suivi un itinéraire compliqué, me poursuivant à New York, puis au Canada, pour me rattraper ici. Une lettre que j'aurais préféré ne jamais recevoir.

Benjamin se tut, plongé dans ses souvenirs. Il saisit la main de Marion, la serra presque convulsivement :

— Je sais ce que tu penses : pourquoi ne t'ai-je rien dit ? Tu as raison, j'ai été le dernier des imbéciles. Toi seule pouvais m'aider et je me suis tu. Et plus le temps passait, moins je pouvais te parler car je ne savais plus moi-même qui j'étais.

— Que disait la lettre ? demanda Marion doucement.

Benjamin frémit :

— Elle venait d'un notaire, maître Lebrun, de Nantes, qui gérait le patrimoine d'un couvent. Il m'annonçait la mort de ma mère. De ma mère ! Élise Vilanders, née Jeantet, décédée au Carmel de Petit-Castel sous le nom de sœur Marie-Élise. J'ai d'abord cru à une erreur mais le notaire a été formel, cette religieuse était bien ma mère. Ma génitrice si tu préfères... J'étais bouleversé, d'autant plus que Marthe, fatiguée par un nouveau traitement, refusait de m'expliquer quoi que ce soit. À défaut de Marthe, j'ai voulu interroger mon père adoptif, Albert Bellechasse. Je n'en ai rien tiré : la décision de Marthe de divorcer et sa maladie l'avaient profondément affecté et il n'avait plus toute sa tête. Il répétait sans cesse que Marthe avait fait son devoir, qu'elle s'était sacrifiée pour moi. J'ai pensé qu'il m'en voulait mais je ne savais pas de quoi. Je suis donc allé voir ce notaire. Sœur Marie-Élise était morte sans fortune et sans biens mais en laissant un étrange document auquel je n'ai pas compris grand-chose. Forcément, il ne m'était pas destiné !

— Comment cela ? Puisque le notaire te l'avait adressé !

— Le notaire, poursuivit Benjamin, l'avait adressé à M. Bellechasse, c'est vrai, mais sœur

Marie-Élise l'envoyait à son fils, B. Vilanders. En réalité à Benoît, le seul avec lequel elle avait eu des contacts après la tragédie familiale.

— Je ne comprends pas, gémit Marion, c'est une histoire de fous...

— J'étais comme toi, soupira Benjamin, je ne comprenais pas. Ce n'est qu'à la lumière des événements ultérieurs que j'ai compris. Pour ma mère biologique, Benjamin avait disparu. C'est le message qu'elle avait reçu de Marthe lorsqu'elle avait souhaité revoir ses enfants. Pour elle, j'étais décédé. Quelques mois avant sa mort, elle est tombée sur une série d'articles signés de moi, illustrés de photos. Elle a reconnu son fils. Pas moi, qu'elle croyait mort. L'autre, mon jumeau, Benoît.

— Et alors ?

— Dans le document que me remettait le notaire, elle évoquait des épisodes, des faits qui m'étaient étrangers. Elle s'étonnait que j'écrive dans les journaux sous un faux nom. Elle me parlait d'une Corinne dont je lui avais confessé le meurtre. De la Légion où je m'étais réfugié. C'était à la fois confus et précis. Elle me disait qu'à sa mort, j'aurais à répondre de mes actes, que Dieu se vengerait. J'étais éberlué. D'autant que le notaire m'apportait la preuve de ma véritable filiation mais sans m'éclairer sur le reste de la famille, dont, je suppose, il ne connaissait rien. Pour lui aussi j'étais Benoît.

« Devant mes questions, Marthe est restée murée dans le silence, elle était obsédée par sa maladie. J'ai décidé d'en avoir le cœur net et je suis parti tout seul sur les traces de ce Benoît dont ma mère biologique, Élise, dressait un portrait assez hallucinant. Quelque chose me retenait de te parler et je suis parti sans rien dire.

— La période militaire, souffla Marion.

Benjamin sourit tristement :

— Exactement ! C'est idiot mais je n'ai rien trouvé d'autre et l'existence de ce Benoît me troublait, comme si le prénom m'était familier, le personnage aussi faisait vibrer en moi des souvenirs lointains. Je voulais savoir. Je n'ai pas été déçu. Partout où je suis allé, les gens me reconnaissaient. L'institution religieuse où il a passé dix ans, la directrice, une certaine sœur Bernadette, horrible vieille bonne femme au regard pervers, le régiment de la Légion où il a servi. Partout on m'appelait Benoît. L'évocation de souvenirs auxquels j'étais étranger me faisait frémir. Ce Benoît semblait être un drôle de numéro.

— Et tu n'as pas soupçonné que « ce » Benoît pouvait être ton frère ?

Benjamin secoua ses boucles brunes :

— Pas un instant. Pour moi, j'étais fils unique. J'ai pensé que Benoît Vilanders était mon nom d'origine et que, adopté, j'avais été rebaptisé. Ce que je ne comprenais pas, en revanche, c'était que les gens que je rencontrais m'aient connu. Je me suis dit que j'avais dû vivre une autre vie ou que je me dédoublais. Je t'assure, c'était hallucinant. Quand je suis rentré, très perturbé, Marthe m'a ri au nez. Elle prétendait que mon imagination était seule en cause. À ce moment-là, Benoît avait commencé à tuer ces femmes et tu t'es mise à avoir des doutes à mon sujet. Comme pour aggraver encore les choses, ma mémoire de petit enfant s'est remise en route. J'avais des flashs par moments, c'était atroce. Des images que j'avais enfouies remontaient à la surface. En même temps, tu m'assurais qu'on m'avait vu avec ces femmes. J'ai été pris de panique.

— Marthe aurait pu t'aider, s'insurgea Marion.

— Elle ne pouvait pas, je crois, répondit doucement Benjamin. Elle savait ce que cette foutue maladie entraînait, la folie, le meurtre. Elle avait peur pour moi et elle se voilait la face.

— Quand même...

— N'oublie pas qu'elle était malade. Ses réactions commençaient à ne plus être très appropriées.

— Quand as-tu su, alors ?

Benjamin se mordit la lèvre inférieure :

— J'ai rappelé le professeur Simon et lui ai fait part de mes craintes. Je croyais vraiment être devenu une sorte d'énergumène complètement dédoublé. L'homme que tu connaissais le jour, un tueur psychopathe le vendredi soir...

Il s'interrompit, fronça les sourcils :

— Au fait, pourquoi le vendredi ? Je n'ai pas compris cette manie...

— Personne n'a vraiment compris, répondit Marion avec une grimace. La seule raison que l'on puisse avancer est l'extrême minutie avec laquelle Ben préparait ses crimes. Ses victimes étant des femmes seules, mais socialement engagées, les tuer le vendredi lui laissait le week-end pour mettre de la distance entre elles et lui et se refaire une santé... Continue, je t'en prie. Cette maladie...

— Oui, reprit Benjamin. Simon m'a rassuré en m'affirmant que, si j'en avais été atteint, la maladie aurait été détectée depuis longtemps mais qu'il me soumettrait néanmoins à des examens pour en avoir le cœur net.

Marion se dressa soudain :

— Attends ! Tu as vu le professeur Simon ?

Benjamin fit non de la tête :

— Non, je l'ai seulement contacté par téléphone. Pourquoi ?

— Je préfère ça, souffla Marion. Je te rappelle que Simon soignait Benoît. S'il t'avait vu, il aurait réagi à la ressemblance parfaite entre vous deux... Et comme il ne m'en avait rien dit...

— Tu sais, dit Benjamin, je crois que Simon est un type honnête. Un peu imbu de lui-même mais compétent... Là où le ciel m'est tombé sur la tête, c'est quand Marthe a été agressée à son tour. Je m'en suis voulu de l'avoir laissée seule et quand je l'ai vue à l'hôpital, j'ai compris que quelque chose ne tournait pas rond. À ce moment-là, j'ai décidé de recommencer de zéro l'enquête que j'avais attaquée par la fin. Je suis parti pour Nantes où je pressentais que se trouvait le nœud de l'histoire. Ton numéro avec la Vierge et les horreurs que tu m'avais dites ce soir-là me faisaient douter de tout et de moi en premier lieu. Je finissais par me demander si je n'étais pas réellement le tueur. Tu as pu mesurer le trouble dans lequel l'angoisse me plongeait...

— J'ai bêtement cru que tu avais trouvé mieux ailleurs, dit Marion. Reconnais qu'il y avait de quoi se poser des questions.

— Si tu crois que je ne m'en posais pas moi aussi ! À l'hôpital, j'ai senti que Marthe avait peur de moi mais elle refusait toujours de parler, comme si cela pouvait me porter préjudice. Finalement, j'ai eu gain de cause. Elle était affaiblie, elle a parlé. De mon père, de la maladie qui nous guettait tous. De Benoît. De Corinne, du moins de ce qu'elle en savait, c'est-à-dire peu de chose, à partir de la mort de mon père. De moi aussi. De sa certitude obsessionnelle que j'allais subir le sort des autres. J'ai lu l'horreur dans ses yeux. Celle d'avoir un fils assassin. Elle ignorait le sort de Benoît et ne pouvait deviner l'ironie d'un destin qui nous avait conduits dans la même ville. J'étais tellement bouleversé que je suis parti sans mon sac...

— Ce fameux sac, fit Marion, j'ai cru qu'il contenait l'attirail du tueur, tu sais. Marthe aussi d'ailleurs, elle a pris tant de soin et d'énergie à me le cacher.

Benjamin rit :

— Il n'y avait que des vêtements, la fameuse lettre de sœur Marie-Élise et des notes personnelles.

Benjamin caressa tendrement la joue de Marion, sembla se perdre dans un lointain douloureux, murmura :

— Pauvre Benoît... Je regrette de l'avoir connu de cette façon. Si j'avais réagi plus tôt, il serait encore vivant, qui sait ? J'aurais pu l'aider.

Marion hocha la tête :

— Ne te fais aucun reproche. Il était arrivé à un stade irréversible. Il aurait tué et tué encore. Ou bien il aurait fini les quelques mois qui lui restaient à vivre dans un asile. C'est à Nantes que tu as reconstitué la suite de l'histoire de ta famille ?

— Oui, j'ai eu de la chance. Ton lieutenant, Talon, déblayait le terrain devant moi. C'était facile. Quand j'ai compris ce qu'impliquait vraiment l'existence d'un jumeau, je suis revenu ventre à terre pour te prévenir, t'expliquer, te demander pardon. J'étais anéanti par cette histoire de famille, mais tellement soulagé...

Il reprit après un court silence :

— Je me demande s'il a tué ma sœur aussi... comme le prétend ma mère... enfin, sœur Marie-Élise...

— C'est vraisemblable, mais on ne le saura sûrement jamais.

Le silence tomba entre eux, ponctué par des cris d'enfants au loin. C'était l'heure de la récréation pour les petits orphelins d'Osmoy. Marion se leva, épousseta son jean. Benjamin ne bougeait pas, le regard perdu. Soudain, il se dressa à son tour, prit Marion par les épaules :

— Tu sais, dit-il, sérieux, j'ai aussi une question à te poser.

Marion attendit, le cœur serré. Qu'avait-il à lui demander ? Sa main ? Son adresse pour lui envoyer une carte postale du Canada quand il y serait définitivement reparti ?

— Cette Vierge... tu l'as vraiment achetée ?

Marion éclata de rire. Elle se sépara de Benjamin pour rire plus à l'aise. Rire au vent. Rire à la vie tenace. À la légèreté, au futur...

— Elle appartient à Cabut, répondit-elle. Et je pense qu'il va la garder longtemps.

— Ah ?

— Figure-toi qu'il s'était mis en tête qu'elle valait une fortune et il est parti pour Londres afin de la revendre chez Sotheby's. Il y est allé avec Lavot car il avait besoin d'un garde du corps. Tu parles, une telle merveille ! Là-bas il a déchanté, on lui en offrait une misère.

— Je ne comprends pas, s'étonna Benjamin, c'est une belle pièce pourtant !

— Belle mais fausse ! s'exclama Marion. Une copie très réussie. Cabut s'est drapé dans sa dignité, persuadé d'avoir eu affaire à des ignares. Lavot et lui sont revenus dans un état lamentable après trois jours de fête ininterrompue.

Benjamin hocha la tête sans commenter. Après tout, vraie ou fausse, cette Vierge demeurait magnifique. Elle laisserait au moins à Cabut le droit de rêver encore.

Sans un mot, ils firent demi-tour et avancèrent lentement en direction de la bâtisse austère de l'orphelinat. Ils se prirent la main tandis qu'au loin une silhouette menue courait dans leur direction. Ils s'interrogèrent du regard puis s'arrêtèrent. Quand elle ne fut plus qu'à quelques mètres d'eux, ils reconnurent la petite Joual, Nina, la fillette blonde et fragile aux yeux si bleus et si tristes. Elle stoppa net, essoufflée, les mèches blondes en désordre devant son visage rosi par la course, tendit sans un mot un papier à Marion. Les mains tremblantes, celle-ci contempla le dessin de l'enfant. Il représentait des personnages immenses au visage blanc, sans yeux, sans bouche et, dans un coin de la feuille, des enfants qui, eux, en avaient. En y regardant de près, on se rendait compte que les grands tournaient le dos aux petits. Marion, bouleversée, montra le dessin à Benjamin. Il le contempla puis serra Marion contre lui. Sa voix était blanche, comme désaccordée :

— Je suis prêt à vivre avec toi, à t'épouser si tu le veux. Mais je ne peux pas te faire d'enfant. Le professeur Simon assure que je n'ai pas hérité du mauvais gène mais je peux le transmettre. Je n'aurai jamais d'enfant, Marion, il faut briser la chaîne.

La jeune femme s'écarta de lui, considéra, les larmes aux yeux, Nina qui n'avait pas bougé. Elle murmura :

— Et elle, on pourrait...

Benjamin l'interrompit d'un baiser léger :

— Tu as vu le résultat quand on sépare les frères et les sœurs...

Pourtant son regard signifiait qu'il n'était pas contre, qu'un peu de temps encore, quand il reviendrait de son lointain pays d'adoption...

Il se pencha vers la fillette, gauche et démuni, comme devant un cadeau inattendu. Il la prit dans ses bras, la souleva sans effort tant elle était menue, la secoua délicatement comme pour s'assurer de sa réalité.

Puis il la reposa entre Marion et lui, les regarda toutes deux, sérieux et concentré. Il proposa :

— On fait la course ?

Quelques oiseaux effarouchés par leurs rires mélangés s'enfuirent des grands arbres.

11994

Composition
NORD COMPO

Achevé d'imprimer en Espagne
par CPI
le 3 octobre 2018.

Dépôt légal : novembre 2018.
EAN 9782290155936
OTP L21EPNN000431N001

ÉDITIONS J'AI LU
87, quai Panhard-et-Levassor, 75013 Paris

Diffusion France et étranger : Flammarion